# REVELAÇÕES

Da Autora:

*Reencontros*

*Beije-me Enquanto Durmo*

*Matar por Prazer*

*Revelações*

LINDA HOWARD

# Revelações

*Tradução*
Carolina Caires Coelho

BERTRAND BRASIL

Título original: *Kill and Tell*

Capa: Leonardo Carvalho
Foto: Stockbyte/GETTY Images

Editoração: DFL

2008
Impresso no Brasil
*Printed in Brazil*

CIP-Brasil. Catalogação na fonte
Sindicato Nacional dos Editores de Livros – RJ

H844r Howard, Linda, 1950-
Revelações/Linda Howard; tradução Carolina Caires Coelho. – Rio de Janeiro: Bertrand Brasil, 2008.
294p.

Tradução de: Kill and tell
ISBN 978-85-286-1308-7

1. Romance americano. I. Coelho, Carolina Caires. II. Título.

CDD – 813
08-0157 CDU – 821.111 (73)-3


EDITORA BERTRAND BRASIL LTDA.
Rua Argentina, 171 — 1º andar — São Cristóvão
20921-380 — Rio de Janeiro — RJ
Tel.: (0xx21) 2585-2070 — Fax: (0xx21) 2585-2087



*Atendemos pelo Reembolso Postal.*

Este livro é dedicado a John Kramer e aos policiais de todo o mundo. Obrigada, John, por me levar para conhecer Nova Orleans, falando-me a respeito de tudo que era importante e me mostrando os locais interessantes.

# 1

13 de fevereiro, Washington, D.C.

Dexter Whitlaw selou a caixa com cuidado e envolveu todas as aberturas usando um rolo de fita que havia roubado do WalMart um dia antes. Aproveitando a ação, roubou também um *pilot* preto e o usou para escrever o endereço na caixa de modo legível. Deixando o *pilot* e o rolo de fita no chão, colocou a caixa debaixo do braço e caminhou até a agência dos Correios mais próxima, localizada a apenas um quarteirão de onde estava. O tempo não estava muito frio para Washington em fevereiro, cerca de 7°C.

Se fosse membro do Congresso, pensou com amargura, não teria de pagar porcaria de postagem alguma.

O sol fraco do inverno banhava as calçadas. Funcionários sisudos do governo passavam apressados, cientes de sua importância, com seus ternos pretos ou cinza entreabertos pelo vento. Quando perguntados acerca de suas profissões, nunca respondiam: "Sou contador" ou "gerente de departamento", mesmo que fossem exatamente isso. Não naquela cidade onde o status era tudo. As pessoas diziam: "Trabalho para o Estado", ou "Trabalho para o Tesouro", ou, se realmente fossem cheios de si, usavam iniciais, como "DF", e todos tinham de saber que aquilo significava Divisão de Defesa. Pessoalmente, Dexter acreditava que todos deveriam ter crachás que mostrassem que trabalhavam para a DI — Divisão dos Idiotas.

Ah, a capital da nação! Ali o poder estava no ar, perfumando-a como o buquê de algum vinho raro, deixando aqueles tolos embriagados. Dexter os observava com um olhar frio e distante. Eles acreditavam saber tudo, mas não sabiam nada.

Não sabiam o que era o poder, destilado em sua mais pura forma. O homem da Casa Branca podia dar ordens que causariam uma guerra, podia opinar sobre futebol, podia ter sua maleta trancada carregada por algum puxa-saco sempre por perto, e fazer bombas serem lançadas, matando milhões de pessoas, mas via tais mortes com a indiferença da distância. Dexter conhecera o poder real no Vietnã, pois o sentira no dedo ao apertar vagarosamente o gatilho. Perseguira sua presa durante dias, deitado sem se mexer na lama ou no matagal, ignorando insetos, cobras, chuva e fome, esperando pelo momento perfeito, quando o alvo aparecia diante de sua mira, quando a presa posicionava-se onde ele queria que ela ficasse e quando todo o poder era dele, a capacidade de dar a vida ou tirá-la, puxar o gatilho ou não, com o mundo todo resumido a apenas duas pessoas: ele e seu alvo.

A maior emoção de sua vida, ele viveu no dia em que seu observado o direcionou a um certo amontoado de folhas em uma determinada árvore. Quando seu alvo estava ajustado, ele se pegou olhando para outro atirador, aparentemente russo, com o rifle sobre o ombro e o alvo em seu olho ao tentar mirá-los. Dexter estava um segundo adiantado e conseguiu atirar primeiro. Um segundo, um batimento cardíaco a mais, o russo teria sido mais rápido e o velho Dexter Whitlaw não estaria ali, admirando a paisagem em Washington, D.C.

Gostaria de saber se o russo o tinha visto, se houve uma fração de segundo de consciência antes de a bala extinguir todos os pensamentos. Ele não poderia ter visto a bala, apesar de todos os efeitos especiais maravilhosos que Hollywood colocava nos filmes, mostrando exatamente isso. Ninguém nunca via a bala.

Dexter entrou na agradável agência dos Correios, e ficou no final da fila, esperando ser atendido no balcão. Escolhera o horário do almoço, o momento de maior movimento, para diminuir a chance de alguma atendente irritada lembrar-se dele. Não havia nada que chamasse a atenção nele, além de seus olhos frios, mas não gostava de correr riscos. Sua atitude cuidadosa o mantivera vivo no Vietnã e funcionara bem nos vinte e cinco anos desde sua volta ao mundo real, quando deixou o inferno.

Não parecia ser um homem rico, mas também não se parecia com um mendigo. Seu casaco era dupla-face. Um lado, que ele vestia naquele momento, era de lã escura, um pouco surrado. O outro lado, que usava quando estava na rua, era xadrez e rasgado, traje típico de um morador de rua. O casaco era bom, um disfarce simples. Os atiradores aprendiam a se fundir no ambiente que os cercava.

Quando chegou sua vez de ser atendido, ele colocou a caixa sobre o balcão para que fosse pesada e tirou algumas notas do bolso. A caixa estava endereçada a Jeanette Whitlaw, Columbus, Ohio. Sua esposa.

Ele se perguntava por qual motivo ela não se divorciara dele. Talvez tivesse feito isso; ele não telefonava para ela há dois anos, talvez mais. Tentou pensar quando havia sido a última vez...

— Um dólar e quarenta e três — a atendente disse, sem olhar para ele, e Dexter colocou duas notas de um dólar sobre o balcão. Guardou o troco no bolso e saiu da agência dos Correios tão discretamente quanto entrara.

Quando ele tinha conversado com Jeanette pela última vez? Talvez há três anos. Talvez cinco. Não prestava muita atenção a datas. Tentou pensar quantos anos sua filha teria agora. Vinte? Ela tinha nascido no ano da ofensiva de Tet, ele pensou, mas talvez não. Mais ou menos em 1968 ou 1969. Assim, tinha... Diabo! Tinha vinte e nove! Sua filhinha estava prestes a fazer trinta anos! Provavelmente já estava casada, com dois filhos, talvez ele já fosse avô.

Não conseguiu imaginá-la crescida. Não a via há pelo menos quinze anos, talvez mais, e sempre a imaginava com sete ou oito anos, magrinha e tímida, com grandes olhos castanhos e o hábito de morder o lábio inferior. Ela conversava com ele com a voz baixa, e somente quando tinha de responder às suas perguntas.

Ele deveria ter sido um pai melhor para a filha, um marido melhor para Jeanette. Deveria ter feito muitas coisas na vida, mas olhar para trás e reconhecer os erros não davam a um homem a chance de voltar no tempo e mudar os acontecimentos. Só restava o arrependimento.

Mas Jeanette continuara amando-o, mesmo quando ele voltou do Vietnã frio e distante, mudado para sempre. Aos olhos dela, ele continuava sendo o garoto esperto da Virgínia Ocidental, a quem amara e com quem se casara, não importando que o garoto tivesse morrido em uma floresta repleta de insetos e o homem que voltou para casa fosse um completo estranho, exceto na aparência.

Os únicos momentos em que se sentia vivo desde então eram quando segurava um rifle, mirando no alvo e sentindo aquela onda de adrenalina, o despertar de todos os seus sentidos. Era irônico o fato de que aquilo que o matara fosse a única coisa que o fazia sentir-se vivo. Não o rifle; o rifle, por mais que fosse um bom instrumento feito pelo homem, ainda era só um instrumento. Não, o que o fazia sentir-se vivo era a habilidade, a caça, o poder. Ele tinha sido um atirador, um ótimo atirador. Às vezes pensava que poderia ter voltado para Jeanette se fosse só isso, apesar de ter passado anos tentando analisar a situação.

Havia matado muitos homens e assassinado um.

A distinção estava clara em sua mente. Guerra era guerra. Assassinato era algo diferente.

Ele parou em um telefone público e pegou uma moeda do bolso. Já havia memorizado o número. Colocou a moeda e esperou pelo toque. Quando a ligação foi atendida, ele disse de modo claro: "Meu nome é Dexter Whitlaw."

Passara a vida toda pagando pelo crime cometido. Agora era a vez de outra pessoa continuar por ele.

# 2

17 de fevereiro, Columbus, Ohio

O pacote estava no chão da pequena varanda quando Karen Whitlaw chegou do trabalho naquela noite de fevereiro. As lanternas do carro o iluminaram rapidamente quando ela entrou na garagem, mas estava tão cansada que não conseguiu interessar-se em saber o que havia dentro dele. Vagarosamente, pegou sua sacola, abarrotada com sua bolsa, papéis e toda a parafernália de seu trabalho, e enfrentou a sempre difícil tarefa de sair do carro com a sacola pesada. Ela se prendeu ao console, em seguida ao volante; murmurando impropérios, Karen conseguiu soltá-la, sem evitar que ela batesse com força em seu quadril. Passou pela neve em direção à varanda, cerrando os dentes ao sentir um pouco de gelo entrar em seus sapatos. Sabia que deveria ter calçado as botas, mas estava cansada demais quando seu turno terminou para fazer qualquer coisa, a não ser dirigir para casa.

A caixa estava na soleira, entre a porta de tela e a porta de entrada. Karen destravou a porta e procurou o interruptor para acender a luz, abaixando-se em seguida para pegar a caixa. Não havia encomendado nada; aquilo provavelmente fora enviado para o endereço errado.

A casa estava fria e silenciosa. Ela esquecera-se mais uma vez de deixar uma luz acesa naquela manhã. Não gostava de voltar para casa e encontrá-la às escuras, pois isso a fazia lembrar que sua mãe não estava mais ali, que não mais abriria a porta e sentiria o delicioso aroma do jantar sendo preparado, tampouco ouviria Jeanette murmurando uma canção na cozinha. A televisão estaria ligada, mesmo que ninguém estivesse assistindo, pois Jeanette gostava do som de fundo. Por mais que Karen trabalhasse até tarde e por mais cansada que estivesse, sabia que, ao chegar em casa, teria sua mãe com uma refeição quentinha e um sorriso fácil à sua espera.

Até três semanas atrás.

Tudo acontecera muito rápido. Jeanette reclamara, certa manhã, de estar com o corpo dolorido e com um pouco de febre, dizendo ter pegado um resfriado. Pela voz, parecia estar com o nariz um pouco entupido, e quando Karen mediu sua temperatura viu que a mãe estava com 37°C; portanto, um resfriado parecia ser a explicação mais razoável. Ao meio-dia, Karen telefonou para saber como ela estava e, apesar de a tosse estar pior, Jeanette continuava afirmando estar apenas com um resfriado.

Quando Karen chegou em casa naquela noite, observou a mãe enrolada em um cobertor, sentada no sofá, tremendo de frio, e pensou que o problema era gripe, e não um resfriado. Estava com 39,5°C de febre. O estetoscópio emitiu sons alarmantes nos ouvidos treinados de Karen: os dois pulmões estavam gravemente congestionados.

Karen sempre pensara que a maior vantagem de ser enfermeira era aprender a convencer as pessoas de modo gentil e inexorável a fazer o que ela queria que fizessem. Enquanto Jeanette insistia que seu problema era apenas um resfriado e que seria bobagem ir para o hospital por causa de um *resfriado*, Karen tomou medidas rápidas e competentes e, em quinze minutos, estava dentro do carro com Jeanette, devidamente agasalhada.

Estava nevando forte. Karen sempre gostou de neve, mas, naquele momento, vê-la trazia de volta à mente as lembranças daquela noite, quando dirigiu, com muita atenção ao volante, pelas ruas escorregadias e quase invisíveis, cobertas pela neve, ouvindo a mãe travar uma luta desesperada por oxigênio. Ela chegou ao hospital onde trabalhava, entrando pelo pronto-socorro e apertando a buzina até a ajuda chegar, mas, tirando a neve, a única lembrança clara daquela noite era a de Jeanette deitada sobre os lençóis brancos, pequena e, de algum modo, encolhida, perdendo rapidamente a consciência, por mais que Karen falasse com ela.

Pneumonia viral aguda, os médicos disseram. Agia rapidamente, paralisando os órgãos internos um por um, após lutarem por oxigênio. Jeanette faleceu apenas quatro horas depois de chegar ao hospital, apesar de a equipe médica ter feito todo o possível para vencer o vírus.

Houve muitos detalhes a serem providenciados. Havia papéis a serem preenchidos, assinados e levados a outras pessoas. Telefonemas e decisões a serem tomadas. Ela teve de escolher uma funerária, o velório, um caixão, o vestido com o qual a mãe seria enterrada. Havia pessoas a receber — meu Deus! —, os amigos de sua mãe que telefonaram e apareceram, trazendo mais comida do que Karen conseguiria comer em toda a sua vida, seus colegas de serviço, alguns vizinhos. Sentiu um nó na garganta, e seus olhos ficaram marejados durante todo o tempo. Não conseguira chorar diante de todas aquelas pessoas, mas à noite, quando estava sozinha, não conseguira *parar* de chorar.

Enfrentou o velório e, apesar de sempre tê-los detestado, passou a compreender a sensação de encerramento que o ritual trazia, uma cerimônia que marcava a morte de uma doce mulher que não pediu muito da vida, que se contentou com pouco. Orações e músicas marcaram o fim daquela vida e a homenagearam.

Desde então, Karen apenas ia enfrentando os dias. Seu pesar ainda era intenso, não sentia prazer em trabalhar. Por muito tempo, ela e Jeanette estiveram unidas, as duas contra o mundo. Primeiro Jeanette trabalhou, e trabalhou muito em qualquer emprego que conseguia para manter a casa e dar a Karen a chance de ter bons estudos. Depois, foi a vez de Karen trabalhar e Jeanette descansar, de fazer o que mais gostava: passar seu tempo livre andando pela pequena casa, cozinhando, lavando as roupas, levando a vida que as necessidades financeiras lhe haviam negado.

Mas tudo isso estava terminado agora e não havia como voltar. Tudo que Karen tinha era aquela casa vazia, e sabia que não poderia viver ali por muito tempo. Naquele dia mesmo decidira telefonar para um corretor de imóveis e colocar a casa à venda. Viver em um apartamento seria melhor que encontrar a casa vazia, dia após dia.

A caixa não era pesada. Karen a segurou presa sob um braço enquanto fechava e trancava a porta e deixou que a sacola pesada escorregasse de seu ombro, caindo sobre uma cadeira. Ela virou a caixa contra a luz para ler o que estava escrito. Não havia endereço do remetente, mas surpreendeu-se ao ver o nome de sua mãe. "JEANETTE WHITLAW" estava escrito na caixa com letras claras e grandes. Ela sentiu um aperto no peito. Jeanette raramente encomendava alguma coisa e, quando o fazia, parecia uma criança no dia de Natal, aguardando ansiosamente pelo carteiro ou pelas empresas de entrega, abrindo um largo sorriso quando o esperado embrulho finalmente chegava.

Karen levou a caixa para dentro da cozinha e usou uma faca para rasgar a fita colante que a envolvia. Abriu a tampa e olhou dentro da caixa. Havia alguns papéis, um livreto preso por elásticos e, por cima deste, um pedaço de papel dobrado. Ela tirou a carta da caixa e a desdobrou, procurando imediatamente pela assinatura, para saber de quem era tudo aquilo. O nome rabiscado, "Dex", a fez soltar a carta, sem lê-la, dentro da caixa.

O querido papai. Jeanette não recebia notícias dele havia, pelo menos, quatro anos. Karen não conversava com o pai desde seus treze anos de idade, quando ele telefonou para lhe desejar um feliz aniversário. Ele estava bêbado, não era nem perto do dia do aniversário de Karen e Jeanette passara a noite em claro, chorando baixinho, após falar com o marido. Foi nesse dia que o ressentimento, a amargura e a confusão de Karen se transformaram em raiva, e nas outras poucas vezes que ele ligou quando ela estava em casa tinha se recusado a conversar com ele. Jeanette ficava muito aflita, mas Karen chegou à conclusão de que, pensando bem, guardar mágoa pesava bem menos que abandonar a esposa e a filha, por isso não cedeu.

Pousando a caixa sobre a mesa, entrou em seu quarto e despiu-se, deixando o uniforme verde amassado no chão. Seus pés doíam, sua cabeça doía, seu coração doía. As horas extras que estava trabalhando, entrando às seis da manhã e saindo às seis da tarde, mantinham sua mente ocupada, mas aumentavam sua tristeza. Sentia-se como se não visse a luz do sol há semanas.

Tirou os pés frios dos sapatos molhados e rapidamente vestiu uma calça e meias grossas. Estava com frio e cansada. Sentia falta do calor e do sol. Certa vez, quando tinha apenas dois anos de idade, sua família foi transferida para uma base na Flórida. Karen não lembrava muito bem, mas, ao fechar os olhos, ainda tinha a impressão de estar sentindo o calor, os muitos dias ensolarados. Jeanette sempre falava da Flórida com saudosismo, pois aqueles haviam sido dias relativamente felizes. Até que Dexter foi para o Vietnã e nunca mais voltou para casa de verdade. Jeanette voltou para as montanhas da Virgínia Ocidental, de onde eles tinham saído, para ficar perto da família, enquanto esperava o marido terminar de cumprir seu dever militar, sempre orando por sua segurança.

Mas um dever levou a outro, e a outro, e o homem que finalmente apareceu na porta da casa delas não era o mesmo que havia partido. Karen tinha lembranças claras daquele dia, do silêncio do pai, de seus longos períodos de bebedeira, durante os quais tomava muito cuidado para não irritá-lo. Ele havia se transformado em uma pessoa má, e nem mesmo o amor inabalável de Jeanette o ajudou a mudar. Ele passou a sumir, primeiro por um ou dois dias, depois os dias se tornaram semanas e as semanas se tornaram meses, até que um dia Jeanette percebeu que ele havia partido para sempre. Ela passou muitas noites chorando. Karen também se lembrava disso.

Elas se mudaram da Virgínia Ocidental para Ohio, para que Jeanette conseguisse um emprego melhor. Receberam alguns telefonemas, algumas cartas e, em uma ocasião, Dexter as visitou. Karen não o viu; ele foi embora antes que ela voltasse da escola. Mas Jeanette sentiu-se feliz, animada e, aos dezenove anos, Karen já era grande o bastante para perceber que seus pais tinham passado o tempo da visita no quarto. Isso havia acontecido há dez anos e, desde então, Jeanette não o viu mais. Mas não deixou de amá-lo. Karen não conseguia compreender aquilo, mas aceitava a fidelidade da mãe. Jeanette era uma pessoa infinitamente amorosa, mesmo com o marido que a abandonara.

Após uma solitária refeição de cereal com leite frio, Karen obrigou-se a pegar a carta novamente.

"Jeanie, aqui estão alguns papéis meus. Coloque-os em um cofre e guarde-os para mim. Eles podem valer um pouco de dinheiro algum dia. Dex." E só. Sem saudação, sem palavras doces, sem despedida carinhosa. Simplesmente enviara suas porcarias para a mãe e esperava que ela as guardasse.

E Jeanette obedeceria. Teria seguido as instruções dele com muito cuidado, e até guardaria aquele bilhete, colocando-o junto do maço pequeno de cartas que ela havia guardado da época em que ele esteve no Vietnã.

A vontade de Karen era jogar aquela caixa no lixo. Por respeito à mãe, não o fez. Levou-a até o quarto desocupado de Jeanette e a colocou dentro de uma das caixas onde estavam as coisas da mãe. Ainda não tivera coragem de se desfazer de nada; guardaria tudo até o dia certo.

Quase tudo estava encaixotado. Havia apenas alguns objetos faltando, que estavam sobre a cômoda. Karen os colocou dentro da caixa e passou várias vezes a fita colante para fechá-la.

Se tivesse sorte, a casa logo seria vendida, a primavera chegaria e ela conseguiria ver o sol brilhando novamente.

# 3

5 de agosto, Nova Orleans, Louisiana

Quase meia-noite. Alguém o seguia. Mais uma vez, Dexter Whitlaw virou a cabeça apenas o suficiente para ver, de modo periférico, um leve movimento. A adrenalina correu por suas veias e ele quase sorriu. Não havia nada comparável à caça, mesmo quando ele era a presa. Estavam atrás dele havia quase seis meses e Dexter divertia-se usando suas velhas habilidades para enganá-los. Ele os fizera entrar em uma grande perseguição, percorrendo o país em ziguezague, ressurgindo nas cidades maiores para fazer outra chamada. Não esperava que fosse fácil, e não tinha se decepcionado, mas conhecia seu inimigo.

Depois que ouviu o primeiro "Vá para o inferno!", Dexter deu início a seu jogo de gato e rato. A chantagem conseguia ser tão brutal quanto uma amputação ou tão delicada quanto um passeio na corda-bamba. Primeiro, mostrou a prova que tinha — apenas um pouco do que *poderia* ser liberado se certas condições não fossem cumpridas.

Conforme ele esperava, seu alvo reagiu com fúria. Longe de se sentir intimidado, chamou todos os seus cães e deu a eles ordem de atacar Dexter. Qualquer outro homem já estaria morto agora, mas Dexter havia passado três anos rastejando no Vietnã, aprendendo a ter paciência, estratégia e a capacidade de esconder-se tão bem que os cães, distraídos, passaram diversas vezes por ele, assim como Charlie e os norte-vietnamitas haviam feito na guerra.

Dexter estava se divertindo a valer. Não se sentia tão vivo desde que olhara para seu alvo, o russo, e percebera que um deles tinha apenas mais um segundo de vida.

O cão que o seguia agora era melhor que os outros. Não tão bom quanto o velho Dexter, ele pensou, orgulhoso, mas bom o suficiente para dar-lhe emoção. E ele conhecia aquele: a menos que estivesse enganado, dessa vez estava sendo seguido por ninguém menos que Rick Medina, um dos melhores homens da CIA, na caça de vinte e cinco anos atrás. Outra época, outro mundo, mas eles estiveram ali, os mesmos personagens jogando o mesmo velho jogo de esconde-esconde.

Dexter embrenhou-se nas sombras, acocorado por um minuto, enquanto esperava que seu seguidor fizesse outro movimento. Um homem menos cuidadoso teria atirado antes e checado a identidade depois, mas aquele homem era esperto. Supondo que Dexter não soubesse que estava sendo seguido, um assassinato por engano faria com que a presa verdadeira se escondesse tão bem que seriam necessárias várias semanas para pegá-la novamente. Isto sem falar da atenção desnecessária que chamaria da polícia. É verdade que, na maioria das vezes, os policiais não se preocupavam muito com a morte inesperada de um mendigo, mesmo que essa morte inesperada fosse causada por um tiro na cabeça. Mas nunca se sabe; talvez estivessem em um dia de movimento fraco e estivessem a fim de um pouco de ação, ou a equipe de um telejornal poderia estar no local e os holofotes fariam com que os policiais passassem a trabalhar de modo relutante — a eventual presença de fezes, como um sábio cliente de um abrigo em Chicago dizia.

Dexter esperou. Vagarosamente, com os movimentos breves, espalhou sujeira no rosto e nas mãos para disfarçar sua relativa palidez. Em seguida, abaixou a cabeça e permaneceu imóvel, aliviado por saber que estava praticamente invisível para qualquer pessoa que andasse naquele beco escuro.

Após vários minutos, escutou passos se aproximando. Talvez fosse o predador, talvez fosse apenas outro mendigo. Dexter não se mexeu.

Os passos cessaram. Dexter imaginou o que qualquer pessoa que olhasse para aquele beco veria: lixo espalhado, garrafas quebradas, uma pilha de lixo malcheiroso pequena demais para esconder um homem, mas escondia. Havia chovido mais cedo; as luzes dos postes brilhavam nas poças d'água. Qualquer caixa de papelão que estivesse no beco há algumas horas já tinha sido levada para servir de abrigo na chuva. Para o caçador comum, o local pareceria estar vazio e sem qualquer coisa interessante, mas Medina não era um caçador comum; ele, também, havia treinado no Vietnã, por isso sabia como ser paciente e esperar que a presa cometesse um erro.

Bem, nesse caso, Dexter pensou, ele teria de esperar muito. Dexter Whitlaw não cometia erros, não naquilo. Podia ter estragado todas as outras coisas de sua vida, mas sempre fora um caçador de primeira categoria. Então ele esperou, até muito depois de não ouvir mais os passos, muito depois de o barulho de outros passos desaparecer. Uma ratazana rastejou ao redor de seus sapatos e ele ficou imóvel. Depois de certo tempo, sentiu-se recompensado quando os mesmos passos de antes fizeram uma nova visita, mais uma vez parando no beco. O predador estava comparando o beco como estava antes e agora. Nada havia mudado. Convencido de que sua presa não estava ali, o caçador afastou-se, com a mesma maneira de caminhar, pois um bom caçador nunca alterava seu disfarce.

O disfarce poderia ter funcionado, se Dexter já não tivesse visto Medina usar o mesmo rastejar de pés dos bêbados para pegar dois rapazes em Saigon, fazendo com que acreditassem que o americano estava bêbado demais para agüentar uma briga. Os dois eram especialistas em soldados norte-americanos bêbados e se divertiam matando-os após roubarem o dinheiro que eles tinham. Uma semana antes, um dos homens havia morrido devido a ferimentos internos e uma certa facção norte-americana tinha dado início a uma busca implacável pelos dois vietnamitas.

Como o homem que os encontrou e identificou, Rick Medina teve a honra de matá-los. Dois belos tiros na cabeça teriam bastado, mas Medina quis brincar com eles antes.

Medina era um típico americano, bonito e magro, com seus cabelos castanhos cortados rentes à cabeça e um uniforme bem abotoado, mesmo quando o calor era intenso. Ele era inteligente e afável... na maior parte do tempo. Quando ficava nervoso ou quando estava trabalhando, a afabilidade desaparecia como se nunca tivesse existido e em seus olhos azuis havia o olhar frio de um assassino.

Medina havia atraído os dois vietnamitas para fora do beco escuro; eles não tinham sequer tentado esconder o fato de que o estavam seguindo, tão certos que estavam de sua incapacidade naquele momento. Eles o cercaram como raposas perseguindo uma galinha, mas, no último segundo, a galinha se transformou, sem qualquer vestígio de embriaguez. A faca na mão dele tinha uma lâmina escura para que não refletisse a luz. É possível que os dois vietnamitas não a tenham visto. A próxima coisa que perceberam foi que seus corpos haviam sido atingidos, com os movimentos de mãos de Medina, deixando cortes que não eram profundos o bastante para matar, ainda não, pelo menos. Medina retalhou os dois, o tempo todo falando o idioma deles, para que não tivessem dúvidas a respeito do que estava acontecendo e por quê.

Eles tentaram escapar, mas encontraram o beco bloqueado por vários norte-americanos sem expressão, todos segurando pistolas. Encurralados, histéricos, resolveram ameaçar Medina e quiseram briga. Grande erro.

Rick Medina agira como um fatiador aquela noite. Cortava e fatiava com precisão mecânica. Ele fazia movimentos rápidos e cada ação da faca arrancava uma parte do corpo dos garotos — uma orelha, um dedo, um nariz. Os dois urravam antes de Rick finalmente acabar com eles, cuidadosamente cortando suas gargantas, deixando-os cair ao chão. Passando por cima dos corpos, ele reuniu-se ao silencioso grupo na entrada do beco, sem demonstrar qualquer emoção.

Medina partiu sozinho, recusando a companhia dos outros, e, quando retornou no dia seguinte, continuava sendo o cara afável de sempre, deixando aquelas mortes no passado.

Assim era Medina, Dexter pensou. Ele era um matador calculista quando necessário, mas não um assassino. Por mais brutais que as execuções tivessem sido, elas não passavam disto: execuções. Uma lição aprendida. Depois disso, os jovens soldados americanos tiveram um pouco mais de segurança nos bares e prostíbulos de Saigon. Medina sabia que pagaria um preço alto por seu ato e aceitou as conseqüências.

Fosse qual fosse o limite de Medina, ele nunca o ultrapassava. Todas as suas execuções tinham sido justas. Pensando bem, Dexter percebeu que provavelmente admirava Rick Medina mais que qualquer outra pessoa no mundo. Medina mantivera seu código; Dexter não tinha feito o mesmo e passou todos aqueles anos pagando por seu erro.

Se havia alguém capaz de pegá-lo, esse alguém era Medina.

Saber disso deu ânimo extra ao jogo.

Dexter, por fim, levantou-se em silêncio. Ao olhar para as estrelas, percebeu que quase duas horas tinham se passado.

Estava na hora de abandonar o disfarce de mendigo. Ele havia funcionado bem por muito tempo, mas Medina estava em sua cola agora. Os becos e abrigos seriam os primeiros lugares onde procuraria, por isso Dexter deveria manter-se longe deles. Era uma pena; os mendigos eram anônimos como nenhum outro grupo, pois as pessoas propositalmente não olhavam para eles. Os policiais não perdiam tempo com eles, e eles, por sua vez, não contavam aos policiais nada do que viam. Mas havia outros disfarces que lhe seriam adequados; o segredo era camuflar-se no ambiente, onde quer que estivesse.

Nova Orleans oferecia uma grande variedade de possibilidades e Dexter pensou em muitas delas ao atravessar o caminho tortuoso ao Quarter, que estava sempre cheio de gente, não importando a hora do dia. Após cruzar a St. Charles algumas vezes, sempre olhando ao redor, finalmente chegou à Carondelet. O tempo todo ele olhava para trás, procurando qualquer sinal de que estivesse sendo seguido, mas não encontrou nada suspeito.

Ele desceu direto pela Carondelet e cruzou a Canal Street, onde a Carondelet passava a ser a Bourbon Street. Os turistas ainda passavam pelo chão irregular, recém-saídos de restaurantes, bares e boates de strip-tease. Alguns estavam claramente bêbados, segurando copos plásticos cheios de cerveja ou outras bebidas alcoólicas. Muitos usavam colares baratos de plástico de várias cores diferentes e máscaras com lantejoulas também podiam ser vistas, apesar de o Mardi Gras ter acontecido meses antes.

As luzes do bar brilhavam no chão molhado e o jazz podia ser ouvido do lado de fora dos bares que ficavam com suas portas abertas, contrastando com as batidas mais dissonantes que vinham das boates, onde dançarinos com expressão de tédio, tanto homens quanto mulheres, mexiam os quadris, remexendo o corpo e fingindo ser sensuais.

Risadas eram dadas por um grupo de turistas, três rapazes aparentemente de boa condição financeira, abraçados a jovens com vestidos de festa. Enquanto Dexter os observava, um homem passou caminhando rapidamente por eles, entrando na próxima rua e desaparecendo de vista, com pelo menos uma das carteiras dos três homens dentro de sua camisa. Nenhum dos turistas percebeu o ocorrido.

Foi como assistir a um filme, como se Dexter não vivesse no mesmo mundo que os turistas. Eles não o olhavam, passavam por ele ignorando-o, sem lhe desviar o olhar. Dexter sentiu um calafrio repentino, apesar do calor daquela noite de verão em Nova Orleans. Desde sua volta do Vietnã, sentia-se indiferente aos outros, mas, de repente, sentiu-se ainda mais distante, como se os turistas não fossem capazes de ouvi-lo, mesmo que gritasse.

Era uma sensação estranha sentir calafrio novamente. Ele desceu a Bourbon, olhando para dentro dos estabelecimentos de portas abertas, com a música e os risos ecoando como se estivessem distantes. O movimento de pedestres era mais intenso ali e os policiais, montados em cavalos, passavam, com as ferraduras batendo no asfalto. Dexter caminhou com mais rapidez, procurando por um beco escuro onde pudesse embrenhar-se por um momento e afastar aquela sensação estranha. Ali não era o centro da cidade, mas sim o Quarter, e os becos geralmente eram entradas para quintais. E nos quintais de casas, as entradas tinham portões trancados. Se o quintal fosse de um restaurante, não encontraria privacidade.

Lembrou que não tinha ido ao Quarter em busca de privacidade; fora até ali porque a Bourbon Street era muito ativa e poderia esconder-se entre os pedestres. Tudo que precisava fazer era ignorar a sensação esquisita e seguir em frente. Talvez sair de Nova Orleans, agora que Medina estava à sua procura.

Medina. Dexter pensou bem e percebeu o que havia de tão errado, o que trazia aquela sensação estranha. Medina não trabalhava para *ninguém*. O cara tinha princípios. Muitas coisas aconteciam com as pessoas ao longo dos anos, mudando-as, mas seria preciso acontecer algo muito forte para transformar Rick Medina em um matador de aluguel.

Havia três possibilidades.

Um: Medina fora enganado. Aquela era a explicação mais simples, porém a mais implausível, dada a personalidade de Medina. Ele não aceitaria ser usado de bom grado, e se descobrisse armaria um inferno.

Dois: Medina definitivamente estava à caça dele, mas para um terceiro, alguém desconhecido. Talvez o segredo não estivesse tão bem guardado quanto ele pensara. Deus bem sabia que seria uma ótima munição. Essa possibilidade estava à beira da conspiração, mas, como alguém dissera, até mesmo os paranóicos têm inimigos de verdade.

Três: Medina estava ali por algum outro motivo. Era obra do acaso Dexter tê-lo visto e reconhecido.

Ah, sim, claro.

Dexter chegou à St. Ann Street e desceu-a, sem olhar para as janelas da loja de vodus ao passar por ela. Aquilo era muito estranho e ele tinha coisas estranhas que bastavam naquele momento. Talvez devesse ter ficado na Bourbon. A St. Ann estava vazia...

Medina deu um passo à frente, parando diante dele, tendo à mão a pistola calibre 22 com silenciador.

Dexter parou, olhando aqueles calmos olhos azuis. Sua pistola estava presa na parte de trás de sua calça e sabia que nunca conseguiria alcançá-la a tempo. A morte o encarava e, estranhamente, pensou em Jeanette. Viu seu rosto meigo, lembrando com clareza como ela o abraçara forte da última vez que a tinha visto, e percebeu o quanto ela o amava.

E, olhando atrás de Medina, ele percebeu repentinamente como tudo fora armado. Havia um quarto cenário, que ele não havia percebido.

— Tome cui... — ele começou a dizer, mas o dedo de Medina já tinha apertado o gatilho delicadamente e a bala entrou em sua testa, apagando pensamento, fala e vida.

Rick Medina abaixou-se, apoiando o corpo em um dos joelhos, alertado pelas últimas palavras de Dexter Whitlaw. Ele apresentava a leveza forte de um bailarino, mas tinha cinqüenta e cinco anos e seus reflexos estavam um pouco lentos. Ele deu apenas um tiro antes de dois projéteis acertarem-lhe o peito como marretadas. Ele caiu no chão irregular, com o corpo sem reação, com a visão se apagando enquanto olhava para as três sombras diante dele. *Usado*, ele pensou, de repente. *Enganado e usado*. Sentiu uma onda de fúria e nada mais.

Um carro parou no meio-fio e o porta-malas foi aberto. Rapidamente, os três homens ergueram o corpo de Medina e o colocaram no bagageiro. Um deles se lembrou de pegar a 22 com silenciador e colocá-la junto ao corpo; um outro rapidamente apalpou os bolsos de Dexter Whitlaw e acenou negativamente com a cabeça para os outros. Então, todos entraram no carro e se dirigiram tranqüilamente para longe dali, no mesmo instante em que um homem e uma mulher dobraram a esquina da Bourbon e começaram a caminhar na direção do corpo de Dexter Whitlaw.

O casal viu o homem caído na sarjeta e a mulher apertou o braço de seu marido, dizendo: "Vamos passar longe daquele bêbado." Anestesiado por alguns drinques, o homem concordou e eles atravessaram a rua para evitarem chegar perto do sujeito.

Vinte e três segundos depois, quatro jovens mulheres, caminhando com seus sapatos de salto, segurando bolsas enfeitadas com lantejoulas, tão pequenas que pareciam inúteis, riam e conversavam sobre o dançarino de strip-tease a que tinham acabado de assistir, desceram felizes a St. Ann e descobriram que o homem deitado na calçada tinha um furo em sua testa.

Seus gritos foram mais altos que a música e as risadas da Bourbon. Curiosos viraram-se para olhar. Alguns homens correram para socorrer, reagindo automaticamente aos gritos femininos. Mais pessoas os seguiram, chamando a atenção de dois policiais a cavalo.

Se estivesse vivo, Dexter Whitlaw poderia ter dito a eles que, quando a ação está terminando, vinte e três segundos são uma era. As testemunhas desaparecem, os carros somem, oportunidades se perdem e a bucha do tempo continua seu eterno esfregar das marcas ineficazes que as pessoas deixam.

# 4

— Merda.

O detetive Marc Chastain passou a mão pelo rosto não barbeado, sentindo a barba por fazer em atrito com seus dedos. Bocejou e bebericou o café quente que um dos policiais havia entregado a ele. Eram três horas da madrugada, o que significava que ele havia dormido pouco menos de três horas. Estava propenso a sentir-se mal-humorado, mas resolveu não se deixar levar pelo cansaço. Era controlado demais para permitir que a falta de sono o mantivesse desatento ao trabalho. Poderia compensar as horas perdidas na noite seguinte, ou na outra; o pobre coitado jogado na calçada não tinha essa opção.

Uma das desvantagens de morar no Quarter — além das fiações velhas e do encanamento mais velho ainda — era que, quando alguma coisa acontecia ali, ele geralmente era o primeiro a chegar ao local do crime e o caso sempre terminava sendo dele. Era impressionante que ele tivesse *caminhado* até a cena e ainda assim chegado dois minutos antes do próximo detetive a aparecer, Shannon.

Por pior que se sentisse, estava bem melhor que o sem-teto enrijecendo na calçada. Piscando os olhos cansados, Marc observou a cena, rabiscando informações em seu bloco de anotações.

A vítima tinha cerca de um metro e oitenta, oitenta e cinco quilos. Idade entre cinqüenta e cinqüenta e cinco anos. Cabelos grisalhos, olhos castanhos. Estava deitado meio curvado sobre o lado direito, tendo caído sobre o braço direito; o braço amortecera a queda, impedindo-o de virar. Havia um furo escuro no centro de sua testa, mas nenhuma ferida correspondente na parte de trás da cabeça, mostrando que a bala não havia saído. Uma calibre 22, Marc pensou. Sem conseguir atravessar o crânio, a bala ficara alojada no cérebro, destruindo o tecido pelo caminho. Não havia sangue, o que mostrava que a vítima morrera instantaneamente. Profissionais usavam revólveres calibre 22, pois eram as armas de fogo mais baratas e fáceis de se encontrar, tornando-as as favoritas, as "Especiais do Sábado à Noite", usadas por rapazes de gangues. Apesar de todos os apelos para que o porte de armas fosse proibido, Marc acreditava que tinha mais chances contra uma calibre 22 mal mirada que contra uma faca com lâmina de vinte centímetros ou um bom taco de beisebol, pois, quando um cara do mal chegava a ponto de usar uma dessas opções, estava falando muito sério e os resultados podiam ser muito mais graves.

Não podia descartar as drogas como motivação para aquele crime, mas, em geral, os traficantes costumavam dar preferência a armas com maior poder de fogo. Gostavam de armas de arrasar quarteirão porque acreditavam estar impressionando ao disparar vários tiros em questão de segundos. Um único furo na testa não era bem o estilo deles, pois não era suficientemente dramático.

Marc levantou a cabeça e olhou ao redor. As luzes intensas das equipes de televisão ofuscaram sua visão e ele apertou os olhos para conseguir observar a multidão que se reunira ali. Quatro moças jovens, vestidas para uma noite de diversão, estavam separadas;

uma delas chorava histericamente e um enfermeiro tentava acalmá-la. Elas haviam descoberto o corpo. Um patrulheiro conversava com as três que estavam controladas, anotando nomes e informações. Marc conversaria com as testemunhas dentro de alguns instantes.

Todas as outras pessoas tinham sido atraídas pelos gritos das jovens, e a multidão atraiu as equipes de TV. Ele suspirou. Geralmente, o assassinato de um morador de rua não chegava sequer às páginas dos jornais, muito menos ao noticiário da televisão. Se um patrulheiro tivesse encontrado o corpo, não haveria aquele circo todo. Mas Nova Orleans era uma cidade turística e tudo que envolvia turistas virava notícia. Agora, os jornais e os programas de TV ficariam cheios de reportagens sobre o terrível índice de crimes de Nova Orleans.

Não importava que a maioria dos crimes acontecesse na comunidade de traficantes, que o cidadão comum estava tão seguro em Nova Orleans como em qualquer outro lugar, desde que tivesse juízo e se mantivesse afastado de certos bairros; as estatísticas chamavam a atenção e sempre eram discutidas à exaustão por sabichões. Pressionado por uma população assustada, talvez mais assustada com a possibilidade de perder a grana dos turistas do que com o risco à própria vida, o prefeito pegaria pesado com o conselho. O conselho, por sua vez, pegaria pesado com a polícia, e todos os policiais e patrulheiros da cidade seriam pressionados.

Ótimo.

Ele voltou a olhar para a vítima, guardando todos os detalhes que conseguisse. Dessa vez, notou uma dobra estranha na camisa da vítima, um estranho volume em suas costas. Agachando-se ao lado do corpo, usou sua caneta para levantar a camisa e expor a arma presa no cós da calça do mendigo.

— Jesus — Shannon disse, em pé ao lado de Marc. — Parece uma peça meio cara para um mendigo carregar por aí. De onde será que ele a roubou?

Marc posicionou-se de modo a bloquear as câmeras de TV. Pegou um saco de provas e, novamente usando a caneta, tirou a arma da cintura da vítima. "Glock .17", ele disse, analisando a bela arma. Se uma Glock houvesse sido roubada na região, seu dono já teria feito um boletim de ocorrência, isso se tivesse percebido o furto. Muitas pessoas compravam armas e as guardavam, voltando a pegá-las depois de meses. Descuidados. Se uma pessoa queria comprar uma arma, deveria comprometer-se, pelo próprio bem e o de sua família, a tornar-se habilidoso com ela, praticar com freqüência e mantê-la em boas condições de uso, sabendo onde ela estava guardada.

Ele levantou a arma e a cheirou. Não havia sido disparada; não sentiu cheiro de pólvora, mas apenas o de metal, plástico e óleo. Estava em ótima condição, bem cuidada e mantida. Ele não checou o pente, pois não queria deixar impressões digitais, mas poderia apostar que estava carregada.

— Foi usada? — Shannon perguntou.

— Não. — Marc colocou a arma no saco de provas, procurando por outros detalhes importantes.

Possuir uma Glock definitivamente elevava o status da vítima de morador de rua comum para um incomum, o que aumentou a curiosidade de Marc na mesma proporção. Por que um morador de rua teria uma Glock? Drogas? Pouco provável. Os moradores de rua eram usuários, não traficantes. Era por esse motivo que iam para a rua, em primeiro lugar. Então, supondo que ele havia roubado a Glock para trocá-la por drogas, por que ainda estava com ela? Uma Glock seria fácil de passar adiante. Talvez sentisse que precisava de proteção.

Por que precisaria de proteção? As pessoas que se preocupam com proteção esforçam-se para não viver nas ruas.

Enquanto observava a vítima, alguma coisa... uma lembrança... uma sensação de familiaridade... o intrigou. Não a vítima em si, mas alguma coisa nela. Permitiu que seus olhos não focassem um ponto específico, analisando o corpo de modo geral, não um detalhe por vez, e percebeu. Sujeira.

A vítima estava suja, um estado normal para moradores de rua. Mas seu rosto e suas mãos pareciam ter sido sujos de propósito. Marc se lembrou de algo e levantou a cabeça rapidamente.

— O que foi? — Shannon perguntou. Ele agachou-se ao lado de Marc, franzindo a testa. Era um homem negro, magro, recém-promovido a detetive, esperto, durão e disposto a aprender.

— Acho que ele é ex-militar. — Cuidadosamente, começou a mexer nos bolsos da vítima, em busca de uma identificação, mas todos estavam vazios.

— Como assim?

— Dê uma olhada nas mãos e no rosto dele.

Shannon observou a vítima. Passara quatro anos no Exército, por isso tinha certa experiência.

— Camuflagem — ele disse, surpreso. — Ele estava se escondendo.

— Provavelmente de quem o matou. — Marc observou a calçada e a rua onde estavam. Nada no Quarter era novo, tudo era sujo e velho. Se as câmeras de TV não estivessem ali, ele não teria visto, mas as fortes luzes iluminavam a cena como se fosse dia. Mesmo assim, as manchas escuras cerca de trinta metros dali se misturavam com a calçada molhada, deixando-as quase imperceptíveis.

— Dê uma olhada nisto. — Ele ficou em pé, caminhou na direção das manchas, e Shannon o seguiu.

— Mais sangue — Shannon disse.

— É, mas duvido que seja da vítima. O tiro na cabeça o matou na hora, ele não sangrou.

Shannon olhou para o corpo.

— Mas você disse que a arma dele não foi disparada. De onde veio esse sangue?

— Você leu as anotações do patrulheiro?

— Sim, mas o que há?

— Encontraram quatro cápsulas de calibre 22. E quantos tiros levou a vítima?

— Um. Mas o assassino pode ter *atirado* quatro vezes e acertado apenas na última.

— Ele tinha uma Glock .17 na cintura. Se alguém estivesse atirando nele e já tivesse errado três tiros, você não acha que ele pelo menos teria tentado revidar? Não teria ficado em pé ali, simplesmente esperando o outro atirar três vezes, o que significa que foi morto na primeira ou na segunda, no máximo. Mais do que isso, ele teria tido tempo de reagir.

— Então temos dois, talvez três tiros sem explicação, e sangue em outro local.

— Isso. Assim, o que acontece é que quem quer que tenha matado nossa vítima também atirou no doador de sangue anônimo, que pode estar morto. Pode ser que outro corpo apareça em outro local, apesar de eu não ver lógica alguma em levar um corpo e deixar o outro, a menos que os bandidos não tenham tido tempo de pegar o segundo corpo.

— Bandidos? Então não foi só um cara?

— Ele teria de ser bem forte para carregar o cara morto. Você sabe como é. Eles ficam muito pesados.

— Além disso, são pesos mortos — Shannon disse, mantendo a seriedade.

Marc disfarçou uma risada, transformando-a em tosse para que as câmeras de TV não o flagrassem rindo ao lado do corpo. Os policiais tinham de rir, caso contrário não conseguiriam agüentar a carnificina que eram obrigados a ver.

— Talvez o doador de sangue tenha ido embora sozinho — Shannon sugeriu. — Não há muito sangue.

— Também não há um caminho com manchas de sangue, apesar de que, na calçada molhada e à noite, seria difícil vê-las. O que ele pode ter feito? Talvez um curativo rapidamente e sem fazer sujeira, a ponto de nenhuma gota ter caído no chão?

Shannon fez que não com a cabeça em resposta à pergunta de Marc. Até mesmo um corte no dedo deixaria traços de sangue antes que este pudesse ser estancado.

— Então... você acha que havia dois ou mais bandidos e o cara que sumiu foi levado embora?

— Você entende rápido.

— O que você acha que era: uma transação de drogas fracassada ou mendigos brigando por uma casa de papelão?

— Não sei. Haveria pelo menos três partes envolvidas e isso não me parece muito correto. Nossa vítima, que estava armada, não teve a chance de se proteger; isso quer dizer que ele foi pego de surpresa. Não há testemunhas, armas ou qualquer motivo conhecido.

Shannon olhou para a multidão.

— O que faremos? — indagou.

— Vamos seguir o protocolo. — Era um fato duro da vida, mas nenhum departamento de polícia no país despenderia muito esforço tentando pegar o assassino de um morador de rua. Marc era bem pragmático; os recursos da cidade eram limitados, por isso o dinheiro e os esforços deviam ser gastos onde melhor fossem aproveitados, protegendo os cidadãos de bem e cumpridores da lei, que pagavam seus impostos e iam aos eventos escolares de seus filhos. — Se ele for ex-militar, como pensamos, pelo menos vamos conseguir identificá-lo.

— Sim — Shannon concordou. — Pena que foram os turistas que o encontraram.

Não fossem os turistas, tudo teria sido feito sem alarde. Com a pressão para manter a taxa de criminalidade baixa, havia rumores de que um corpo havia sido levado a um rio em Jefferson Parish, na surdina, e fora deixado lá, para que o assassinato não viesse à tona e não aparecesse nas estatísticas de Nova Orleans. Marc pessoalmente nunca havia feito isso, nunca perguntara, portanto não podia afirmar se era um fato verídico ou não. Em Nova Orleans, tudo era possível. Também era possível que o rumor fosse apenas o resultado de alguém ter escutado os policiais dizerem que *gostariam* de se livrar do corpo daquela forma. Mas o boato ajudara a estragar a reputação de Nova Orleans e tornara-se parte do folclore local.

— Essa bagunça vai terminar em breve — ele disse rapidamente. — A imprensa vai fazer disso um grande alvoroço no telejornal da manhã. Nós o identificaremos como morador de rua, haverá uma menção sobre o caso no telejornal da noite e pronto.

Shannon deu de ombros, aceitando a realidade com a mesma rapidez de Marc. Olhou ao redor para as construções velhas.

— Você vive no Quarter, não é?

Eles caminharam de volta ao corpo. — Sim, tenho uma casa na St. Louis.

— Como conseguiu, cara?

— Eu a herdei de minha avó.

— Sério? Então você é descendente de uma das antigas famílias francesas?

— Minha avó era. Meu pai é da parte pobre da Irlanda. — Marc não comentou que fora criado na casa da St. Louis; não se gabava de sua criação. Fazer alarde por causa de sua herança seria bobagem. Além disso, não havia nada a alardear. Seu pai não conseguia parar em nenhum emprego, e, para não ter de ver sua filha e neto vivendo em lugares cada vez piores, até, por fim, ficarem sem teto, sua avó os abrigara e, relutantemente, tolerara, a presença de seu genro como o preço que teria de pagar para não ficar com peso na consciência. Sua avó sempre agira como uma rainha destronada, mas há muito o dinheiro da família havia acabado e tudo que sobrara era a casa grande no Quarter.

Marc não se via como um creole; era simplesmente americano. Mais que isso, era um ótimo policial, esperto o bastante para saber que podia fazer a diferença em algumas situações e em outras, não.

Aquela era uma situação na qual não podia fazer nada, e não perdia seu tempo martirizando-se por causa disso.

Ainda assim, ao olhar para a vítima, não conseguia deixar de pensar se o cara tinha família, onde estaria e se alguém se importaria com sua morte. A maioria dos mendigos era vista como lixo, preguiçosos demais para trabalhar, sempre metidos com drogas ou crimes. Mas alguns deles tinham problemas mentais, não eram capazes de cuidar de si mesmos, e Marc não tinha paciência com as famílias que simplesmente deixavam essas pessoas se virarem sozinhas. Sim, eles traziam muitos problemas, problemas demais, mas não podiam evitar e as famílias tinham de cuidar de seus membros. Talvez ele fosse antiquado, mas sua avó colocara a família acima de tudo e ele aprendera com seu exemplo.

Marc ajoelhou-se ao lado do corpo novamente, observando os olhos sem vida, tentando imaginar o que havia acontecido ali, no meio do Quarter, sem que ninguém ouvisse ou visse nada suspeito. Não havia ninguém que houvesse escutado sons de tiros, apesar de pelo menos quatro terem sido dados. Silenciador? Isso o fazia pensar em bandidos profissionais, e profissionais lembravam crime organizado, não traficantes de rua. Mas aquele cara não parecia ser usuário; debaixo da sujeira, ele parecia ser cuidadoso com o corpo e bem alimentado. Os moradores de rua podiam comer tanto quanto as outras pessoas, graças aos abrigos e refeitórios públicos, mas os usuários de drogas não ligavam muito para comida. E os traficantes geralmente não viviam nas ruas, pois precisavam de uma base de operações.

Marc coçou o nariz. Aquilo não parecia ter nada a ver com drogas. Talvez o cara tivesse simplesmente se metido com as pessoas erradas; talvez estivesse no lugar errado, na hora errada, e algum espertinho o tivesse matado. Era provável que nunca descobrisse, mas detestava mistérios.

Os rapazes da ambulância se aproximaram.

— Já terminou, detetive?

Marc confirmou:

— Sim. — Não havia nada mais que pudesse fazer, nenhum outro detalhe que pudesse tirar da cena. Talvez o legista conseguisse identificá-lo, mas, além disso, talvez fosse tudo que ficariam sabendo a respeito da vítima.

Enquanto isso, ele tinha quatro moças para interrogar. Após observar o corpo sendo levado, olhou para Shannon e perguntou:

— Está a fim de colher uns depoimentos?

O jovem detetive olhou para as quatro mulheres.

— Desde que eu não tenha de conversar com a que está berrando. Cara, ela não calou a boca desde que eu cheguei aqui.

— Faça as preliminares. Entrarei em contato com elas amanhã. — Ele podia pedir para que fossem ao Oitavo Distrito, mas não queria deixar as coisas ainda mais difíceis para elas. As jovens, que aparentavam ter vinte e poucos anos, tinham ido ao Quarter para se divertir. Elas nunca haviam lidado com a brutalidade de um assassinato. Ele entenderia se chorassem um pouco.

— Pegue leve com elas — ele alertou Shannon, disfarçadamente, enquanto elas se aproximavam. — Estão precisando de um pouco de carinho.

Shannon lançou um olhar assustado a Marc; talvez o detetive não tivesse percebido, mas ele era negro e as testemunhas, não. Dar-lhes carinho? Ele só podia estar maluco!

Apesar de Shannon trabalhar como detetive há pouco tempo, já havia escutado muita coisa. Chastain era um tanto retraído, mas todos gostavam dele na delegacia. Diziam que ele era o melhor em interrogar testemunhas e suspeitos, pois, quando queria, conseguia ser simpático e gentil, conseguindo acalmar as testemunhas mais histéricas, mas era também bastante durão com os criminosos.

Um dos detetives já dissera: "Chastain é o tipo de cara que leva uma lâmina consigo." Shannon deduziu que, com aquela afirmação, o detetive não se referia ao canivete de bolso que quase todos os homens tinham, mas a uma faca cujo único propósito era servir de arma.

Sim, aquela frase descrevia Chastain. Um homem que sabia usar uma faca era ágil e controlado, rápido e mortal.

Shannon também admirava o estilo de Chastain. Bastava olhar para ele: obviamente acabara de acordar, estava com a barba por fazer e os olhos inchados, mas vestia uma calça de linho com pregas, uma camisa drapeada e uma jaqueta creme. Até mesmo seus sapatos, sem meia, pareciam ter sido escolhidos com cuidado. Isso sim era ter estilo.

Eles se aproximaram das jovens e se apresentaram. Shannon percebeu que a voz de Chastain havia mudado, assumindo um tom mais calmo e mais baixo. As mulheres subitamente moveram-se para mais perto dele, impressionadas, olhando-o assustadas. Até mesmo aquela que continuava aos prantos tentou controlar-se. Com delicadeza, Chastain separou o grupo, direcionando duas das mulheres para Shannon. A garota continuava chorando, mas de modo muito mais contido. Ele escutou Chastain falando bem baixo, frases que mais pareciam sussurros. Antes que Shannon conseguisse se concentrar para perguntar o nome das testemunhas, ele viu a garota chorosa secar as lágrimas e responder às perguntas de Chastain ainda um pouco nervosa e assustada.

Um pouco depois das cinco da manhã o lugar do crime finalmente ficou vazio. As testemunhas foram levadas ao hotel em que estavam hospedadas por um patrulheiro, a multidão se dispersou, a imprensa coletou informações necessárias para suas reportagens sem muitos detalhes e a rua foi liberada aos pedestres. A manhã trazia um grupo diferente de pessoas ao Quarter: lojistas, entregadores e turistas que não se sentiam seguros para passear à noite ou que simplesmente não gostavam da badalação noturna.

Marc sussurrou um palavrão ao se lembrar de toda a papelada que precisaria organizar. Gostaria de ir para casa e cair na cama, mas já tinha dormido tudo que conseguiria aquele dia. Passou a mão pelo rosto, sentindo a barba por fazer. A papelada poderia esperar até que ele tivesse tomado um banho e se barbeado.

— Não há motivo para você andar, já que estou de carro — Shannon disse, caminhando a seu lado. — Você vai para casa ou para a delegacia?

— Primeiro para casa, depois para a delegacia. Obrigado pela carona. — Eles se aproximaram do carro de Shannon e Marc sentou-se no banco do passageiro.

— Então quer dizer que você passou pelo Exército? — Shannon perguntou. — Afinal, você percebeu a camuflagem.

— Não, Marinha. Logo que saí do colégio. Assim, pude fazer faculdade.

— Entendo. — Shannon havia se alistado pelo mesmo motivo. Era estranho que os dois tivessem aquilo em comum: um negro de um bairro barra-pesada e um branco sofisticado de uma das antigas famílias francesas.

Não havia trânsito; então, logo eles chegaram à St. Louis. Shannon dirigiu mais lentamente.

— À esquerda — Chastain disse. — É à direta, no meio do quarteirão. O portão azul.

Shannon parou em frente ao portão azul. Ao estilo típico do Quarter, o portão grande era continuado por um sólido muro que protegia o pátio atrás dele. As antigas casas creoles eram construídas ao redor de um pátio central, deixando a vista das janelas para o próprio jardim e não para a rua. Varandas compridas de ferro forjado se estendiam pela calçada, a varanda do terceiro andar oferecia um teto para a varanda do segundo. Grandes cortinas brancas cobriam as portas francesas duplas que davam para a varanda, e Shannon conseguiu ver duas cadeiras de jardim e uma pequena mesa ali. Duas grandes samambaias estavam penduradas na parede.

— Samambaias? — Shannon não conseguiu disfarçar sua surpresa. Chastain não era casado. Não era normal que um homem solteiro e heterossexual tivesse samambaias.

Chastain riu.

— Relaxe. Elas me foram dadas de presente por uma ex-namorada. As mulheres gostam de samambaias, por isso eu as mantive aqui. Não me dão muito trabalho, só preciso regá-las de vez em quando.

A mãe de Shannon tinha samambaias, por isso ele sabia que elas exigiam mais cuidados que água de vez em quando. Ele deu um sorrisinho, imaginando um lento desfile de mulheres mantendo as samambaias de Chastain em bom estado, podando, adubando e regando. Talvez ele devesse comprar umas samambaias.

— Quer um pouco de café? — Chastain perguntou. — Ou está indo para casa?

— Não, não vale a pena eu ir para casa. Aceito um café.

— Então vamos entrar.

Um pouco surpreso pelo convite, mas ansioso para ver mais detalhes da casa, Shannon saiu do carro. Chastain abriu o portão e eles atravessaram uma entrada longa, estreita e de tijolos aparentes. Uma simples lâmpada na parede iluminava o caminho. Um quintal abriu-se diante deles e, na escuridão do pré-amanhecer, Shannon teve a impressão de se tratar de uma vegetação viçosa, e o perfume doce das flores chamou sua atenção.

Chastain virou à direita e subiu um lance de escadas.

— Transformei a casa em quatro apartamentos — ele disse. — Só assim consegui arcar com a manutenção. Este é meu.

Quando ele abriu a varanda, destrancou outra porta, acendeu uma luz e fez sinal para que Shannon entrasse.

Shannon olhou ao redor, interessado. O pé-direito era alto, pelo menos seis metros, o assoalho era de madeira e havia alguns tapetes espalhados. Havia um ventilador de teto no centro. A maioria dos móveis de Chastain era tão antiga e velha que Shannon concluiu que eles provavelmente haviam pertencido à avó dele, apesar de algumas peças serem mais modernas. O lugar era limpo e espaçoso, mas havia jornais no chão, ao lado de uma poltrona grande, uma xícara de café deixada sobre uma mesa de canto e livros espalhados.

— Não tem televisão? — ele perguntou.

— Está no armário — Chastain disse, indicando com um movimento de cabeça um grande móvel. — Minha avó adorava assistir às novelas, mas se recusava a deixar o televisor à vista, onde seus amigos pudessem ver que ela tinha um. A cozinha é por aqui.

Ele passou por uma pequena sala de jantar à esquerda, abrindo uma porta dupla para entrar na cozinha. Era um cômodo funcional e quadrado, surpreendente em sua normalidade. Fogão, geladeira, forno microondas, forninho, cafeteira — Shannon esperava um multiprocessador ou algo do tipo, porque Chastain dava a impressão de ser um homem que apreciava boa comida e que gostava de ter todos os eletrodomésticos possíveis para que suas namoradas preparassem suas refeições. Uma mesa de madeira para duas pessoas ficava no canto da parede.

Chastain mediu o café e a água, ligando a cafeteira.

— Sinta-se em casa — ele disse. — Estarei de volta assim que o café estiver pronto. Está com fome?

— Eu comeria alguma coisa.

— Há uns folhados no congelador. Esquente alguns no forninho.

Um pouco depois, Shannon ouviu o chuveiro ser aberto. Não quis colocar os salgados no forninho muito cedo, por isso caminhou até a porta e foi para a varanda. Seu carro estava estacionado logo embaixo. À sua esquerda, vinha a luz da outra porta e ele imaginou que ali fosse o quarto de Chastain.

Shannon pensou em sua casa, com roupas sujas no chão, pratos na pia e pó por todos os cantos. Quando levava alguma garota ali, precisava sair correndo, jogando as roupas embaixo da cama ou dentro do armário, escondendo pratos dentro do fogão, tentando remover o excesso de sujeira do chão, e precisava de uma lata de aromatizante para tirar o cheiro de meias sujas durante algum tempo. Já Chastain podia levar uma mulher para sua casa sem se preocupar.

Cara, aquilo é que era viver. Nada extravagante, e tudo era bem antigo, mas ele apostava que Chastain atraía as mulheres como um ímã. A maneira como se vestia, como vivia... as mulheres gostam disso.

Shannon apoiou-se no muro, pensando. Talvez não tivesse dinheiro para comprar uma casa no Quarter, mas podia cuidar melhor do lugar onde morava, limpá-lo, pendurar umas plantas, coisas assim. Ninguém precisava saber que ele mesmo as comprara, que elas não tinham sido presentes de namoradas. E precisava de umas roupas bacanas, nada muito chamativo, como as dos traficantes de drogas, mas algumas belas camisas e uma ou outra jaqueta legal. E, talvez, um processador de alimentos. Isso aí, por que não?

Estava tão envolvido com seus planos que não percebeu que o chuveiro fora fechado. Alguns minutos depois, assustou-se quando viu Chastain na varanda, de barba feita, com os cabelos pretos molhados. Estava abotoando uma camisa branca de mangas curtas meio transparente.

— Ai, caramba! — Shannon disse, desapontado consigo mesmo. — Esqueci a comida.

— Eu vou esquentá-la.

Shannon ficou envergonhado.

— É que... cara, você sabe, é tudo muito legal. A casa e tudo o mais. E eu fiquei observando como você lidou com as testemunhas. Só faltou abraçá-las. As mulheres gostam dessas coisas, não é? Você agiu com calma durante trinta segundos e aquela garota calou o berreiro e começou a falar. Pensei que ela fosse se jogar em seus braços.

— Elas mereciam ser bem tratadas — Chastain disse com calma. — Não haviam feito nada de errado e estavam assustadas. Elas não vêem as coisas que eu e você vemos todos os dias. — Da cozinha escutaram o barulho do forninho avisando que os salgados estavam prontos e então entraram.

Chastain pegou duas xícaras do armário e encheu-as de café. Ele o fez forte, do jeito que quase todas as pessoas em Nova Orleans preparam café, e a cozinha ficou tomada pelo aroma. Em seguida, colocou os folhados em dois pratos e espalhou açúcar sobre eles, entregando-os a Shannon enquanto pegava dois garfos de uma gaveta. Shannon colocou os pratos sobre a pequena mesa de madeira.

— Não são industrializados — ele disse.

— Uma namorada...

— ... os faz para você — Shannon completou a frase e suspirou.

— Isso aí. Eles são perfeitos para quando não tenho tempo de tomar café-da-manhã.

— Quantas namoradas você tem?

— Tenho muitas amigas, mas não namoro todas elas.

Shannon entendeu o recado. Um cavalheiro nunca se gaba de suas conquistas.

Aquelas poucas horas com Chastain tinham sido reveladoras, Shannon pensou. Observá-lo trabalhando, lidando com as testemunhas, ver como ele vivia, se comportava e se vestia, tudo isso mostrou a Shannon, de repente, como um homem deveria ser.

— Aposto que você abre portas para as mulheres, não é?

— Claro.

Claro. Era isso. A atitude. A atitude era tudo. Shannon ficou quase sem fôlego. Quando fizesse algumas mudanças, haveria filas de mulheres atrás dele.

— Qual é seu primeiro nome? — Chastain perguntou quando os dois já estavam quase acabando de comer.

— Antonio.

— Bem, Antonio, você tem que entender que as testemunhas já estão assustadas, não precisam que ninguém seja grosso com elas. Acalme-as para que possam pensar, vá com calma para que não se sintam ameaçadas e possam dizer o que sabem. — Ele fez uma pausa para mastigar. — Digamos que você tem dois jovens que estavam em algum lugar ao qual não deveriam ter ido e viram alguma coisa. Se estiverem assustados, vão mentir para se livrarem da fria, porque sabem que seus pais ficarão fulos da vida. Acalme-os. Converse com os pais, se for preciso, para que eles não assustem os filhos de modo que acabem se calando. Você não vai conseguir nada se isso acontecer.

Shannon conhecia técnicas de interrogatório: mostre-se compreensivo, até simpático. Talvez você saiba que está conversando com um homem que espancou a esposa até a morte. Você diz: "Cara, eu sei como você se sente. Às vezes minha esposa me dá nos nervos e eu sinto vontade de bater nela, sabe?" Não interessa que você esteja mentindo. O cara não sabe disso. Ele está com medo, assustado, perdeu o controle, matou a esposa e não quer problemas. Talvez um ombro amigo seja tudo o que ele precisa para abrir o bico. Chastain fazia essa mesma abordagem com as testemunhas. As pessoas provavelmente ficavam muito interessadas em chegar até ele para contar o que sabiam.

— Até que ponto você geralmente trabalha num caso como esse? — ele perguntou a Chastain, com curiosidade.

— Até quando o tenente quiser — ele respondeu normalmente. — Se conseguirmos identificá-lo, entrarei em contato com a família dele. Provavelmente não se importarão, mas pelo menos podem providenciar o enterro.

— Você acha que ele tinha problemas mentais?

Chastain deu de ombros, indicando que era possível.

— Ele não parecia viciado, não tinha aquela aparência de drogado. Alguns moradores de rua têm familiares que dão dinheiro a eles. É bem mais fácil que tentar cuidar de alguém com problema mental. Simplesmente jogá-los nas ruas.

Shannon balançou a cabeça, concordando. A situação não era tão incomum. Nos anos 1970 e começo dos 1980, muitos benfeitores foram à justiça pedir que pacientes fosse liberados de manicômios, afirmando que eles eram completamente capazes de viver em sociedade. E eram mesmo, desde que tomassem seus remédios. O problema era que as pessoas com problemas mentais só tomavam remédios quando viviam em um ambiente controlado, como uma casa de repouso. No mundo real, muitos deles deixavam de lado a medicação e viravam grandes empecilhos para suas famílias. Quando o estresse tornava-se muito intenso, muitos doentes iam parar nas ruas, incapazes de trabalhar ou manter uma conversa de modo coerente. Eles falavam sozinhos, xingavam as pessoas e faziam suas necessidades fisiológicas em público. Eram alvos fáceis de violência na rua e se misturavam aos viciados e aos criminosos.

Algo na voz de Chastain deixou Shannon em alerta, uma certa frieza.

— Você está bravo, não é?

— Ainda não. Se descobrirmos que ele tinha uma família que poderia cuidar dele, *então* ficarei bravo.

Ele disse isso com naturalidade, mas Shannon sentiu um frio percorrer-lhe a espinha. Percebeu que, apesar da sofisticação educada de Chastain, quando ficava bravo, conseguia ser um grande filho-da-puta.

Chastain pegou os pratos, limpou-os e depois os colocou na lava-louças. Após encher as duas xícaras com café mais uma vez, disse:

— Vamos levar o café conosco. Precisamos dar conta dos papéis. — Os dois suspiraram.

Marc tomou uma decisão. Se tivesse tempo, dedicar-se-ia a esse caso um pouco mais que o normal. Queria descobrir onde aquele cara havia conseguido uma Glock .17. Coisas estranhas como essa o irritavam.

# 5

— Como vocês se livraram do corpo?

— Dirigimos com o carro alugado dele até o Mississippi, colocamos o corpo dentro, limpamos tudo. Fizemos tudo parecer um assalto. Alguém o encontrará em um ou dois dias.

— O quê? — O primeiro homem inclinou-se em sua enorme cadeira de couro, que havia custado quase o mesmo que um carro popular. — Por que vocês não o jogaram em um rio para que um jacaré o comesse? — Ele parecia furioso.

O homem diante dele pacientemente balançou a cabeça.

— Você não quer que o bando de agentes perca um dos seus e comece a procurar por ele por aí. Coisas estranhas podem acontecer.

— Medina era da CIA. Eles não têm permissão de atuar dentro do país.

Como se regras — e leis — não fossem burladas todos os dias, o segundo homem pensou. Sim, a CIA não poderia agir dentro das fronteiras do país. Será que alguém que não fosse ingênuo demais acreditaria que isso não aconteceria, apesar da proibição? Não oficialmente, é claro. Ele não se deu ao trabalho de responder àquela bobagem, limitando-se a dizer com calma: — Procurar por Medina não é a mesma coisa que cumprir uma operação. E Medina era um agente contratado, não um funcionário da empresa, portanto trabalhava para outras pessoas também. A CIA é o que menos me preocupa. Dê o corpo a eles para que saibam o que aconteceu com o cara. Você disse que Medina era um durão, mas pelo que fiquei sabendo, ele não se compara ao filho dele. Eu não gostaria de ter o Júnior por aí, à procura de seu velho.

— Não sei de filho nenhum — o primeiro homem disse, franzindo a testa, preocupado. Ele olhou para o porta-retratos sobre a mesa, mostrando os rostos sorridentes e queridos. Sua família tinha uma importância gigantesca para ele. Quando era jovem, não queria nada além de ganhar a aprovação de seu pai e deixá-lo orgulhoso. Não ousava esperar menos que isso do filho de Rick Medina.

— Poucas pessoas sabem dele. Eu mesmo só fiquei sabendo de algumas coisas, e isso porque já fiz alguns trabalhos na área.

— Você consegue descobrir onde ele mora, como ele é?

— Não vai dar. — O segundo homem balançou a cabeça, em tom negativo. — Não tenho os contatos e, mesmo que tivesse, um pedido como esse me mataria dentro de uma hora. Estou te avisando, deixe as coisas como estão. Não faça nada que chame a atenção para nós.

— E se você tiver cometido algum erro, esquecido alguma impressão digital, algo assim?

— Isso não aconteceu. Usamos luvas, nos livramos das armas, queimamos nossas roupas. Não há nada que ligue algum de nós a Medina. Se está tão preocupado, deveria ter usado outra pessoa para encurralar Whitlaw.

— Nenhuma outra pessoa conseguia sequer chegar perto dele. Ele era bom demais. Precisava de alguém tão bom quanto ele. — Aquele alguém tinha sido Rick Medina. Uma pena. Um homem desimpedido teria sido muito mais simples, nenhum parente que se importasse muito, nenhum policial que desse a mínima. Medina trazia complicações, mas não havia como evitá-las, principalmente agora. Pelo menos ele fora capaz de concluir o trabalho, o que todos os outros palhaços não tinham conseguido. Ele contara uma boa história para convencer Medina a aceitar o trabalho, mas, depois de matar seu alvo, Medina também teve de ser eliminado, porque se ele descobrisse que havia sido usado... a coisa iria ficar feia.

O primeiro homem suspirou, levantou-se e caminhou lentamente até as janelas, que iam do teto ao chão e davam para um jardim bem podado. Não havia nada naquela visita que chamasse a atenção, porque ele costumava ter um fluxo constante de visitantes, pessoas entrando e saindo, pedindo favores, realizando tarefas. Ainda assim, aquele negócio o deixava inquieto. Pensara que tudo estivesse acabado há anos. Mas aprendera uma lição: não dê ponto sem nó. Medina tinha sido um ponto sem nó, arrependia-se da necessidade de ter feito o que fez, mas não se esquivava.

— E quanto aos homens que você usou? — ele perguntou, tentando descobrir se havia mais pontos sem nó.

— Posso assegurar que nenhum deles sabia nome algum, só estavam fazendo um serviço. Mantive tudo em segredo.

— Ótimo. E quanto ao caderno?

— Nem sinal dele.

— Merda. — A palavra foi dita em um sussurro. Enquanto o caderno estivesse desaparecido, não se sentiria seguro. Mas por que Dexter Whitlaw tinha sido louco de registrar a coisa? Era prova contra ele e não poderia ser incluída em sua contagem de corpos. Mas Whitlaw evidentemente concluíra que ele teria menos a perder que outra pessoa se a verdade viesse à tona, e que essa outra pessoa pagaria qualquer preço para pôr as mãos naquele caderno. Ele quase acertou. Quando uma pessoa tinha outras opções, não obedecia às regras. — Onde ele pode tê-lo colocado?

— Duvido que ele usasse um cofre — o segundo homem disse, refletindo. Seu nome era Hayes. Era alto, forte, com traços comuns, apenas mais um homem um pouco acima do peso, desleixado, que não mantinha a forma. Seu olhar era distante e esperto. — Ele mudava muito de lugar e certamente desejaria mantê-lo onde pudesse pegá-lo com facilidade; além disso, os cofres têm de ser pagos todos os anos. A mesma coisa com os guarda-volumes de rodoviárias. É mais provável que o tenha deixado com alguém de sua confiança, talvez um amigo, mais provavelmente alguém de sua família.

— Whitlaw não tinha contato com a família — disse isso com um tom de desaprovação que ficou claro. — Abandonou a esposa e a filha há vinte anos.

— Qual foi o último endereço conhecido delas? — Hayes perguntou rapidamente.

— Algum lugar da Virgínia Ocidental, mas não, elas não moram mais lá. Fiquei sabendo que se mudaram para Ohio há anos, mas ainda não as localizei.

— Talvez Whitlaw soubesse onde elas moram. Pode ter enviado o caderno a elas antes de ter começado a chantageá-lo. Planejou tudo.

— É verdade, é verdade. — Claramente incomodado diante daquela possibilidade, o primeiro homem virou-se, dando as costas para a janela.

— Já localizou o número do seguro social delas, os registros de impostos?

— Isso deixaria rastros...

Hayes suspirou. Sim, deixaria... se fosse feito de modo oficial, por meio lícitos, o jeito mais estúpido de se fazer qualquer coisa.

— Dê-me o nome e a data de aniversário delas. Vou levantar as informações, sem deixar rastro.

— Se tem certeza...

— Tenho certeza.

— Não tome qualquer atitude sem falar comigo antes. Não quero que duas mulheres morram sem necessidade.

Quando Hayes saiu, o Senador Stephen Lake deixou seu escritório e subiu a grande escadaria circular que levava ao segundo andar. O tapete, grosso e luxuoso, silenciou seus passos, o corrimão de ébano brilhava com a luz do sol de verão. O ar estava tomado pelo doce aroma das flores que haviam sido cuidadosamente cortadas de seus jardins bem cuidados — bem cuidados pelo jardineiro —, e ele fez uma pausa para sentir o aroma maravilhoso e incomparável da boa vida.

Ele adorava aquela casa e se apaixonou por ela desde que envelhecera o bastante para apreciar sua beleza e tudo que representava. Lembrava que, quando era criança, observava o pai passando a mão pelo brilhoso e recém-colocado mármore da sala de descanso, apreciando a pedra por sua beleza e por ela ser uma prova de sua riqueza e, de forma mais sutil, de seu poder. Stephen sentiu uma grande emoção ao captar o orgulho que o pai sentia e saber que se sentia da mesma maneira. Apreciou os candelabros de cristal, os requintados móveis europeus entalhados, a madeira mais exótica da África e da América do Sul, os quadros com suas molduras de ouro e os carpetes grossos que mantinham o frio do rigoroso inverno de Minnesota longe de seus pés.

Crescera brincando no jardim perfeitamente bem cuidado, com seu irmão mais velho, William, e os dois brincavam de índio e caubói, usando longos galhos como espadas e gritando "Bang! Bang!" um para o outro, até ficarem roucos. Dias maravilhosos. A cozinheira sempre trazia uma limonada gelada para refrescá-los nos dias quentes, ou chocolate quente para esquentá-los depois de brincarem na neve. Dentro da casa, havia um forte cheiro dos charutos do pai, um odor que o senador ainda associava ao poder, e a doce fragrância do perfume da mãe, quando ela abraçava e beijava os filhos, e ele ficou emocionado. "Meus pequenos príncipes", ela dizia.

A mãe deles os amara incondicionalmente. O pai era mais rígido, mais difícil de ser agradado. Um gesto de reprovação de sua parte era capaz de arruinar o dia dos meninos. William tinha mais facilidade para agradá-lo que Stephen. William era mais velho, sim, mas também naturalmente mais cuidadoso, mais responsável. Stephen era um pouco tímido, mais inteligente que seu confiante irmão, porém menos capaz de mostrar sua inteligência. William sempre escapara dos castigos, broncas e perda de privilégios sofridos pelo irmão, porque o pai deles sempre ficava impaciente com a timidez de Stephen.

Stephen crescera querendo, acima de qualquer coisa, agradar a seu pai, ser o tipo de homem de quem ele se orgulharia. Queria *ser* como seu pai, um homem a quem as pessoas respeitavam e temiam, cuja menor expressão de desagrado trazia obediência imediatamente, mas que cumpria o que dizia. William, no entanto, sempre foi o príncipe coroado, o herdeiro, ganhando, assim, a maior parte da atenção do pai. Stephen não podia dizer que o pai havia confiado na pessoa errada, porque a conduta de William era... maravilhosa. Somente essa palavra o descrevia. Ele não tinha nada de ruim e se esforçava completamente para corrigir seus defeitos. Mesmo com toda a responsabilidade em suas costas, sempre estava alegre, sorridente e pronto para rir de uma piada ou contar uma.

A morte de William, aos vinte e sete anos de idade, devastou a família. A mãe de Stephen nunca se recuperou do choque e sua saúde ficou debilitada; faleceu quatro anos depois. Seu pai sentiu-se arrasado. Deixando o próprio pesar de lado, Stephen se esforçou para ser motivo de orgulho para o pai. Entrou na faculdade de direito, estudou com mais afinco e determinação que seus colegas e se formou como primeiro aluno da turma. Casou-se com uma meiga e adorável jovem de uma família extremamente abastada de New Hampshire e dedicou-se a ser um marido fiel, carinhoso e atencioso. Tiveram dois filhos, um menino e uma menina, e Stephen via seu pai derreter-se com os netos.

Stephen começou sua carreira na política concorrendo a um cargo municipal, como seu pai o instruíra; foi assim que construiu um número fiel de eleitores. Após cumprir um mandato como promotor público, concorreu ao cargo de representante da Assembléia Legislativa, e em seguida para o Senado. Com doze anos de política municipal e estadual, aproveitou a oportunidade quando um representante norte-americano do estado se aposentou e se candidatou ao cargo. Cumpriu suas obrigações do modo mais consciente possível e esperou, observando os sinais de fraqueza dos senadores. Quando um deles se envolveu em um escândalo sexual, Stephen entrou em ação e concorreu contra ele na eleição seguinte. Tornou-se senador dos Estados Unidos aos quarenta e um anos e construiu sua base de poder e sua reputação.

Afastando essas lembranças, o Senador Lake subiu os degraus restantes e atravessou o hall que levava aos quartos, na parte de trás da casa. Ele bateu à porta levemente e a abriu.

— Como ele está hoje?

— Ele se alimentou bem — disse uma enfermeira com um sorriso gentil. Cinda Blockett era um doce de pessoa, tratava seu pai com tanta delicadeza quanto trataria um recém-nascido. Seu marido, James, também enfermeiro profissional, trabalhava no primeiro turno com ela, oferecendo a força necessária para se cuidar de um inválido.

James carregou Walter William Lake para a enorme e reclinada poltrona diante das janelas, com uma vista perfeita do jardim e do lago azul, rodeado por majestosos pavões. Stephen puxou uma cadeira para perto de seu pai e segurou a mão enrugada e fraca dele.

— Bom-dia, pai — ele disse com gentileza. Esperou um momento para ver se receberia um sinal qualquer de reconhecimento, mesmo que fosse um piscar de olhos, e começou a falar sobre as últimas notícias, tanto da televisão quanto do jornal. Não se restringiu apenas à política, falou também sobre negócios e ciências. Sempre que um foguete era lançado, Stephen contava ao pai. Não sabia se o que dizia era recebido e processado pelo seu cérebro, mas nunca desistia.

Ficou sentado com o pai por mais de uma hora, permitindo que Cinda e James fizessem uma refeição. Seu pai nunca ficava sozinho. Enfermeiros se revezavam em três períodos para cuidar dele, mantendo-o alimentado, exercitando seus músculos fracos e virando-o de lado na cama para que sua pele frágil não ficasse repleta de feridas. Tornavam a vida dele o mais confortável possível, tocando sua música favorita, ligando a televisão em seus programas preferidos, lendo para ele ou colocando CDs com histórias. Se ainda havia alguma parte de seu cérebro que continuava funcionando depois do derrame que o acometera onze anos atrás, Stephen esperava estar fazendo o bastante para mantê-la estimulada a fim de deixar seu pai o mais feliz possível naquelas circunstâncias.

Era agora uma das pessoas mais poderosas e respeitadas de Washington e nunca saberia se seu pai sentia orgulho dele.

Quando Cinda e James retornaram e Stephen deixou o quarto do pai, Raymond já esperava por ele. Raymond Hilley, sessenta e nove anos, trabalhava para a família Lake há cinqüenta. Stephen não conseguia se lembrar de um momento sequer em que Raymond não estivesse presente, o braço direito do pai, quase um tio para ele e para William quando os dois eram jovens. Quando William morreu, Raymond sentou-se no chão e chorou, e grandes lágrimas escorreram por seu rosto enrugado.

Onze anos atrás, quando o derrame deixou Walter William Lake incapacitado e Stephen se tornou o líder da família, as habilidades e a lealdade infalível de Raymond voltaram-se para ele.

— Vamos descer ao meu escritório — o senador disse, pousando a mão sobre o ombro de Raymond, como seu pai sempre fazia, um sinal de amizade e aceitação.

O café estava esperando por eles, tendo sido levado quando Cinda e James terminaram o almoço e voltaram para o quarto. Com Hayes, o senador teria se sentado à sua mesa e Hayes teria ocupado uma cadeira diante dele, mas, com Raymond, ele se dirigiu aos sofás e eles se sentaram como amigos, como parentes. Ele serviu o café de Raymond primeiro, adicionando três colheres de açúcar e diluindo-o com leite, até o líquido adquirir um tom bege. Tomou seu café com apenas um pouco de creme, somente uma gota na verdade; seu pai o bebia puro, mas, mesmo depois de tanto tempo, Stephen não dispensava aquela gota de creme para suavizar o gosto amargo do café. Às vezes sentia-se envergonhado por sua fraqueza pelo creme no café; era como se ele fosse uma versão fajuta de seu pai, um covarde — sim, era uma comparação melhor, tanto na imagem quanto na palavra.

Mas ele sabia que não era covarde, é claro. Tomara algumas decisões muito difíceis em sua vida, como aquela a respeito de Dexter Whitlaw e Rick Medina. Não se sentia bem a respeito do que fizera, mas sabia que havia sido necessário.

Raymond bebericou o líquido doce de sua xícara e suspirou de prazer.

— Eu o segui até o aeroporto — ele disse com seu tom de voz rouco, como se sempre estivesse gripado. — Ele não parou, não usou o celular, simplesmente foi direto ao balcão de check-in e depois para a sala de embarque.

— Ele poderia ter telefonado para alguém de dentro da sala de embarque.

— Ele não faria isso. Haveria muita chance de ser escutado.

Aquilo fazia sentido e Stephen aceitou a opinião de Raymond como não aceitaria a de mais ninguém.

— Se você não confia nele... — Raymond disse lentamente, de modo reticente, convidando o senador a continuar seu pensamento da mesma maneira que ele fazia há quarenta anos, quando estava ensinando os meninos a caçar e eles tinham de prever o que um grande alce faria.

— Então não o use — o senador disse e suspirou. — Eu não o usaria, mas preciso dos contatos dele. Ele trabalha bem e não acho que vai abrir o bico. Afinal, seu sustento depende de sua reputação. Se ele não soubesse guardar segredo, ninguém o contrataria.

— Ele está com a situação sob controle?

— Já deu um jeito no chantagista; entretanto, ainda há alguns pontos sem nó.

— Pontos sem nós são como cadarços desamarrados; podem derrubá-lo a qualquer momento. — Raymond tomou outro gole de seu café, com as mãos grandes segurando a xícara de porcelana translúcida com certa delicadeza.

— Algumas medidas estão sendo tomadas.

— Bem, quanto ao Sr. Walter... eu não gostaria que ele fosse incomodado. É um homem muito bom. Fez algumas coisas que as pessoas podem não compreender, por não conhecerem a história toda. Não merece que fiquem falando coisas ruins sobre ele, principalmente agora que não pode se defender.

— Não — o senador disse com um suspiro. — Não pode.

— Homem branco, um metro e oitenta e um, oitenta e dois quilos e meio, idade entre cinqüenta e cinqüenta e cinco anos. Cabelos grisalhos, olhos castanhos. Marcas que podem identificá-lo: tatuagem com o lema dos fuzileiros navais dos Estados Unidos, "Semper Fi" no antebraço esquerdo, uma cicatriz de cirurgia de dez centímetros de comprimento na parte mais baixa do lado direito de seu abdome, um quelóide de cinco centímetros na diagonal em seu quadríceps direito...

Marc ignorou as descrições feitas pelo assistente do médico-legista, para registro, das diversas cicatrizes da vítima. Nenhuma delas parecia ter sido causada por um tiro, mas várias pareciam ter resultado de encontros com lâminas afiadas. A maioria, no entanto, era do tipo que todas as pessoas colecionavam ao longo da vida: cortes nos joelhos, incisões e arranhões. O detalhe mais importante para a identificação era a tatuagem. Ele já tinha sido militar, e a tatuagem mostrava que tipo de serviço ele prestava. Logo teriam um nome para aquele desconhecido.

Conforme o esperado, os repórteres do noticiário da manhã usaram tons de voz eloqüentes e pesados, típicos de notícias ruins, para que os telespectadores soubessem que se tratava de um assunto sério, para anunciar o assassinato ocorrido no Quarter. As estatísticas dos assassinatos em Nova Orleans eram mostradas o tempo todo, seguidas por uma declaração pouco confiável da delegacia e por uma declaração inflamada do prefeito, dizendo que os cidadãos — e os turistas — de Nova Orleans *podiam* e *deveriam* se sentir seguros na cidade. Era um bom slogan de campanha, ele já o usara antes.

Marc assistiu à autópsia sem se abalar. Tinha estômago forte e nunca vomitava, como alguns detetives. Como os médicos-legistas, ele conseguia ignorar os odores e se concentrar no que o corpo mostrava. Era uma boa qualidade para alguém da área de homicídios, como ele.

Aquele corpo não teria muito para mostrar. Uma bala na cabeça era uma coisa bem óbvia. O onde, o quando e o como não importavam, apenas o quem e o porquê.

As jovens que encontraram o corpo não tinham ajudado em nada. Nenhuma delas se lembrava de ter visto outra pessoa, nem andando nem dirigindo. Os tiros só podiam ter ocorrido minutos antes, mas ninguém, nem mesmo as pessoas que moravam perto dali, havia escutado coisa alguma.

Não havia nada de incomum com a vítima, exceto sua aliança de casamento, cuidadosamente costurada na parte de dentro da barra de sua calça. Talvez ele a tivesse roubado, mas ela servia em seu dedo anular, e ele a mantivera cuidadosamente escondida, o que mostrava a Marc que valorizava aquele anel mais do que o dinheiro que ele valeria em uma casa de penhores. O cara já tinha sido casado, talvez ainda o fosse.

— Você está me irritando, Chastain — o legista disse, desligando o microfone para que suas palavras não fossem gravadas. Ele era um homem ocupado, impaciente e irritado, e raramente falava com os detetives que assistiam às autópsias.

Marc ergueu uma sobrancelha, esperando que ele explicasse.

— Esse seu jeito. — O legista apontou o bisturi sujo em sua direção. — Você só fica aí, parado feito uma pedra e, ao mesmo tempo, ativo. Não me interrompe para fazer perguntas, não fica verde nem vomita, só observa. Que coisa! Você mal pisca! O que você faz? Entra em transe?

— Se tiver perguntas, eu as farei quando você terminar — ele disse, de modo educado.

O bisturi entrou em ação de novo.

— Você ainda está fazendo isso. Não mudou a expressão de seu rosto. Faça-me o favor: comporte-se como um ser humano, antes que eu pense que você é um robô. — Atrás dele, sua assistente disfarçou uma risada.

— Se estiver em dúvida, quando você terminar, pode me ver mijando. — A resposta foi dada no ato, e dessa vez a assistente não conseguiu segurar o riso.

— Obrigado, mas recusarei essa maravilhosa oportunidade.

— Não faço esse convite a qualquer pessoa. Você foi o único homem que o ouviu, por isso talvez queira pensar melhor. Mas não confunda minha orientação sexual.

Por trás de sua máscara, os olhos da assistente brilhavam. O legista lançou-lhe um olhar desconfiado.

— Nem pense em ser voluntária para a tarefa.

— Tarde demais — ela admitiu, rindo.

Marc piscou para ela.

— Esqueça o que eu disse — o legista disse e voltou a ligar o microfone, colocando um fim à conversa. Que pena! Marc tinha gostado de alfinetá-lo, e evidentemente a assistente se divertira também. Foi a primeira vez que Marc viu o médico carrancudo interromper uma autópsia para fazer um comentário pessoal.

Só para irritar, ele colocou as mãos nos bolsos e começou a chacoalhar algumas moedas. Dois minutos depois, o microfone foi desligado mais uma vez.

— Esqueça o que eu disse — o legista voltou a dizer. — E pare de chacoalhar essas moedas. Que droga! Até parece que você é o Papai Noel.

Marc deu de ombros e tirou as mãos dos bolsos, mas seus olhos mostravam que ele se divertia.

Algum tempo depois, o corpo da vítima deixou claro que, em vida, estava em plena forma. Nenhum sinal de doença nos principais órgãos, nenhuma veia entupida, boa definição muscular, nenhuma picada de agulha em seus braços ou entre os dedos que indicasse uso de drogas injetáveis. O relatório toxicológico não estava pronto e poderia indicar o uso de outras substâncias, mas, de modo geral, a vítima parecia saudável demais para ter sido um viciado.

A causa da morte era um ferimento à bala na cabeça, feito a uma distância média, sem ferimento de saída. A bala era de uma arma calibre 22, que também enviara vários fragmentos de ossos aos tecidos macios do cérebro. A energia cinética dos projéteis destruíra grandes partes de tecido, como um maremoto que passa pelo cérebro e arrasa tudo que encontra pelo caminho.

Raios X e radiografias da arcada dentária da vítima tinham sido mandados para a Marinha, para que fossem identificados. Dependendo da eficiência deles, a identidade da vítima seria revelada em poucos dias. Marc começaria a tentar localizar a família e talvez, quem sabe, dentro de uma ou duas semanas o pobre coitado poderia ser enterrado.

Ele ficou surpreso ao ver a identificação chegar no dia seguinte. Alguém dentro da grande burocracia civil e militar estava no controle; isso ou então o registro dos dentes da vítima estava entre os primeiros do arquivo. Agora havia um nome: Dexter Alvin Whitlaw, de Keysburg, Virgínia Ocidental. Como parentes, havia o registro de uma esposa, Shirley Jeanette Allen Whitlaw, e de uma filha, Karen Simone Whitlaw. Marc tinha o número do seguro social delas, além do último endereço conhecido. Poderia encontrá-las.

A luz que indicava que havia mensagens a serem ouvidas estava piscando quando Karen chegou em casa, depois do trabalho. Sentiu-se tentada a não ouvir as mensagens, para poder tomar um banho rápido e dormir. Desde que vendera a casa e mudara-se para um apartamento, quatro meses antes, as noites pareciam ainda mais solitárias; após trabalhar o dia todo, não tinha energia nem interesse em desempacotar os objetos, e muitas de suas coisas ainda estavam nas caixas, fazendo com que ela tivesse a impressão de estar vivendo em um quarto de pensão mal mobiliado — ou em um depósito. Os cômodos chegavam a ter eco, aumentando sua sensação de solidão, a saudade que sentia de Jeanette.

Também não estava dormindo nem se alimentando bem, e estava perdendo peso. Na tentativa de manter-se afastada da depressão, havia trocado os turnos com uma das enfermeiras e agora trabalhava à noite. A estratégia funcionara, até certo ponto. Estava tão cansada quando chegava em casa pela manhã que literalmente caía na cama e dormia como uma pedra. Depois do primeiro dia desastroso, no qual foi acordada onze vezes por vendedores e enganos, aprendeu que deveria desligar o telefone.

Ultimamente, vinha tentando manter-se acordada por várias horas depois de chegar em casa, para tentar imitar a rotina de uma pessoa que trabalha durante o dia. Mas não naquele dia. Aquela era a manhã que viera depois da noite infernal. Não queria nada além de dormir.

Trabalhava no andar do centro cirúrgico, onde pacientes em condições normais eram acomodados depois da cirurgia. Todos sentiam dor, mas cada um tinha uma tolerância diferente a ela. Alguns eram tão fortes que só a pressão arterial mostrava se estavam sofrendo ou não; outros gritavam como loucos por qualquer desconforto. Aquela tinha sido a noite dos que gritavam. Eles estavam com dor, *inferno*, e queriam algo que a fizesse desaparecer *já*: outro analgésico, mais morfina na veia, qualquer coisa que fosse. Obviamente as enfermeiras não podiam aumentar as doses prescritas pelos médicos sem autorização; tudo que podiam fazer era agüentar o sufoco. Procurar por um médico no meio da noite a fim de conseguir uma autorização para aumentar a dose de medicação era, na maior parte das vezes, inútil; as enfermeiras praticamente precisavam de cães farejadores para encontrar o médico de plantão, que sempre estava longe e não atendia aos chamados.

Até que uma paciente, uma mulher de trinta e dois anos e mãe de dois filhos, deu trabalho. Estava ali devido a uma apendicite, ficou mal por vários dias, mas estava em fase de recuperação. Naquela noite, depois do jantar, foi ao banheiro e de repente caiu no chão. Um coágulo de sangue formou-se em sua artéria pulmonar e ela faleceu, apesar de todos os esforços para salvá-la. Acontecia às vezes, mas o choque nunca era menor. A única coisa que mudava era que Karen já havia aprendido a trabalhar deixando o choque de lado. Todas as enfermeiras e todos os médicos tinham de fazer o mesmo ou não conseguiriam trabalhar.

Mas o pior foi quando algum idiota deixou que um rapaz de dezenove anos, viciado em drogas, escapasse da unidade de psiquiatria, onde ele estava internado por ser um local mais seguro. Um pouco mais seguro. E para onde o rapaz tinha ido? Para o andar do centro cirúrgico, onde todas as drogas estavam.

Ele havia tirado a roupa do hospital em algum momento. Nu, com as pupilas contraídas, parecendo um alienígena, os cabelos despenteados, havia destruído a mesa à procura de drogas. Por fim, encontrou o armário trancado, mas Judy Camliffe, a enfermeira responsável pelo andar, estava com a chave em seu bolso. O segurança chegou quando ele tentava abrir a porta de metal à força. Infelizmente, segurar um homem nu é difícil, sem roupas nas quais agarrar. O rapaz conseguiu escapar tantas vezes que Karen perdeu a conta. Lutaram nos corredores, derrubando carrinhos, arquivos e fichas por todos os lados, acordando pacientes que ficavam assustados ou pediam mais remédios para a dor. Quando o rapaz finalmente foi dominado, o andar do centro cirúrgico estava destruído. Assim como as enfermeiras, quando terminaram o turno.

A mensagem provavelmente era de algum vendedor ou de alguma instituição de caridade; ainda não havia feito amizades com seus vizinhos e todos os outros amigos eram enfermeiros que conheciam o turno em que ela trabalhava e não ligariam simplesmente para conversar. Não conseguiu encontrar nenhum motivo urgente que a fizesse querer escutar a mensagem, mas mesmo assim largou a bolsa e caminhou em direção ao aparelho. Não conseguiria dormir sabendo que uma mensagem a esperava.

Por força do hábito, pegou o bloco de anotações e uma caneta que sempre mantinha ao lado do telefone, para o caso de realmente precisar anotar um número para retornar a ligação. Apertou o botão play e escutou a fita sendo rebobinada.

Após um zunido e alguns cliques, um tom de voz grave quebrou o silêncio da sala. Por alguma razão, ela hesitou. A voz era um tanto sedutora, com tons masculinos fortes, e ela sentiu-se como se estivesse sendo tocada. Conseguiu identificar, ainda, um leve ar autoritário. Ele disse: "Srta. Whitlaw, aqui é o detetive Marc Chastain, do Departamento de Polícia de Nova Orleans. Entro em contato para falar sobre seu pai. Meu número de telefone é..."

Ele disse o número, mas Karen estava tão surpresa que não anotou nenhum dígito. Rapidamente, apertou o stop e depois o replay. Quando os barulhos terminaram, ela escutou novamente a breve mensagem e mais uma vez ficou tão distraída pela voz que quase perdeu o número de novo. Ela o anotou rapidamente e olhou para o bloco de anotações com cansaço e choque.

Dexter evidentemente estava em apuros e esperava que ela o ajudasse a se safar. Não, esperava que *Jeanette* o ajudasse; não teria como saber que a esposa morrera havia seis meses. O detetive havia dito "*Senhorita* Whitlaw" ou "*Senhora* Whitlaw"? Sua voz não havia ficado muito clara nessa parte.

Karen não resistiu. Escutou a mensagem mais uma vez, muito mais para ouvir a voz do que para certificar-se se ele procurava por ela ou por sua mãe. Escutando com atenção, achou que ele havia dito "senhorita", o que teria sido politicamente incorreto da parte dele, mas não podia afirmar com certeza.

Ela não queria ligar. Não queria saber sobre os problemas de Dexter, nem tinha qualquer intenção de tirá-lo da cadeia. Tudo que queria fazer era deitar e dormir.

Pensou em sua mãe, em como Jeanette sempre o aceitava de volta, como sempre estava pronta para ajudá-lo. *Ele* nunca estava pronto para *elas*, mas Jeanette nunca havia deixado de dedicar-se a ele.

De repente, Karen sentiu-se tomada por uma exaustão que nada tinha a ver com cansaço, mas apenas com a amargura que carregara dentro de si a vida toda, com o desalento, e com os seis meses de solidão e de saudade da mãe. Estava cansada de sofrer pelo abandono do pai. As coisas tinham acontecido daquele jeito e nada que ela fizesse mudaria o passado. Não queria ser uma daquelas pessoas que passam a vida inteira reclamando sobre problemas do passado, como se isso as eximisse da responsabilidade com o presente. Amara a mãe com todas as suas forças; ainda a amava e continuaria sentindo sua falta, mas estava na hora de continuar vivendo. Em vez de deixar o apartamento vazio deprimi-la, deveria tirar tudo de dentro das caixas da mudança e torná-lo um lar.

Talvez devesse estudar mais, fazer um mestrado em sua área. Talvez devesse entrar na área de traumatologia. Era bastante desafiador, mas fascinante para quem conseguia agüentar a pressão. Ela mantinha-se calma em casos de emergência e agia com rapidez, duas qualidades necessárias para uma enfermeira nessa área.

Respirou profundamente. Pela primeira vez na vida desde a morte de Jeanette, sentiu-se no controle de si mesma, de sua vida. Precisava lidar com Dexter, mesmo que fosse apenas pela mãe, por isso teria de retornar a ligação. Sem esperar e, talvez, acabar desistindo, ela tirou o telefone do gancho e teclou o número do detetive Chastain.

Inconscientemente, ela parou, preparando-se para ouvir a voz dele. Que bobagem deixar-se afetar pela voz de um homem ao telefone, mas reconhecer a tolice de sua reação não diminuía a sensação.

O telefone tocou diversas vezes, mas ninguém atendeu. Decerto os detetives não trabalhavam em horário comercial. Ela olhou para o relógio de pulso. Sete e quarenta e cinco. "Idiota", ela disse baixinho e desligou. A Louisiana estava na região central do país, uma hora a menos que em Ohio. O detetive Chastain certamente não estaria no escritório às seis e quarenta e cinco.

Ela não conseguiria manter-se acordada até esperar o horário adequado para ligar. Não conseguiria ficar em pé nem mais cinco minutos. Dexter teria de esperar.

Mas ela pretendia telefonar. Assim que acordasse, à tarde, telefonaria.

Com a decisão tomada, foi para a cama. Ao se despir, estava tão cansada que chegou a atrapalhar-se com a roupa. Bocejando novamente, espreguiçou-se entre os lençóis frios e suspirou, curvando os pés doloridos e esticando os dedos. Tentou imaginar o detetive Chastain. As vozes quase nunca combinavam com a aparência; o detetive provavelmente era um homem mais velho e barrigudo, perto da aposentadoria, com dois filhos quase adultos. Mas sua voz era muito bonita e, pensando nela, Karen adormeceu.

O toque estridente do telefone a acordou. Confusa, assustada, Karen sentou-se rapidamente na cama e gemeu ao perceber que havia se esquecido de silenciar a campainha do aparelho antes de dormir. O relógio digital mostrava, com seus dígitos vermelhos, que eram nove e meia da manhã.

Ela atendeu somente para acabar com o barulho.

— Alô — ela disse, com a voz rouca de sono.

— Srta. Whitlaw?

A voz. Apenas duas palavras, mas a certeza percorreu-lhe a espinha, causando-lhe um arrepio. Ela pigarreou e respondeu:

— Sim.

— Aqui é o detetive Chastain, do Departamento de Polícia de Nova Orleans. Deixei-lhe uma mensagem ontem, a respeito de seu pai.

— Sim. — Ela ia começar a falar que tinha a intenção de retornar a ligação naquela tarde, mas ele já estava falando novamente, o tom grave, certamente mais frio.

— Sinto muito, senhorita, mas seu pai foi morto há dois dias em um tiroteio na rua.

Chocada, ela não conseguiu dizer nada. Sua mão apertou o telefone.

— Dois dias? — Por que ninguém havia ligado antes?

— Ele estava sem qualquer documento de identidade. Nós o identificamos por meio do registro militar de sua arcada dentária. — Ele continuou, dizendo algo sobre ela ir a Nova Orleans para reconhecer o corpo. O detetive era direto, formal, e Karen lutou para organizar seus pensamentos.

— Vou tentar pegar um vôo hoje — ela conseguiu dizer. — Se não...

— As empresas aéreas conseguem atender emergências — ele interrompeu. — A senhorita conseguirá chegar aqui hoje à tarde.

*Se quiser*. Ela percebeu a acusação não concretizada na voz séria dele e ficou ressentida. Aquele homem não sabia nada sobre ela; quem era ele para querer julgar o relacionamento, ou a falta dele, que ela mantinha com o pai?

— Telefonarei quando chegar aí — ela disse, com a voz mais ríspida.

— Venha diretamente para o Oitavo Distrito Policial, na Royal Street.

Karen repetiu o endereço e disse:

— Obrigada por ter telefonado — e desligou antes que ele pudesse dizer qualquer coisa.

Ela dobrou as pernas e encostou a cabeça nos joelhos. Dexter estava morto. Karen tentou assimilar a notícia, mas parecia irreal demais. Sabia que deveria estar sentindo algo além de choque, mas estava vazia. Como sofrer por um homem que mal conhecia? Era a ausência, e não a presença dele, que havia moldado sua vida.

Afastando o lençol, saiu da cama. Sentia-se como um zumbi, mas precisava fazer alguns telefonemas, reservar um lugar em um vôo, fazer a mala. Fazia as coisas por obrigação, mas era muito difícil.

Seu pai estava morto. O pensamento tomou conta de sua mente enquanto ela tomava um banho frio. Não o conhecera de verdade e nunca teria a chance de fazê-lo.

# 6

"Karen Whitlaw, Karen Whitlaw". Um homem chamado Carl Clancy estava dentro de uma cabine telefônica. Havia sido muito difícil encontrar uma que tivesse uma lista de assinantes, e escorregou o dedo sobre o papel fino. Já passava do meio-dia e o sol estava insuportável. Ele mudou de posição para bloquear a luz que batia na folha. Não encontrou nenhuma Karen Whitlaw, mas apenas uma K. S. Whitlaw. Apostava que era ela. Mulheres solteiras sempre usavam as iniciais; a prática era muito comum, pois queriam proteger seus nomes completos.

Ele colocou algumas moedas na ranhura e teclou o número. Após quatro toques, ele escutou um barulho de secretária eletrônica e uma voz agradável de mulher disse: "Você ligou para 555-0677. Por favor, deixe sua mensagem."

Garota esperta, ele pensou. Não dava seu nome para nenhum idiota que por acaso discasse seu número. As pessoas sempre faziam isso; diziam seu nome nas mensagens da secretária eletrônica ou mesmo o deixavam escrito nas caixas de correio, alardeando "Os Henderson" ou qualquer coisa assim. Idiotas. Tudo que os bandidos precisavam fazer era procurar pelo sobrenome Henderson na lista telefônica até encontrar o mesmo endereço e telefonar para saber se havia alguém em casa. Se ninguém atendesse, eles podiam entrar sem problemas, seguros de que estavam sozinhos.

Mas, nesse caso, Carl já sabia o nome dela. O telefonema servira apenas para confirmar o endereço. Ela provavelmente estava trabalhando; pelas informações que recebera, sabia que era enfermeira. Ele teria tempo, poderia revirar a casa e encontrar o caderno que Hayes queria. Se não o encontrasse, seguindo as orientações de Hayes, atearia fogo à casa, apenas por segurança. Talvez o caderno estivesse em um cofre, mas as pessoas raramente eram tão cuidadosas com objetos de valor; simplesmente os guardavam em um lugar que consideravam seguro dentro da própria casa.

Voltando para o carro, pegou o mapa que havia comprado e localizou a rua de Karen Whitlaw. Conseguiria chegar ali em quinze minutos, no máximo; teria tempo de sobra para fazer o serviço e pegar o vôo no final da tarde.

Dirigiu pelo bairro, atento a placas de empresas de segurança e a vizinhos fora de casa que estivessem cuidando do jardim ou cortando a grama. As casas eram meio pequenas e um pouco antigas. Viu apenas algumas crianças brincando, e a maioria dos carros nas ruas eram sedans mais velhos, que mostravam que a maior parte das casas era de pessoas idosas, cujos filhos já estavam crescidos ou tinham saído de casa, ou de casais novos que haviam comprado sua primeira casa, mas ainda não tinham família formada. As casas sem carros na garagem pertenciam aos jovens casais, que estavam no trabalho.

Isso era ruim e bom ao mesmo tempo. Não havia muitas pessoas em casa na vizinhança, mas as que estavam provavelmente eram idosas. Os idosos eram intrometidos. Sabiam quais carros pertenciam aos moradores do bairro e quais eram de estranhos, pois não tinham mais nada de interessante para fazer além de ficar espiando pelas janelas.

Bem, alguns velhotes não conseguiriam impedi-lo de entrar onde queria. O truque, se fosse visto, era agir da maneira mais natural possível, como se tivesse todo o direito de estar ali. Melhor ainda seria se ninguém o visse. Era bom em não ser visto, por isso Hayes o escolhera para o serviço.

Dirigiu até encontrar uma loja de conveniência e estacionou o carro alugado o mais distante possível. Para o caso de a funcionária da loja estar na janela, ele entrou e comprou um refrigerante, tomando o cuidado de não estabelecer contato visual nem fazer nada, para que ninguém se lembrasse dele. Deixando o carro ali, rapidamente caminhou pelos três quarteirões até a casa de Karen Whitlaw.

Quando chegou à rua dela, começou a cortar caminho pelos gramados, usando os arbustos e as cercas para se proteger. As pessoas colocavam todos os tipos de tranqueiras nos quintais, que o ajudavam a se esconder. Geralmente, tinha problemas com cães. Os animais eram um pé no saco. Conseguia escutar um deles agora, latindo na casa pela qual estava passando naquele momento. Carl abaixou-se atrás de um arbusto, mantendo-se parado até os latidos chegarem ao fim.

Finalmente, chegou à casa de Whitlaw. Entrar foi fácil. A tranca da porta dos fundos não deteria um garoto de dez anos que quisesse entrar; ele a abriu em questão de segundos. As pessoas não sabiam de nada.

Ele andou pela casa toda, antes de mais nada checando os esconderijos mais óbvios: o freezer da geladeira, sobre armários, sob cadeiras. Não sabia como o caderno era; ninguém sabia. Hayes dissera simplesmente que era preciso procurar por um pequeno caderno. Devia ser velho e sujo.

Não havia nenhum caderno velho e sujo nos lugares óbvios. Metodicamente, Carl começou a vasculhar a casa. Olhou em todas as gavetas, tirou uma por uma e procurou por algo colado com uma fita por trás ou por baixo. Segurou as cortinas para ver se alguma coisa havia sido costurada entre as bainhas, examinou todas as almofadas e os travesseiros, para ver se havia costuras refeitas e objetos dentro deles. Não destruiu a casa; quem fazia isso eram os amadores malvados. A arte verdadeira era entrar e sair sem deixar qualquer sinal de sua presença. Não estragou os móveis e colocou todos os objetos em seus devidos lugares depois de examiná-los. Havia porta-retratos pela casa, alguns deles de um jovem e sorridente casal. Concluiu que a bela lourinha das fotos era a Srta. Whitlaw. Não se importaria em tê-la como sua enfermeira, principalmente se ela se sentasse no colo dele, como estava fazendo com um idiota sorridente em uma das fotografias. O babaca do sorriso era o cara nas outras fotos; pelo visto, era o homem do momento.

No quarto, ele encontrou roupas de homem no armário e lâminas de barbear no banheiro. Sorriu. A Srta. Karen tinha um namorado que vivia com ela, ou que passava tempo suficiente ali para deixar algumas de suas roupas. Talvez ela até tivesse se casado com ele há pouco tempo, e ainda não mudara o nome na lista telefônica.

A casa era pequena; ele foi eficiente. Depois de duas horas, havia procurado por todas as partes, e o caderno não estava ali, a menos que ela tivesse conseguido escondê-lo no porão ou no telhado. Ele encontrou o alçapão que levava ao forro e olhou por ali, mas tudo estava escuro, empoeirado e fazia um calor insuportável. Tampouco teve vontade de procurar no porão: não seria um bom esconderijo, por ser um local tão úmido. A umidade estragava tudo.

Tinha certeza de que o caderno não estava ali. A ordem de Hayes era que a casa fosse incendiada se o caderno não fosse encontrado. Carl deu de ombros. Ordens eram ordens e Hayes era meticuloso. Carl obedeceu.

Na sua opinião, a melhor maneira de incendiar uma casa era com óleo de cozinha, sem a necessidade de produtos que levantassem suspeitas, para que parecesse um acidente. Incêndios sempre aconteciam em cozinhas.

Ele assoviou bem baixinho enquanto trabalhava. Felizmente, a Srta. Karen havia fritado bacon de manhã e deixado a panela com óleo para esfriar. Usando um pano de prato, acendeu a boca do fogão e colocou a panela sobre a chama. Em seguida, posicionou o pano perto o bastante para que pegasse fogo quando o óleo queimasse. Abriu a porta do armário mais próximo ao fogão. Sim, era ali que ela mantinha o óleo de cozinha, tanto em garrafas quanto em latas de spray, bem próximas ao calor e onde havia mais probabilidade de pegar fogo. Ela não teria conseguido facilitar tanto as coisas para ele, mesmo que tentasse.

Profissional como era, ele não foi embora até ter a certeza de que o trabalho estava feito. Enquanto esperava o óleo queimar, tirou uma bateria do detector de fumaça e a inverteu, devolvendo o detector em seu lugar. Detestava escutar aquele barulho estridente.

A fumaça já estava enchendo a cozinha. Ele abriu todas as portas da casa para que o fogo pudesse receber um bom fluxo de ar e se espalhar com mais rapidez. Não gostava de ter de incendiar a casa; ficava chateado por ter de causar transtornos à lourinha bonita. Seria doloroso para ela perder suas fotos e seus pertences. Mas trabalho era trabalho, não era nada pessoal.

Agachado para manter-se longe da fumaça letal, esperou até a panela sobre a boca do fogão pegar fogo com um repentino *uuush*. O pano pegou fogo imediatamente, e labaredas subiram pelos armários. Carl saiu rapidamente da casa e tomou as precauções de sempre ao voltar para o carro. Olhou para trás algumas vezes e viu a fumaça preta subir, o que significava que o teto ou uma das paredes havia cedido ao fogo. Teve vontade de passar pela casa para se assegurar de que ela estava em chamas, mas era uma má idéia e ele sabia disso. Nunca volte. Como a casa era velha e como ele havia aberto todas as portas, o fogo logo se espalharia a ponto de não sobrar nada.

Olhou para o relógio quando escutou a primeira sirene a distância: dez minutos. Muito tempo. As casas incendiavam com muito mais rapidez que as pessoas pensavam; imaginavam que teriam vários minutos para pegar seus objetos de valor. Errado. Quando a maioria das labaredas era vista, as pessoas dentro da casa tinham cerca de trinta segundos para sair. Ele mesmo só havia conseguido ficar tanto tempo dentro da casa porque estava ciente do fogo desde o início, mantendo-se abaixado e perto da porta. Quando o corpo de bombeiros chegasse à casa, todos os cômodos estariam comprometidos. Eles cuidariam para que as chamas não atingissem as árvores, de modo a espalhar o fogo para a vizinhança.

Ficou pensando ao se afastar: fracassara e vencera ao mesmo tempo. Não conseguira encontrar o caderno, mas, se ele estava em algum lugar da casa, já estaria destruído. Cumprira as ordens de Hayes, apesar de tê-las considerado exageradas. Diria a ele que não acreditava que o caderno estivesse ali, e o que Hayes faria depois era problema dele. Carl havia cumprido sua parte.

A picape amassada e velha parou ao final de uma estreita rua de terra, e dois adolescentes magros saíram dela. O fim da rua levava a uma ampla área, e no lado esquerdo dela havia uma depressão rochosa. Dois cavaletes de serrar madeira estavam posicionados além das pedras, com uma tábua sobre eles. Sobre a tábua havia uma grande variedade de latas, algumas espalhadas pelo chão.

Do compartimento atrás do assento, os dois tiraram dois rifles calibre 22.

— Cara, a Shavon estava dando em cima do Justin ontem à noite — um deles disse, balançando os cabelos claros. — Ela estava tão bêbada que aposto que ainda nem acordou.

— E se acordou, acho que gostaria de não ter acordado — o outro garoto disse, e os dois riram enquanto carregavam as armas com destreza. — O pai dela sabe que ela bebe?

— Acho que não tem como esconder, pois ela sempre chega em casa bêbada. — Em tom de reprovação, continuou: — Não tenho nada contra beber, mas Shavon passa metade de seu tempo alcoolizada. Qualquer dia desses ela vai bater o carro ou matar alguém, aí é que a coisa ficará feia.

— O pai dela faz o mesmo. Acho que ele nem percebe.

Os dois posicionaram-se em uma parte mais batida do terreno, local que revelava a freqüência com que iam até ali atirar em latas. Começaram a atirar metodicamente, e uma por uma as latas voavam longe. Quando todas já estavam caídas, eles foram até os cavaletes e começaram a posicioná-las para mais uma rodada. Ao voltarem, a luz do sol refletiu em algo brilhante além da clareira e eles semicerraram os olhos. — Puxa! Que reflexo! Tem alguma coisa atrás daquele arbusto grande.

— Parece um carro — o outro disse, esticando o pescoço. Ele era mais alto que o amigo. — Vamos até lá para ver.

— E se alguém estiver lá dentro, dando uns amassos?

— Se houver alguém ali, tenho certeza de que o passarinho do cara voou quando começamos a atirar. — Os dois riram. Trocaram um olhar rápido e o mais alto levou o dedo indicador aos lábios. Aproximaram-se do arbusto com muito cuidado, quase não conseguindo conter o riso ao pensar que algum de seus amigos poderia estar ali fazendo algo que não deveria estar fazendo. Ou talvez fossem os *pais* de algum amigo, o que seria ainda melhor.

Os dois adolescentes se moveram com o silêncio típico de caçadores habituais. Ao se aproximarem do grande arbusto, conseguiram ver a parte de cima do carro, e o garoto mais alto fez um gesto com a mão, indicando que eles deveriam passar para a parte de trás do veículo. Foi o que fizeram e, quando se aproximaram da traseira, ficaram desapontados ao verem a placa do Estado da Louisiana. Mais decepcionante foi o fato de não conseguirem ver ninguém dentro do carro.

— Merda! Tanto cuidado para nada!

— Shh! Talvez eles estejam deitados no banco.

— De jeito nenhum. Veja, os vidros estão fechados. Ninguém ia transar dentro de um carro num calor desses com os vidros fechados.

— Talvez seja um carro roubado que alguém abandonou aqui. — Eles olharam ao redor, segurando seus rifles com mais força. Sem tentar manter a discrição, aproximaram-se do carro. Era um Pontiac branco de quatro portas, coberto por uma camada vermelha de pó. O garoto mais alto se curvou e olhou para dentro da janela do motorista, então recuou com tanta rapidez que quase caiu.

— Merda! Tem um cara morto aí dentro!

Karen sentiu o calor assim que saiu do avião e seguiu para o saguão do aeroporto. O ar estava pesado com a umidade, e ela começou a transpirar na testa enquanto levava sua bagagem de mão e subia a rampa. Havia escolhido um conjunto de verão de mangas curtas que a fez sentir frio dentro do avião, mas que agora parecia sufocá-la. Suas pernas assavam dentro da meia-calça e o suor escorria por suas costas.

O detetive Chastain tinha razão em relação às empresas aéreas; Karen só precisou dar um telefonema, conversar com um agente de reservas eficiente e simpático e se apressar para chegar ao aeroporto a tempo de pegar o vôo. Não tivera tempo de comer antes de embarcar, e não conseguiu comer o sanduíche de peru, servido durante o vôo. De qualquer forma, não gostava de peru; não conseguiria engoli-lo com o estômago revirado e a cabeça cheia de preocupações.

Ainda estava com dor de cabeça, e a dor latejante aumentava à medida que ela caminhava seguindo as placas que indicavam a área de retirada de bagagens. Nunca havia se sentido como naquele momento, nem mesmo quando sua mãe morrera. Seu pesar tinha sido muito doloroso, incontrolável. Não sabia como se sentia naquele momento. Se era pesar, então era de um tipo diferente. Sentia-se entorpecida, distante, estranhamente fragilizada, como se tivesse congelado por dentro e qualquer coisa fosse capaz de destruí-la.

O peso da mala cansou seu braço, deixando o ombro dolorido. O ar estava quente até mesmo dentro do terminal, como se a umidade passasse pelas paredes. Lembrou que não havia telefonado com antecedência para reservar um quarto. Ficou em pé diante da esteira de bagagens, vendo-a passar com as malas de todos os passageiros, menos a dela, e acreditou que não teria a energia necessária para se mover dali.

Finalmente, sua mala foi colocada sobre a esteira. Segurando sua bagagem de mão com força, curvou-se para pegar a outra mala, sem sucesso. Um homem calvo e corpulento que estava ao lado dela disse:

— Vou pegá-la para você — e com dificuldade conseguiu pegar a bagagem de Karen.

— Obrigada — ela disse, deixando a gratidão clara em seu tom de voz, enquanto colocava a bolsa diante de si.

— Não há de quê, senhorita. — Balançando a cabeça, ele virou-se para esperar a própria bagagem.

Karen tentou lembrar-se da última vez em que um estranho havia sido tão gentil, mas não conseguiu. O pequeno ato de cortesia quase afastou o torpor que a envolvia.

O motorista do táxi era um rapaz negro e magro, com *dreadlocks* nos cabelos e um sorriso contagiante.

— Para onde quer ir neste dia agradável? — ele perguntou quase cantarolando a frase, ao sentar-se no banco do motorista após guardar a bagagem no porta-malas.

Dia agradável? Quase 37°C, muita umidade e ele dizia dia agradável? Mesmo assim, o céu estava bem azul e sem nenhuma nuvem, e apesar daquela ilha de concreto, ela conseguia sentir o cheiro da vegetação, fresca e suave.

— Ainda não fiz reservas em nenhum hotel — ela explicou. — Preciso ir ao Oitavo Distrito Policial, na Royal Street.

— Você não vai querer chegar a uma delegacia carregando sua bagagem — ele disse, balançando a cabeça de modo reprovador. — Há muitos hotéis na Canal, a apenas alguns quarteirões de onde você precisa ir. Por que não escolhe um hotel primeiro, e depois segue para a Royal? Ou então eu posso levá-la a um hotel no Quarter, mas pode ser mais difícil conseguir um quarto lá, se não tem reserva.

— Não tenho — ela disse. Talvez todos os taxistas dessem conselhos a viajantes cansados; era algo que não sabia, pois não viajava muito. Mas ele tinha razão: ela não iria querer ficar levando as malas de um lado a outro.

— Os hotéis maiores, como o Sheraton ou o Marriott, são aqueles com maior probabilidade de terem quartos disponíveis, mas são mais caros.

Karen estava tão cansada que se preocuparia mais com a conveniência do que com o custo.

— O Marriott — disse. Poderia pagar algumas noites em um bom hotel.

— Fica a dois quarteirões da Royal. Quando sair do hotel, vire à direita. A delegacia fica a algumas quadras, não há como não vê-la. Um prédio amarelo e grande com várias viaturas estacionadas na frente da cerca. Aparece em todos os programas de TV sobre Nova Orleans, parece uma daquelas velhas mansões do Sul. Acredito que policiais ainda trabalhem ali, dado o número de carros de polícia.

Ela recostou-se e fechou os olhos, escutando o que o homem dizia. Se conseguisse manter-se firme nas próximas horas, conseguiria ir para a cama cedo e ter uma boa noite de sono, e no dia seguinte estaria melhor, não uma pilha de nervos, tão frágil. Não gostava de se sentir daquele jeito. Era uma jovem saudável, ativa, calma e competente, conhecida em seu trabalho por sua racionalidade. *Não* era uma descontrolada emocional.

Uma hora depois, estava hospedada em um quarto com uma cama king size enorme e que ficava de frente para o Rio Mississippi e o French Quarter, que, para sua frustração, parecia feio, pelo menos de onde ela o via, quinze andares acima. Não desfez a mala, mas molhou o rosto com água fria e escovou os cabelos. Talvez a causa de sua palidez fosse o cansaço, ela pensou, olhando para seu reflexo na pia. Seus olhos castanhos pareciam pretos em contraste com as faces pálidas.

Seguindo as orientações do taxista, não teve dificuldades para localizar a delegacia, que ficava a menos de seis quarteirões do hotel, uma distância curta demais para que ela pegasse outro táxi. A caminhada a ajudaria a arejar a mente.

Quase mudou de idéia quando sentiu o calor que fazia na rua. O sol da tarde queimava sua pele e, com o ar espesso, ficava difícil respirar. Ela teria pegado um táxi, afinal, se as calçadas não estivessem tomadas por pessoas que não pareciam se importar com o calor. Geralmente, ela não se incomodava com o tempo quente, e temperaturas acima de 32°C não eram incomuns em Ohio no final do verão.

Karen sentiu o estômago revirar e controlou as náuseas. Pensou que podia estar ficando doente. Isso explicaria o mal-estar que sentia.

Mas mesmo com todo o estresse, praticamente do momento em que ela entrou à direita na Canal para a Royal, reconheceu o charme do French Quarter, que o tornava tão famoso. As ruas eram estreitas e a Royal estava repleta de carros dos dois lados. As calçadas eram rachadas e irregulares, as construções eram antigas e, na maioria das vezes, em ruínas. Mas as portas eram pintadas com cores vivas, alegres, havia flores em vasos, e samambaias e plantas transformavam varandas de segundo e terceiro andares em jardins.

Corrimões e portões de ferro forjado atraíam a atenção, e as alamedas eram repletas de árvores frondosas, o início de jardins que se estendiam pelos quintais das casas. Karen notou uma grande variedade de sotaques e idiomas ao passar pelas outras pessoas. Se as circunstâncias tivessem sido diferentes, ela adoraria entrar em algumas lojas exóticas.

Mas naquele dia não tinha energia para fazer nada além de dar um passo na frente do outro e torcer para que a delegacia não fosse muito distante. Mesmo do lado da rua com sombra, as calçadas mantinham o calor do dia, que Karen sentia pelo solado dos sapatos.

Finalmente, ela viu carros de polícia estacionados em frente a uma mansão antiga. Quando se aproximou o bastante, viu o sinal em uma das colunas brancas: "8º Distrito Policial de Nova Orleans." O prédio tinha um tom claro, dourado demais para ser salmão e rosado demais para ser cor-de-canela. Uma grade preta de ferro forjado cercava o prédio e seu impecável exterior. Uma festa ao ar livre ali seria muito agradável.

Karen adentrou os portões abertos e subiu os degraus amplos e baixos. Uma grande porta levava a uma sala enorme com paredes azuis e um pé-direito que aparentava ter, no mínimo, quinze metros. Luminárias na forma de globo, panfletos para atrações turísticas e a atmosfera de museu fizeram com que ela se perguntasse se realmente estava no local correto.

Uma policial estava sentada a uma mesa alta. Parecia ser a única pessoa ali. Karen olhou para ela e perguntou: — Um detetive chamado Chastain trabalha aqui?

— Sim, senhora, trabalha. Vou chamá-lo e ver se se encontra Qual é seu nome?

— Karen Whitlaw.

A policial falou em tom baixo ao telefone e disse a Karen:

— Ele está. Disse que a senhora pode entrar na sala dele. — Ela apontou a direção e passou as instruções: — Primeira entrada à direita, terceira porta à esquerda.

Os ventiladores de teto faziam barulho sobre a cabeça de Karen conforme ela percorria o caminho indicado; o vento frio arrepiava os pêlos de seus braços depois de todo o calor da rua. Nunca estivera em uma delegacia de polícia antes. Esperava encontrar um pandemônio; mas, ali, o que ouvia eram telefones tocando, pessoas sentadas, nuvens de fumaça de cigarros e cheiro de café forte. Poderia ter encontrado um local desorganizado, exceto pelo fato de a maioria das pessoas ali andar armada.

Karen encontrou a porta certa e bateu. Aquela voz suave e grossa da qual se lembrava tão bem foi ouvida: — Pode entrar.

Ela abriu a porta e seu estômago revirou-se novamente, dessa vez por nervosismo puro, ao ver o homem ali levantado. O detetive Chastain não era como ela esperava. Não era um homem de meia-idade, nem barrigudo, tampouco calvo. Devia ter trinta e poucos anos. Dava a impressão de ser alguém que já havia visto um pouco de tudo na vida e que não mais se surpreendia. Seus cabelos grossos e pretos eram bem curtos e as sobrancelhas grossas arqueavam-se sobre olhos brilhantes. Sua pele era morena e a barba por fazer, escura. Um pouco mais de um metro e oitenta, ombros largos, braços musculosos; parecia do tipo durão, talvez até malvado. Algo nele a assustava, e ela quis fugir. Apenas os anos de disciplina adquirida a impediram de tomar tal atitude.

Marc ficou em pé observando Karen Whitlaw entrar em sua sala cheia de coisas. Ele tinha o talento natural de policial de medir as pessoas de cima a baixo, e o usava naquele momento, estudando-a com olhos que nada revelavam, ao mesmo tempo em que assimilava todos os detalhes a respeito dela. Se ela estava triste pela morte do pai, não demonstrava. Sua expressão deixava claro que ela não gostava de nada daquilo, mas que precisava lidar com a situação e seguir com sua vida.

Era uma pena, ele pensou, voltando a observá-la, dessa vez com olhos de homem, não de policial. Não gostava de pessoas sem sentimentos, mas aquela era uma mulher bela. Perto dos trinta anos, com um rosto que conseguia ser tanto exótico quanto completamente norte-americano, bem desenhado, mas com bochechas protuberantes, olhos escuros levemente fundos, porém plácidos. Mais que bela, ele pensou, revendo sua avaliação. Ela era sutil, por isso sua aparência não atraía os olhares masculinos logo de cara, mas definitivamente merecia mais atenção.

Tinha um corpo bonito também; estatura mediana, magra, com seios empinados e redondos que não balançaram muito quando ele a viu caminhar. Isso indicava que eles eram firmes, ou então que ela usava um sutiã apertado. Dando vazão a seu desejo físico, pensou que gostaria de descobrir. Uma pressão crescente dentro de sua calça indicava que gostaria muito de descobrir. Ele tentou não dar atenção àquilo. Acontecia de vez em quando; tinha uma reação sexual intensa a uma mulher de quem sequer gostava. Na maioria das vezes ignorava o desejo, pois a aventura não compensava o preço alto que teria de pagar.

Ele estendeu a mão na direção dela.

— Sou o detetive Chastain.

— Karen Whitlaw. — A voz dela era um pouco rouca, mas tão contida quanto sua expressão. No aperto de mãos breve e firme, pôde perceber que sua mão era delicada e os dedos, frios. Notou que ela tinha belas mãos, com dedos longos e unhas curtas e arredondadas, sem esmalte. Nenhum anel. Nenhuma jóia, apenas um relógio de pulso e um par de pequenos brincos redondos e dourados. A Srta. Whitlaw certamente não era muito vaidosa, mas não precisava mesmo.

Os cabelos eram tão escuros quanto os olhos, penteados para trás, longe de seu rosto. Caíam-lhe sobre os ombros com um leve curvar nas pontas. Ela era contida. Séria. Não demonstrava emoções.

Ele não gostava dessa falta de emoções. Não esperava que ela chegasse aos prantos, mas as pessoas geralmente demonstravam algum sinal de pesar ou choque, mesmo que controlado, com a morte de um membro da família, distante ou não. O arrependimento muitas vezes trazia algumas lágrimas, mesmo que não fosse tristeza de verdade. Ele não via nada disso naquela mulher altamente controlada.

— Sente-se, por favor. — Ele indicou uma cadeira, a única disponível em sua pequena sala, além daquela na qual ele se sentaria. Era uma cadeira sem inclinação, não permitindo que as pessoas relaxassem.

Ela se sentou, com a saia no comprimento certo para ficar na metade de seus joelhos. Manteve os dois pés no chão. Estava tão quieta que lembrava uma boneca de porcelana.

— O senhor disse ao telefone que meu pai foi morto por acaso em um tiroteio...

— Não por acaso — ele interveio, sentando-se e fechando um arquivo que estava diante dele. — Quem o matou tinha a intenção de praticar a ação. Mas a razão... — Ele deu de ombros. A razão poderia ser qualquer coisa, desde drogas a uma disputa por uma caixa de papelão. Sem testemunhas, arma do crime ou pistas de nenhum tipo, o caso estava encerrado e ninguém se esforçaria para saber mais coisas.

Karen ficou em silêncio por um momento. Apesar de Chastain esperar um pouco de emoção ou remorso, pelo menos ela não estava gritando com ele, exigindo que descobrissem quem era o assassino de seu pai, como se realmente se importasse com o que havia acontecido. Marc pensou em descobrir se por acaso ela herdaria um valor alto de seguro de vida com a morte do pai. A possibilidade não era remota; o dinheiro era a razão de muitos assassinatos, apesar de mortes violentas acontecerem por todos os tipos de motivações.

— Há quanto tempo você não via ou conversava com seu pai?

— Anos. — Parecia que continuaria a falar, mas, em vez disso, apertou os lábios com firmeza e não disse mais nada.

— Ele tinha algum seguro de vida?

— Não que eu saiba. — Surpresa, ela percebeu o que ele estava pensando.

— Você não sabia onde, ou como, ele estava vivendo?

Karen notou a hostilidade, mas manteve-se impassível, com os olhos firmes. O detetive Marc Chastain por algum motivo a reprovava, mas, se ele insistisse na questão do seguro, não chegaria a lugar algum. Talvez esperasse que ela começasse a gritar, pois obviamente ele não estava se esforçando muito para descobrir quem era o autor do crime. Mas ela não esperava nada disso. Era enfermeira, via com freqüência o que acontecia quando um morador de rua era vítima de um crime. As delegacias do país todo trabalhavam com recursos limitados e não podiam gastar tempo nem dinheiro preciosos em causas inúteis. Os hospitais faziam isso o tempo todo. Era preciso fazer uma triagem ou todos saíam perdendo.

Ela poderia ter dito isso a ele, mas estava com muito calor, além de cansada e estressada, para se importar com o que ele pensava. Sua cabeça pesava. Sentia-se como se fosse explodir, extravasando as emoções, e a única maneira de impedir que isso acontecesse era mantendo-se no controle. Era assim que fazia no trabalho, quando um paciente morria por melhor que o médico fosse, por mais que ela se dedicasse a oferecer-lhe cuidados, independentemente de se tratar de uma criança adorável ou de uma senhora alegre com um brilho no olhar. As pessoas morriam o tempo todo. Ela já tinha aprendido a lidar com esse fato.

— Ele não manteve contato — ela disse, por fim.

— Ele era um veterano do Vietnã. — Uma afirmação, não uma pergunta.

— Sim. — Ela sabia onde isso ia dar. O veterano de guerra perturbado, necessitado de cuidados físicos, abandonado ou ignorado pela família por ser um estorvo, uma vergonhosa bipolaridade de humor, ataques de fúria e imprevisibilidade.

Mas o detetive Chastain não disse nada disso; não precisou. Karen via tudo naquele olhar frio e desconfiado.

— Ele nos abandonou quando eu era criança — ela disse com firmeza, mais do que pretendera. Conseguia sentir seu controle sumindo, sentia-se à beira de uma dor que não se permitia sentir. Ela teria tempo suficiente para isso mais tarde, quando estivesse sozinha e quando aquele homem de expressão severa e sobrancelhas escuras não a estivesse olhando com desconfiança.

Não devia nenhuma explicação a ele. Não tinha de revelar a dor, a raiva e o medo de sua infância, para que ele tivesse uma melhor impressão dela. Tudo que tinha de fazer era manter-se firme nos dias seguintes, retornar para Ohio e voltar ao trabalho, e para o apartamento vazio e silencioso que ainda não era um lar, apesar de já estar vivendo ali há quatro meses.

— O que eu preciso fazer para retirar o corpo? — ela perguntou após alguns instantes, com a voz mais tranqüila.

— Você precisa identificá-lo, assinar alguns papéis. Vou auxiliá-la. Já tomou as providências necessárias para levá-lo de volta a Ohio?

Karen permaneceu sentada, surpresa. Não havia pensado nisso. Estava se preparando para o funeral, mas não pensara sobre *onde* ele ocorreria. Não tinha lugar em Ohio onde pudesse enterrar Dexter. Não havia espaço ao lado da cova da mãe — não que ela quisesse enterrá-lo ali, mas certamente este seria o desejo de Jeanette.

Karen apertava as mãos enquanto tentava controlar a dor. Decepcionara a mãe. Jeanette havia pedido muito pouco e lhe dera tudo, mas Karen permitira que o próprio ressentimento em relação ao pai a impedisse de fazer o que Jeanette teria gostado que fosse feito.

— Eu... eu nem sequer pensei... — ela disse e se arrependeu de ter dito. Sua expressão era rígida, porém mais uma vez ela percebeu a desaprovação por parte dele.

Sentiu-se arrependida, não pelo que o detetive Chastain pensaria dela, mas porque passara muito tempo sentindo-se amargurada, permitindo que esse ressentimento a impedisse de pensar. Nada mais.

Chastain deu de ombros, aqueles ombros largos em um movimento estranhamente francês. Karen pensou que, talvez por estar em Nova Orleans, esperava que tudo tivesse um toque gaulês. E talvez estivesse ainda mais estressada do que pensara, permitindo que detalhes irrelevantes a distraíssem. Fora treinada para manter o foco no trabalho em questão, não em questões banais, como os gestos de um policial de Nova Orleans.

— Se não puder arcar com as despesas do traslado do corpo, posso ajudá-la a encontrar um local aqui — ele sugeriu, apesar de ela perceber que ele gostaria de ter sua oferta recusada. — Não na cidade, pois seria impossível, mas a alguns quilômetros do centro. Ou, talvez, você prefira cremar o corpo. Seria mais barato.

Mais barato. Ele achava que ela cremaria o corpo do pai por ser mais barato. Não tinha nada contra cremação, se fosse a vontade da pessoa ainda em vida, mas não conseguiu deixar de pensar em Jeanette. Dexter deveria ser enterrado ao lado dela. Precisava enterrá-lo agora, mas, quando voltasse para Ohio, começaria a tomar as providências necessárias para que seus pais fossem enterrados lado a lado. Teria de comprar dois túmulos, lidar com a burocracia de remover os dois corpos — oh, Deus, ela não podia pensar na mãe como um *corpo*.

Não conseguia pensar em nada, sua mente ficava cada vez mais entorpecida. E, qualquer que fosse a opinião do detetive Chastain sobre ela, ao menos havia oferecido ajuda. Sentia-se desconfortável aceitando seu auxílio, sabendo que ele não gostava dela, mas naquele momento precisava desesperadamente de ajuda.

— Obrigada — ela forçou-se a dizer, com a voz estranhamente fraca. — Em geral não sou tão desorganizada. Minha mãe faleceu há poucos meses e ainda não estou... — Ela parou, desviando o olhar, surpresa por estar dando explicações.

Ele ficou em pé e pegou seu blazer das costas da cadeira. — Vou levá-la ao necrotério agora, se estiver pronta.

Não estava, mas levantou-se mesmo assim. Olhou-o fixamente, surpresa por ele conseguir suportar usar um blazer apesar daquele calor. Sentiu-se zonza, com frio e com calor ao mesmo tempo, com o suor escorrendo por sua espinha e fazendo-a arrepiar-se. O lento ventilador de teto mal afastava o ar quente. Ela não conseguia compreender; vestia a roupa mais leve que tinha, mas era como se as peças fossem de lã, e não de algodão.

E então o detetive Chastain a segurou pelo braço, um toque quente e firme. Ela sentiu as calosidades de seus dedos, sentiu o aroma cítrico de sua loção pós-barba e, com a visão embaçada, viu um corpo grande bem perto do seu, perto demais, quase como se ela se apoiasse nele. Um braço dava apoio a suas costas e a mão que segurava seu braço forçou seu corpo para baixo, para a cadeira, uma força reconfortante.

— Sente-se aqui — ele disse gentilmente. — Abaixe a cabeça e respire profundamente. Vou buscar algo gelado para você beber.

Ela respirou fundo, mas achou que, se ficasse curvada para manter a cabeça baixa, acabaria caindo no chão. Por isso, sentou-se imóvel, olhos fechados, enquanto ele saía da sala. Pela porta aberta, ela conseguiu escutar pessoas conversando, telefones tocando, papéis sendo manuseados. Escutou palavrões, alguns deles firmes e nervosos, alguns ditos com um sotaque relaxado que quase fizeram com que ela esquecesse o sentido das palavras.

Policiais. As enfermeiras que trabalhavam na emergência e nas UTIs sempre ficavam perto de muitos policiais, mas, exceto por alguns períodos de treinamento, ela sempre fora uma enfermeira de centro cirúrgico, por isso o mundo dos policiais não lhe era familiar. Com o raciocínio oscilante, ela os escutou conversar: durões, rudes, nervosos, mas, ainda assim, curiosamente preocupados. Os policiais e as enfermeiras tinham muito em comum, ela pensou, sonolenta. Precisavam manter-se impassíveis diante de detalhes terríveis, mas, ainda assim, preocupar-se com a situação geral.

— Tome.

Ela não o ouviu voltar, mas de repente um refrigerante gelado foi parar em suas mãos. Ela abriu os olhos e viu. Geralmente, ela tomava refrigerante diet e descafeinado, mas aquele era mais forte, cheio de açúcar e cafeína.

— Beba — ele disse. Evidentemente era uma ordem, não uma sugestão, porque ele levantou a mão dela, direcionando a lata à sua boca.

Karen foi forçada a engolir, como uma criança, e olhou para ele com ressentimento. Ele o recebeu com uma clara insistência que mais uma vez fez com que ela o achasse severo demais. O detetive Chastain era como uma rocha. Certamente era incansável quando queria alguma coisa. Ela não gostaria de ser um criminoso que fosse perseguido por Chastain.

O refrigerante efervesceu em sua língua, ácido e doce ao mesmo tempo, e estava tão gelado que ela o sentiu passar por seu esôfago. Ele a fez tomar mais um pouco antes de decidir que ela conseguiria bebê-lo sozinha, mas, mesmo assim, afastou-se apenas um pouco, encostando-se na beirada de sua mesa. Ele esticou as pernas longas e fortes, escondidas por uma calça verde-escura, deixando os pés que calçavam mocassins a poucos centímetros dos de Karen, muito menores. Ela afastou os pés, estranhamente perturbada, com o estômago tomado por uma reação parecida com medo, o que era ridículo. Não temia Chastain; apesar da atitude demonstrada por ele, ela sentia-se até mesmo grata.

— Beba tudo. A umidade é tão traiçoeira quanto a altitude — ele disse. —As duas podem derrubá-la. Por um minuto, seus olhos perderam o foco. Está se sentindo melhor?

Estava. Karen percebeu que por pouco não havia desmaiado aos pés dele. Era enfermeira: deveria ter reconhecido os sinais dados por seu corpo. Por não ter se alimentado naquele dia, isso tinha contribuído para sua fraqueza, e o calor e a umidade certamente não ajudaram. Sua pele estava suada. Teria sido muito embaraçoso se tivesse perdido os sentidos.

Dada a velada reprovação por parte do detetive Chastain, Karen perguntou-se por que ele não havia permitido que ela desmaiasse. Mas, em vez disso, foi atento e inesperadamente gentil, e ela lembrou a sensação de segurança sentida com o toque dele.

— Obrigada — ela disse, olhando para ele mais uma vez. Tão perto como estava, Karen percebeu com surpresa que seus olhos tinham um tom cinza-claro, cristalino, com anéis escuros nas íris. Por causa das sobrancelhas e dos cabelos escuros e da pele morena, acreditara que os olhos dele também eram escuros. Ou talvez ela estivesse prestes a desmaiar antes de entrar na sala, pois, por outro motivo, não teria como não perceber aquele tom cintilante. Seu estômago revirou-se de novo e ela suspirou profundamente para se acalmar. — Estou pronta para ir ao necrotério agora.

Não sabia o que ele estava pensando pela expressão facial que demonstrava. — Você não precisa ver o corpo pessoalmente — ele explicou. — O médico-legista utiliza gravações para que os familiares possam identificar os corpos. É mais fácil para as pessoas.

Evidentemente, ele pensara que o fato de ir ao necrotério para ver o corpo de seu pai havia sido mais forte do que o calor e a umidade. — Sou enfermeira — ela disse, sem perceber. — Ver um corpo não vai me deixar arrasada, mas mesmo assim... — Mesmo assim, estava mais aliviada por saber que assistiria a um vídeo.

Ele a tocou no braço mais uma vez, envolvendo o cotovelo dela com a mão, um gesto muito antigo.

— Então é melhor enfrentarmos a situação, certo?

# 7

O Dr. Pargannas, médico-legista assistente, colocou a fita no videocassete. Enquanto Karen olhava para a pequena tela, Marc a observou. Não era nada desagradável; tinha o perfil delicado e bem desenhado, completamente feminino. Vista de lado, sua boca parecia macia e trêmula. Ele se recostou, as pálpebras cobrindo-lhe os olhos enquanto a observava, e analisou-a com muito cuidado, como se ela fosse a principal suspeita de um crime.

O Dr. Pargannas conversou gentilmente com ela. Marc conhecia o procedimento, por isso não fez questão de prestar atenção. Às vezes familiares chocados precisavam ser preparados, instruídos a respeito do que estavam prestes a ver. A Srta. Whitlaw ajeitou os ombros e, de modo calmo e tranqüilo, disse:

— Estou pronta. — Não hesitou em nenhum momento.

Ele pensou melhor. É claro que ela não era hesitante; não poderia ser no trabalho que exercia. Ele apostava que ela era ótima em sua função, mas duvidava de sua gentileza. Por ter sido internado duas vezes, ambas por incidentes ocorridos no trabalho, acreditava que era regra dos hospitais que uma das enfermeiras de cada turno, de cada andar, fosse uma vaca sem coração. Talvez a Srta. Whitlaw não fosse uma vaca, mas ele certamente não tinha percebido nenhum sinal de gentileza nela. Não ia querer que ela aplicasse injeções em *seu* rabo.

No entanto, sem dúvida alguma ela o excitava com aqueles olhos escuros convidativos e aquela boca ilusoriamente macia. Ele não deveria tê-la tocado, mas, que inferno, não podia permitir que ela desmaiasse a seus pés. Por isso ele a segurou contra seu corpo e a apoiou, sentindo a maciez daquele corpo em suas mãos e o doce perfume daquela pele — e a desejou. Não sabia se ela tinha sentimentos ou não, mas certamente gostaria de levá-la para a cama para descobrir.

*Pare de pensar em transar com ela e concentre-se em seu trabalho, Chastain*, ele se repreendeu. Não era a hora nem o local certo para pensamentos cheios de tesão, e, além disso, estava ficando excitado pensando em tudo aquilo.

O Dr. Pargannas apertou o play, e o rosto pálido da vítima apareceu na tela.

Se não estivesse observando a Srta. Whitlaw atentamente, Marc teria perdido a reação que ela teve ao ver o corpo. Ele viu o susto perceptível, rapidamente controlado, e suas mãos torcidas sobre o colo.

— Sim, este é meu pai — ela disse, ainda tranqüila, mas apertando os dedos.

Marc passou o olhar daquelas mãos para o rosto calmo dela e o choque foi como um tapa na cara. De repente todos os pequenos detalhes se encaixaram. Deus, como pôde deixar de perceber? Sentiu-se um tolo, pois deveria ter notado desde o princípio. Seu olhar tornou-se mais atento ao observá-la.

Não, ela não estava tão alheia àquilo como gostaria de estar. Ele havia observado em sua sala que todas as vezes que sua compostura estava ameaçada, ela se recuperava com rapidez, ajeitando os ombros e levantando o queixo. Não gostava de perder o controle, e definitivamente não gostaria de chorar na frente de estranhos, mas de repente ele percebeu que ela não era nada insensível.

Talvez sentisse demais. Ele voltou a olhar para as mãos dela, apertadas com tanta força uma à outra como se ela literalmente se mantivesse presa. Talvez ela tivesse aprendido a se proteger fingindo não se importar, mantendo as pessoas a distância para não se ferir. Ele pensou, por um instante, que ela devia ser muito solitária, triste por carregar tanto pesar, mas em algum momento da vida aprendera a se esconder atrás de uma máscara de indiferença, talvez quando o pai resolveu abandonar a esposa e a filha. As crianças aprendiam a ser duronas quando sentiam medo.

Se ele estivesse certo, ela estava tentando conter-se agora, mas choraria muito quando estivesse sozinha.

Isso não era bom. Uma mulher precisava de um ombro no qual pudesse chorar. Nesse caso, um ombro de homem. O dele, mais especificamente.

Sua insistente atração sexual repentinamente se tornou algo mais profundo, mais urgente, e dessa vez ele não tentou ignorar seu desejo.

Sem falsa modéstia, Marc sabia que era um policial muito bom. Ganhava a vida reunindo informações e encaixando-as para que formassem uma situação lógica. Sua intuição geralmente controlava tudo, mas dessa vez havia se enganado e ela percebera sua hostilidade inicial. Se estivesse certo a seu respeito, ela provavelmente era tão sensível que devia ter se sentido ofendida pela atitude dele. Era de esperar que reagisse escondendo-se ainda mais dentro de si mesma. Para fazer com que confiasse nele agora, e realmente era o que queria, ele teria de superar não apenas o retraimento comum que ela demonstrava, mas também sua reação de proteção à impressão errada que ele havia causado com sua frieza inicial.

Mas ele a desejava, e o desejo aumentava todas as vezes que ele olhava para ela, todas as vezes que ela respirava. Alcançar seu objetivo era outra coisa; precisaria usar toda a sua habilidade. Ela era fechada e, pelo exemplo dado por seu pai, provavelmente não confiava muito nos homens. Mesmo assim, ele sempre conquistava as mulheres que desejava, e não tinha intenção de deixar que a Srta. Whitlaw fosse exceção. Marc tinha duas grandes vantagens quando se relacionava com as mulheres. Em primeiro lugar, respeitava as diferenças que elas tinham em relação aos homens, e sempre que se envolvia com uma, dedicava-se a descobrir suas necessidades. É claro que tais necessidades variavam de uma mulher para outra, mas, no geral, todas queriam a atenção e os cuidados que deixavam claro que ele se importava. Quando Marc estava com uma mulher, era só dela, simples assim. Dava a cada uma delas o respeito da fidelidade enquanto durasse o relacionamento, aprendia a reconhecer os jeitos e as manias da amada e a enchia de atenção — em resumo, ele a mimava. Adorava fazer isso, adorava ver uma mulher reluzindo felicidade.

Devido ao passado de Karen, ele concluiu que ela necessitava desesperadamente de mimos. Passara a vida toda sendo um soldado, e merecia a chance de relaxar, de permitir que alguém cuidasse dela. E ele era o homem certo para a tarefa.

Sua segunda grande vantagem era o fato de ser implacável e incansável.

Teria de agir com rapidez, porque ela não ficaria ali por muito tempo, provavelmente apenas alguns dias. Não teria tempo para seduzi-la lentamente, com jantares e danças, ao longo de várias semanas. A mulher tinha um emprego e uma casa para os quais retornar, e a menos que ele forçasse a situação antes de sua partida, ela não teria motivos para continuar o relacionamento.

Não lhe restavam dúvidas de que *haveria* um relacionamento. Tinha absoluta certeza, mais certeza do que nunca. O choque que sentira minutos atrás tomara conta dele, penetrara-lhe os ossos. E sentia-se nervoso de um modo completamente novo, pois conquistar uma mulher nunca tinha sido tão importante, tão *necessário*.

Ele não sabia como os dois lidariam com os detalhes, com a distância entre Ohio e a Louisiana, mas pensariam nisso posteriormente. O mais importante naquele momento era conquistá-la e fazer o que fosse preciso para ganhar sua confiança.

Começando agora mesmo, ele pensou, passando o olhar de suas mãos para sua expressão contida para a tela à sua frente. Apesar de ela ter reconhecido o homem ali imediatamente, o Dr. Pargannas estava lhe mostrando agora a tatuagem "Semper Fi" e outras marcas de identificação, talvez para ter certeza de que ela não havia se precipitado no reconhecimento ou talvez porque Marc estava perdido em seus pensamentos e não havia posto fim àquilo. Ele percebeu seu erro. Deveria ter pedido para que o legista parasse assim que ela reconheceu o pai.

— Obrigado, doutor — ele disse, colocando uma das mãos nas costas da cadeira em que ela estava sentada e a outra na mesa diante dela, abraçando-a sem tocá-la. Percebeu que ela ficou um pouco tensa, uma reação instintiva à sutil demonstração de posse, mas estava triste demais para dar-se conta do que ele acabara de fazer. Ela o olhou, mas rapidamente desviou o olhar quando seus olhos se cruzaram, não sem antes de Marc perceber o alívio que ela sentia.

Ela conseguiu disfarçar bem, movendo-se de modo a conseguir sair da cadeira e afastar-se dele. Ficou de pé e perguntou rápido.

— O que eu preciso fazer agora?

— Assinar alguns papéis para que possamos liberar o corpo — o Dr. Pargannas disse e se corrigiu ao notar o olhar incisivo de Marc. — Ah... quer dizer, seu pai. — O legista parecia surpreso; se ela tivesse demonstrado mais tristeza, ele entenderia o excesso de tato, mas considerava tal atitude uma perda de tempo diante de uma mulher tão séria.

Marc também ficou de pé. Percebendo a tensão em seus ombros, ele disse de modo gentil: — Vou telefonar para uma funerária, e então levá-la a alguns cemitérios pequenos para que você possa escolher um local... se você quiser, é claro.

— Sim, obrigada — ela disse sem pestanejar.

— Tudo bem, vamos acertar a papelada aqui. Doutor? — *Droga*, aqueles olhos escuros dela já o afetavam, deixando-o ansioso. Gostaria de abraçá-la, mantê-la perto dele para que ela percebesse que não estava sozinha naquela situação, mas ainda era muito cedo; um movimento tão brusco a assustaria. Precisava ser discreto até conseguir fazê-la relaxar o bastante com ele.

Ele colocou a mão nas costas dela, sentindo seu calor pelo vestido, sabendo que seu toque em uma região tão sensível a confortaria. Em um dia normal, ela provavelmente se afastaria e lhe lançaria um olhar de reprovação, mas aquele dia não tinha nada de normal. Estava cansada, com calor e passando por uma prova emocional. Estava tensa demais sequer para notar o toque, e apenas se sentiu aliviada por ele estar com ela, ajudando-a.

O Dr. Pargannas estava olhando fixamente para Marc.

— Hum? Ah, sim, claro. Leve a Srta. Whitlaw para minha sala e estarei lá em um minuto. Vocês aceitam uma xícara de café?

Marc sentiu Karen estremecer com a oferta.

— Vou pegar algo gelado na máquina de refrigerante — ele disse enquanto a direcionava para fora da sala de reunião e para dentro da sala pequena e abarrotada de coisas do outro lado do hall.

Trinta minutos mais tarde, ele a levava de volta ao carro. O segundo refrigerante a deixara alerta mais uma vez, mas os efeitos do açúcar passariam logo; ela precisava se alimentar. Ele pensou por um momento que uma refeição dentro de um restaurante fresco seria a melhor opção, mas ela provavelmente recusaria a proposta. Consideraria uma demora intolerável quando tantas coisas precisavam ser feitas e, além disso, tal situação lhe pareceria intimista demais. Menos agradável, porém mais fácil de ser aceita, seria a sugestão de comprarem alguma coisa em um drive-thru para que pudessem comer no caminho.

— Você se importaria se comprássemos alguma coisa para comer? — ele perguntou amistosamente. — Não consegui almoçar. — Era mentira, mas e daí? Desde que conseguisse o que queria, estava tudo bem. Ele ainda não se conformava por não ter compreendido os sinais quando ela entrou na sala dele. Estava estressada, à beira de um colapso, e somente sua disciplina a mantivera controlada. Não conseguia acreditar como havia sido estúpido. Geralmente conseguia perceber os sentimentos das pessoas com muito mais facilidade.

— Comer? — ela perguntou de modo vago, como se não soubesse o significado da palavra. Depois, tentou voltar a atenção para a conversa e disse: — Não, é claro que não me importo.

— Vamos comprar alguma coisa no drive-thru de um restaurante. Você prefere comida mexicana, hambúrgueres, frango frito, arroz e feijão, pizza...

— Pode ser comida mexicana — ela respondeu, pois tinha sido a primeira opção.

Um policial conhecia todos os restaurantes da cidade e ele dirigiu até um estabelecimento pequeno e caindo aos pedaços que já tinha sido uma churrascaria. Não havia mesas do lado de dentro, apenas a janela do drive-thru pela qual o dono do local entregava *burritos* e *enchiladas* deliciosos. Logo eles voltaram para a rua e ele observou o rosto de Karen ficar mais corado enquanto ela vagarosamente mastigava um *burrito*.

— Em quanto tempo estaremos lá?

— Dentro de meia hora, considerando o trânsito. — Ele esboçou um sorriso. — Eu poderia ligar a sirene, mas procuro não usá-la, a menos que esteja com fome ou precisando ir ao banheiro.

Ela riu. Cobriu a boca com a mão, surpresa, como se não acreditasse que ele havia feito uma brincadeira com ela. Seus grandes olhos escuros denunciavam a surpresa.

Por causa daqueles olhos, ele decidiu ir um pouco além.

— Fique sabendo que usei palavras mais sutis em respeito a você, em vez de dizer "quando quero mijar".

Ela riu novamente e ficou ainda mais surpresa do que da primeira vez.

— Ah, sim... imaginei. Obrigada — respondeu.

Marc ficou satisfeito. Aquela brincadeira inocente havia conseguido mudar o relacionamento entre eles, de estritamente profissional a sutilmente pessoal, deixando-a relaxada. Ela precisava relaxar, e também precisava *dormir*, ele pensou ao olhar para seu rosto. Quando ela terminou de comer o *burrito*, ele tirou o papel das mãos dela, tocando seus dedos, e o colocou dentro de um saco com os guardanapos que havia usado.

— Procure relaxar e fechar os olhos até chegarmos lá.

— Acho que vou acabar dormindo se fizer isso. — Karen observou o trânsito. — Eu trabalho à noite, então...

Ela parou de falar e ele completou a frase: — Então você havia dormido apenas poucas horas quando eu telefonei. — Aquilo explicava muita coisa. Ela estava realmente exausta.

— Retornei seu telefonema assim que cheguei em casa, mas era cedo demais.

— A secretária eletrônica não atendeu?

Ela negou com a cabeça.

— Não, e eu deixei chamar várias vezes.

Ele sussurrou um palavrão e pegou seu celular, teclando números com o polegar. Karen observava nervosa; constantemente via pacientes no hospital que haviam se envolvido em acidentes de carro porque se distraíam conversando ao celular enquanto dirigiam. O detetive Chastain mantinha a atenção no trânsito e deixava a mão esquerda firme no volante. Ele era um motorista muito bom, ela pensou, e dirigia de modo tão suave que ela mal percebeu como eles estavam indo rápido.

Ele encerrou a ligação com mais um toque do polegar.

— A caixa postal não está funcionando. Sinto muito. Vou checá-la quando voltarmos; um detetive precisa ser encontrado em qualquer situação. Enquanto isso, tire um cochilo, se quiser. Vou acordá-la quando chegarmos lá.

Ela quis recusar a oferta, mas estava muito cansada e a tentação era muito grande. Encostou a cabeça no descanso do banco e fechou os olhos contra o sol do final da tarde, que atravessava o pára-brisa e ia diretamente para seus olhos. O ar frio passava pelas frestas do ar-condicionado, batendo em seu colo, e ela sentiu seus músculos relaxarem aos poucos.

Não estava com sono, mas, mesmo assim, era bom poder descansar. Apesar de ter se preparado para o processo de identificação, não esperava que fosse tão difícil. Certamente os anos de separação, a vida toda de abandono e as promessas não cumpridas deveriam tê-la tornado emocionalmente alheia, como se estivesse identificando um vizinho, por exemplo. Mas não tinha sido simples assim.

Apesar de não ver Dexter há anos, ela o reconheceu imediatamente, sem qualquer dúvida. Seus cabelos estavam mais grisalhos, mas seu rosto, que deveria estar mais envelhecido, havia sido suavizado pela morte. Ela já tinha visto aquela transformação antes, como se o fim da vida apagasse algumas rugas da pele, dando à morte uma expressão pacífica. Seu nariz quebrado continuava igual, levemente virado para a direita. Reconheceu a mandíbula, longa e estreita, e o desenho reto de suas sobrancelhas. Viu os olhos um pouco fundos e as faces protuberantes que havia herdado, além dos dedos afilados.

O furo em sua testa era novo.

Tentou analisá-lo com olho clínico, mas ficou horrorizada. Queria escapar da cadeira, da sala, ir para outro lugar. Mas, em vez disso, apertou as mãos com força, deixando as marcas das unhas nas palmas, e se forçou a falar com calma. Esperava que identificá-lo fosse o bastante para encerrar a sessão de reconhecimento, mas o legista continuou a passar o vídeo, fazendo comentários de modo sério.

Felizmente o detetive Chastain o detivera. O vídeo durou pouco mais de dois minutos, mas pareceram horas. Ela permaneceu imóvel na cadeira, sem conseguir falar nem se mexer, até que Chastain quebrou o encanto, interrompendo a projeção. Tomada por uma onda de alívio, curvara-se na direção dele; não percebeu esse movimento, mas, de repente, ele estava bem mais próximo, com os braços abertos prontos para segurá-la, se ela caísse da cadeira. Depois de quase ter desmaiado na sala dele, ele não quis mais correr o risco. Envergonhada, ficou de pé para mostrar a ele que estava perfeitamente bem.

Provavelmente não conseguiu convencê-lo, pois ele lhe entregou mais um refrigerante. Karen estava em dúvida; talvez o tivesse interpretado mal, talvez seu estado emocional abalado a tivesse feito perceber desaprovação onde não havia nada, pois agora ele demonstrava ser um homem extremamente agradável. Se ele não gostava dela, estava conseguindo disfarçar bem, e ela estava tão cansada que não se importava. Precisava se alimentar e dormir. No dia seguinte, depois que tivesse feito as duas coisas, voltaria a seu normal, mas por enquanto sentia-se grata pela ajuda prestada por Chastain.

Enterrar o pai ali era a atitude mais lógica a ser tomada, até conseguir organizar tudo em sua casa. Acreditava que havia lugares onde pudesse manter o corpo do pai, mas, apesar dos erros de Dexter, que não haviam sido poucos, ele era um ser humano, um homem, marido e pai, e não apenas um corpo sem vida. Merecia um enterro digno, merecia receber as orações que seriam feitas em seu velório.

Karen sentiu alívio e percebeu que estava fazendo a coisa certa.

Alguém chamou o detetive pelo rádio e o barulho a trouxe de volta ao momento atual, tirando-a de seus pensamentos, mas ela manteve os olhos fechados. Ele respondeu com a voz baixa e foi como se ela o escutasse pela primeira vez. Não prestava tanta atenção à voz dele quando estava de olhos abertos; ele era um homem fisicamente atraente, nem tanto por sua aparência, mas sim pela forte personalidade. Controlava sua intensidade, mas a deixava transparecer nos olhos observadores e brilhantes.

Mas, naquele momento, a voz a confortava. Ela não escutava as palavras, apenas o som. O sotaque era relaxante, como se não houvesse pressa alguma para nada. Seu modo de dizer a palavra "onde" era prolongado e dava a impressão de ser mais longa do que realmente era. Se ele demorasse fazendo amor tanto quanto demorava falando, devia ser... Pensar em sexo naquele momento a deixou chocada e ela arregalou os olhos. Não ousou olhar para ele, mesmo estando ciente de sua presença ali, tão perto.

Sentiu o rosto esquentar. De *onde* aquela idéia havia saído, justamente naquele momento? Não costumava especular sobre o desempenho sexual de um homem. Não costumava especular sobre homens, ponto final. Sob seu ponto de vista, a liberdade sexual era uma bobagem desde o princípio, além de perigosa. Não havia namorado muitos rapazes, e nenhum desde a morte de Jeanette.

A verdade é que sempre havia evitado envolver-se emocionalmente com um homem, pois não confiava em nenhum. Sentia medo de arriscar-se do mesmo modo que sua mãe fizera; não queria passar a vida amando um homem que nunca retribuiria esse amor. Estava decidida a passar sua vida sem amar homem algum.

Sentiu raiva de si mesma. Sim, o pai as havia abandonado, mas ela conhecia homens que amavam as esposas e as famílias, que eram fiéis e confiáveis. Mas, emocionalmente, não conseguia se livrar do medo e do desespero sentidos na infância. Ontem mesmo... não, naquela manhã — Deus, parecia ter sido há um ano, mas ainda não tinha terminado —, ela decidira não permitir que o passado tomasse conta de suas atitudes. Fazia planos para seu apartamento, para sua carreira, mas tais planos não incluíam um companheiro.

Estava sendo muito tola! Por que não percebeu isso antes? Recusava-se a pensar em marido, em família, simplesmente por causa do terrível exemplo dado pelo pai. Quando tudo aquilo terminasse e ela voltasse para casa, começaria a aceitar os convites que às vezes recebia. Conhecia alguns homens gentis e estava na hora de dar uma chance para que um deles se tornasse mais que um simples amigo.

Pensando bem, estava feliz por ter tido aquele tipo de pensamento, pois pôde fazer uma auto-análise. E ele provavelmente *era* bom de cama, ela pensou com ousadia. Independentemente do que pensava sobre ela, estava se esforçando para ajudá-la. Uma de suas colegas de trabalho, Piper Lloyd, dizia que era possível saber se um homem era bom de cama apenas observando-o trabalhar. Alguns dos médicos do sexo masculino — *a maioria* — se consideravam presentes divinos dados às mulheres, mas, de acordo com a teoria de Piper, eles eram arrogantes e sempre apressados. Se não prestavam atenção aos pacientes, eram pequenas as chances de prestarem atenção a suas mulheres.

Piper aprovaria o detetive, Karen pensou. Ela já estaria piscando para ele e remexendo sua curta cabeleira de cachos negros, mas era uma veterana nas batalhas de amor. Era cuidadosa em relação a sexo, mas não deixava de ir atrás do que queria.

Karen não era nada parecida com Piper. Apenas sair com um homem de vez em quando, dando-lhe uma chance, já seria um enorme passo para ela.

— Você é casado? — Ela arregalou os olhos quando percebeu o que havia acabado de perguntar. Não planejara dizer aquilo, não queria ter dito nada, pois estava muito bom simplesmente ficar sentada ali, de olhos fechados. Em vez de olhar para ele, voltou-se para as ruas pelas quais passavam, onde lanchonetes da rede Burger King davam lugar a árvores e gramados à medida que eles se afastavam da cidade.

— Não, nunca fui — ele respondeu sem parecer abalado, o que a deixou surpresa. — E você?

— Não, eu... não. — Ela pensou em continuar e dar uma longa explicação, dizendo que sempre esteve ocupada, mas decidiu calar-se. Não estivera muito ocupada, mas sempre muito desconfiada.

— Noiva?

Bem, uma pergunta intrometida mereceria outra, ela pensou.

— Não.

— Eu já fui noivo, mas nós dois pensamos melhor e rompemos. — Ele olhou para Karen de modo estranho. — Os policiais respondem pelos mais altos índices de divórcios no país. Algumas mulheres não toleram se despedir do marido de manhã sem saber se será pela última vez.

Karen fez um gesto irônico, divertindo-se com o comentário, sem se mostrar comovida.

— Que bobagem — ela disse. — Imagine ficar triste com uma coisa tola desse tipo.

Ele esboçou um sorriso. O detetive tinha o que ela considerava um típico olhar de policial, levemente distante, muito cínico. O corte de cabelo militar fazia com que ele parecesse ainda mais sério, por isso o discreto sorriso era como um raio de luz em um céu cinzento.

— Você poderia se casar com alguém da polícia.

Ele não concordou, emitindo um rosnado ao virar à esquerda no sinal de trânsito, diminuiu a velocidade ao se aproximar de um cruzamento e entrou em uma estrada secundária.

— Ah, claro. Como se você conseguisse se casar com um médico ou com outro enfermeiro.

Karen fez uma careta. Algumas pessoas conseguiam se casar com indivíduos da mesma profissão e ser felizes, mas Karen queria se libertar um pouco do hospital. Entregava-se ao trabalho enquanto estava ali e amava o que fazia, mas queria algo diferente quando chegasse em casa.

— Que tipo de serviço de enfermagem você executa?

Ela ficou contente por perceber que ele sabia que existiam tipos distintos.

— Trabalho no andar do centro cirúrgico, mas estou pensando em fazer mestrado, talvez para me especializar em traumatismo. — Ao expressar seus planos em palavras, sentiu que eles se solidificavam, e sabia que se tornariam realidade.

Ele ergueu uma sobrancelha ao perguntar: — Isso não seria mais ou menos como deixar o trabalho de escritório e ir para a batalha na linha de frente?

— Você também está nas trincheiras — ela disse. — Além disso, quero saber mais, fazer mais. — Colocou uma mecha de cabelos atrás da orelha, virando-se um pouco para ele, com o rosto animado pelo que dizia: — Quero conhecer os mais novos procedimentos, remédios e tratamentos. Não quero trocar curativos de cirurgias. Quero aplicar a pressão que interrompa o sangramento. — Não sabia muito bem por que estava contando tudo aquilo a um homem praticamente desconhecido, mas alguma coisa nele facilitava a conversa. Estranho, porque eles certamente não haviam estabelecido uma amizade. Talvez fosse porque ele se mostrava interessado ou fosse apenas um alívio parar de pensar em Dexter. Talvez estivesse muito cansada ou, ainda, fosse o efeito do açúcar dos refrigerantes.

Ele parou no estacionamento de uma pequena cidade interiorana, vazia e tranqüila naquela tarde de calor. Ao lado, sob a ampla sombra dos carvalhos, havia um cemitério bem cuidado. Karen olhou para os túmulos e sentiu um aperto no peito. Conseguira esquecer tudo aquilo por alguns minutos, mas o alívio havia terminado. Ela endireitou os ombros e saiu do carro.

— Alguém virá em poucos minutos — Chastain disse, colocando seus óculos escuros enquanto caminhava ao lado dela, em direção ao cemitério. — Se gostar do local, pode acertar a papelada ainda hoje.

Ela respirou o ar espesso e pesado, sentindo que lhe faltava oxigênio. Já estava suada e desejou poder beber mais um daqueles refrigerantes bem gelados, com açúcar ou não. Os frangos eram *assados* a uma temperatura menor que aquela que fazia. Ela devia estar, pelo menos, meio assada.

Chastain pousou novamente a mão quente em suas costas. Aquilo não podia ser verdade, ela pensou, observando o musgo-espanhol, pendurado nas árvores, balançando mesmo sem haver vento. De manhã, estava dormindo em seu quarto escuro e com ar-condicionado. Agora, estava assando em Nova Orleans, escolhendo um local onde pudesse enterrar o pai, que não via há anos, até o médico-legista colocar uma fita com imagens dele no videocassete em uma sala de necrotério, e agora estava sendo cuidada por um policial que não gostava dela, mas que, por algum motivo, estava sendo muito solícito.

Não, não podia ser real. Era um pesadelo, mas os pesadelos, assim como todos os sonhos, tinham fim.

## Langley, Virgínia

Franklin Vinay, o diretor de operações, costumava trabalhar até tarde. Gostava das horas que passava sozinho à sua mesa, depois que os funcionários iam embora, quando o telefone deixava de tocar muito e as tarefas diminuíam. Era nessas horas que cuidava da pilha de papéis que se amontoavam sobre sua mesa todos os dias, tentando manter-se um passo à frente dos adversários do país — mesmo sem saber quem eram.

Tinha sido mais fácil durante a Guerra Fria; tudo era claro, conhecia-se o inimigo. Temia que a antiga União Soviética, agora dividida, fosse mais perigosa atualmente do que antes, sem mãos experientes no controle. A China o deixava muito preocupado, mas a administração atual se mostrava mais interessada em ganhar dinheiro do que em proteger a segurança do país. Qualquer idiota sabia como fazer uma bomba, os famosos aliados dos Estados Unidos vendiam armas e equipamentos de alta tecnologia para qualquer um que pudesse pagar e a capacidade militar estava pior que nunca. Era a receita para o desastre, e ele passava muitas horas em sua mesa tentando impedir que as coisas fugissem do controle.

Uma discreta batida à porta o interrompeu, e ele suspirou, fechando o arquivo que estava lendo. — Entre.

Esperava que a porta fosse aberta por um funcionário novo também fazendo hora extra, mas, em vez disso, um rosto familiar apareceu à sua frente.

— Imaginei que você ainda estaria aqui — Jess McPherson disse, entrando na sala e fechando a porta em seguida. — Tenho más notícias.

Jess e o diretor já se conheciam há muito tempo, tanto tempo que não havia mais formalidade entre eles. O diretor conhecia o olhar de Jess e ficou tenso.

— O que houve?

— Rick Medina está morto. Seu corpo foi encontrado no Mississippi. — McPherson sentou-se em uma cadeira.

— Que merda! — Vinay parecia profundamente triste. Rick Medina era uma lenda nos círculos da CIA, porém, mais que isso, era um amigo íntimo. Não restavam muitos do antigo grupo; todos agora estavam na área de tecnologia, esquecendo-se de que o melhor satélite e o melhor computador não podiam substituir o mais básico dos recursos: um homem certo. A inteligência humana,

HUMINT, estava sempre na essência de qualquer boa decisão que Vinay tomava. — O que aconteceu? Ele estava trabalhando?

Esperava escutar um não. Rick nunca tinha sido regular da CIA, na verdade era um agente contratado, ou seja, ele alugava seus serviços para outros clientes, outros países. Mas, com Rick, Vinay sempre teve a confiança de que nenhum de seus outros trabalhos prejudicava a segurança de seu país. Os outros agentes não eram tão cuidadosos, mas Rick Medina era, simplesmente, um patriota. Por isso, havia outras considerações.

— Nada para nós — McPherson disse. — Fiquei sabendo que ele estava cuidando de um assunto pessoal. Os policiais da região disseram se tratar de latrocínio, mas eu não consigo imaginar Rick sendo surpreendido por um doido qualquer com uma arma calibre 22.

— Ele morreu com uma calibre 22?

— Sim, segundo o relatório. Dois tiros no peito. Dois garotos encontraram o corpo em um carro, escondido atrás de uns arbustos em um local ermo. Sua carteira estava no banco ao lado dele, vazia. O dinheiro e os cartões de crédito tinham sido levados.

— Conveniente, para que não conseguissem identificá-los. — Vinay mordeu o lábio. — Conveniente demais.

— Pois é, eu sei. Não me parece muito certo, mas como eu disse, ele não estava trabalhando para nós, por isso não faço idéia do que estava realmente fazendo. Até onde sabemos, não passou de puro azar, e o idiota sem querer acertou os tiros.

— E a arma do Rick? Encontraram?

McPherson balançou a cabeça, negando. Vinay não esperava uma resposta afirmativa. Nenhum idiota deixaria passar uma arma cara como a que Rick Medina portava. Tampouco conseguiriam encontrar rastros pelo número de série, porque Rick tomava o cuidado de impedir que alguma arma fosse ligada a ele.

— Onde está John? — McPherson perguntou com a voz baixa.

— Trabalhando.

— Você vai contar para ele ou vai deixá-lo onde está? — Qualquer trabalho em que John Medina estivesse envolvido era sempre crucial.

— Vou contar. Confio no que ele pode descobrir. — Não era apenas isso, mas também porque nenhum tolo esconderia de John a notícia sobre a morte do pai.

— Peça para ele me ligar — McPherson disse, levantando-se.

Vinay olhou para o velho amigo com um ar desconfiado.

— Jess? Está sabendo de alguma coisa que não me contou?

— Não, mas pode ser que John saiba. E se ele for atrás do assassino de Rick, eu me sentirei honrado em ajudar.

# 8

Karen dormiu tão profundamente que, quando acordou na manhã seguinte, sentiu-se lenta e com a cabeça pesada, incapaz de se mexer. Os olhos estavam inchados e a fronha molhada. Lembrou que chorou durante a noite, acordando e sentindo-se tomada pelo desespero e pela perda.

Por fim, arrastou-se para fora da cama e se espreguiçou, sentindo cada um de seus músculos esticar e relutantemente acordar. Abriu as cortinas e semicerrou os olhos quando a claridade invadiu o quarto; já conseguia sentir o calor pelo vidro da janela. Satisfeita com a eficácia do ar-condicionado do Marriott, entrou debaixo do chuveiro e deixou que a água fria lavasse seu corpo, afastando algumas preocupações.

Havia acabado de secar os cabelos com o secador quando ouviu o telefone tocar. Enrolou-se com o roupão de banho e correu para o quarto.

— Alô?

— Bom-dia. — A voz grossa em seu ouvido foi instantaneamente reconhecida. — Espero não tê-la acordado.

— Bom-dia, detetive. Não, eu já estava acordada. Acabei de sair do banho. — Virando-se, Karen olhou para o radio-relógio digital sobre o criado-mudo. Olhou mais uma vez para ter certeza, mas os números continuaram os mesmos. — Não acredito que dormi tanto — ela disse, surpresa. — Já são quase dez e meia?

Ele riu, uma risada muito gostosa.

— Sim senhora. Você estava tão cansada ontem que pensei que fosse dormir até tarde, por isso esperei para ligar. Preciso entregar-lhe os pertences de seu pai, se você estiver bem para fazer isso hoje. Se não estiver, podemos esperar.

Poderia esperar até o dia seguinte, ele quis dizer, para quando o enterro já estava marcado, e achou melhor não ter de passar por situações tão difíceis em um mesmo dia.

— Não. Vou tomar café e logo estarei aí.

— Se eu precisar sair a serviço, ligo para você, para que não precise vir caminhando.

— Tudo bem — ela concordou. Após desligar, ela telefonou para o serviço de quarto e fez seu pedido, ignorando o receio que sentia. Os pertences de Dexter seriam peças de roupas velhas e sapatos gastos, talvez furados. Detestava imaginá-lo sem roupas adequadas, sem um lugar seguro para dormir ou um abrigo para quando fizesse frio. Sempre o imaginava vivendo de modo feliz com a esposa e a filha; nunca o imaginava carente das coisas mais básicas da vida.

Pensar nisso era doloroso. Ele poderia ter levado uma vida normal com sua família, mas rejeitara tudo aquilo em troca de... *nada*. Sem casa, sem emprego, dormindo em caixas de papelão, comendo em abrigos e refeitórios comunitários ou o que conseguisse tirar da lata de lixo. Teria ele roubado um carrinho de supermercado no qual colocava todas as suas coisas? Ele as havia abandonado por *aquilo*?

Como um homem podia fazer isso? Será que não sentia nenhuma ligação, nenhuma responsabilidade com sua família? Como ele podia ter magoado sua mãe daquela maneira e ainda sentir-se à vontade para aparecer ou telefonar sempre que quisesse? O que ele tinha para Jeanette amá-lo até a morte?

— Ah, mamãe — Karen sussurrou, sentindo pena da mãe, cuja dor havia sido a maior de todas. Ela, pelo menos, nunca havia conhecido o pai realmente e sofrera menos por si mesma do que por tristeza ao ver a mãe sofrendo. Ficou contente por Jeanette não ter assistido à fita e porque não teria de pegar uma pequena pilha de pertences.

Acabara de se vestir confortavelmente com um vestido salmão sem mangas e sandálias, quando o serviço de quarto chegou para entregar-lhe seu café-da-manhã. O apetite já havia desaparecido, mas ela se forçou a comer. O café estava muito quente e forte; depois de bebericá-lo, deixou-o de lado e resolveu beber o copo de água gelada. Talvez, se esfriasse seu estômago, seu peito não ficasse tão oprimido.

Pelo menos Dexter não havia adoecido. Pelo menos não havia morrido de frio em algum lugar de inverno rigoroso, onde nevasse, tendo ele furos nos sapatos e folhas de jornal aquecendo-lhe o corpo por dentro da blusa.

Karen sentiu o estômago revirar e afastou o pensamento, junto com a bandeja. Rapidamente escovou os dentes, passou batom e colocou a chave do quarto no bolso com zíper de sua bolsa.

— Estou pronta — disse e deixou o quarto.

A manhã estava quente, porém ventava. Nova Orleans era uma cidade de gastronomia e vários odores enchiam o ar: massas assadas, temperos refogados, café passado. Karen sentiu um aroma ainda mais forte quando passou pelo Brennan's, conhecido por seus famosos cafés-da-manhã. Era tudo tão diferente do que ela estava acostumada a ver em Columbus que parecia estar em outro país.

Até mesmo as pessoas eram mais exóticas, tanto na cor da pele quanto nas roupas; pareciam ciganas. Ela escutava uma grande diversidade de sotaques ao passar pelos turistas e consumidores que caminhavam pelas calçadas. Viu as máscaras de Mardi Gras nas vitrines e faces de arlequim decoradas com lantejoulas coloridas. Um enorme leopardo, entalhado em uma única peça de madeira, a observava de uma das vitrines enquanto ela passava.

A atmosfera de Nova Orleans a invadiu, obrigando-a a caminhar mais lentamente do que estava acostumada. O suor acumulou-se entre seus seios e escorreu por sua barriga, indícios de que era uma bobagem ter pressa. Tudo esperaria, nada sairia do lugar se ela parasse para olhar uma vitrine. Mas ela resistiu ao desejo.

Conseguiu avistar o Oitavo Distrito à direita, mais à frente, o prédio gracioso atraindo-a com suas promessas de temperaturas mais agradáveis. Sabia que havia os prédios comuns da cidade, pois os tinha visto no dia anterior, quando o detetive a levou ao necrotério, mas o prédio do Oitavo Distrito era como Nova Orleans: sedutor, cheio de estilo, antigo e gracioso. O que aquelas paredes já haviam testemunhado? Quais escândalos e assassinatos haviam sido revelados sob aquele teto, quantos romances haviam acontecido ali? Ninguém associaria uma delegacia a romances, mas aquela era Nova Orleans, o Quarter, e qualquer coisa era possível.

Uma outra policial estava sentada à mesa da enorme sala de recepção, onde os ventiladores de teto não paravam de girar. Karen disse seu nome e recebeu permissão de passar pela mesa. Caminhou pelo corredor, com o velho assoalho fazendo barulho sob seus pés.

O detetive Chastain falava ao telefone quando ela chegou à sala pequena e abarrotada. Ele olhou para ela de pé na porta e fez sinal para que entrasse.

Seus batimentos cardíacos aumentaram, e assim continuaram, e ela sentou-se em uma cadeira de encosto reto, pousando a bolsa em seu colo. Havia uma sacola sobre a mesa dele, uma sacola marrom comum de supermercado, para a qual ela tentou não olhar. Em vez disso, ela olhou para o detetive, desesperadamente concentrando-se em detalhes, como no contraste da pulseira dourada do relógio contra sua pele bronzeada, os pequenos pêlos de seus braços revelados pelas mangas arregaçadas. Ele vestia uma camisa branca lisa e sem colarinho e calças pretas, uma roupa simples que o deixava mais parecido com um coreógrafo do que com um policial, exceto pela pistola que ele portava em um coldre na altura do quadril, no lado direito.

Ela tentou não prestar atenção à conversa, mas não pôde deixar de notar que ele ficava cada vez mais impaciente. Ele começou a franzir o cenho, unindo as sobrancelhas escuras. Olhou para ela e, repentinamente, mudou de idioma, falando palavras em francês num tom ríspido, e ela ficou feliz por não compreendê-las, porque o tom usado para dizer palavrões era inconfundível, independentemente do idioma falado.

Por fim, ele disse mais alguma coisa e desligou o telefone com força. Olhou para ela e virou a cadeira de modo a ficar à sua frente.

— Espero que você não fale francês.

— Não falo — ela disse.

— Conheço todos os palavrões. Na maior parte do tempo, é o que basta. — Correu a mão pelos cabelos curtos, um gesto abrupto que explicitou a irritação que sentia. Suspirou fundo e relaxou. — Quer uma xícara de café ou uma Coca-Cola?

— Não, obrigada. — Esboçou um sorriso e completou: — Acabei de comer, por isso não corro o risco de desmaiar. Não vai precisar me forçar a tomar refrigerantes hoje.

— Nosso lema é "servir e proteger", só fiz o meu trabalho. — Ele começou a esboçar um sorriso, que não chegou a se concretizar, pois apontou para a sacola sobre a mesa. — Eu não costumo fazer esse tipo de coisa, mas você me disse algo ontem que me fez pensar... bem, talvez isso a pegue de surpresa.

O receio sentido anteriormente já havia se transformado em medo. Suas mãos apertaram a bolsa sobre o colo. — Como assim? — Manteve a voz calma, mas o esforço para conter-se era cada vez maior.

Ele ficou em silêncio por um momento e saiu da cadeira para dar a volta na mesa e encostar-se na beirada, como fizera no dia anterior.

— Você era muito próxima de sua mãe, certo?

A pergunta a pegou desprevenida.

— Sim, é claro. Quando meu pai nos abandonou, ela ficou... arrasada. Ele havia saído da Marinha, por isso perdera o direito de receber uma pensão do marido. Precisava me sustentar, e não tinha nenhuma formação profissional, por isso aceitava qualquer trabalho: limpava casas, lavava roupas, foi garçonete.

— Não são empregos muito rentáveis — ele disse. Não desviou o olhar do rosto dela.

— Não. Ela trabalhava em dois ou três lugares, até que cresci, consegui um emprego e pude ajudar. Quando fui contratada no hospital, ela parou de trabalhar. Já havia trabalhado muito e era a minha vez de cuidar dela.

Ele a observou em silêncio por um momento, de modo enigmático.

— Poucas pessoas teriam essa mesma visão — disse depois de um momento.

— Essas pessoas devem ter algum problema — Karen disse. Teria feito qualquer coisa para facilitar a vida da mãe.

Ele levantou a mão, acalmando-a.

— Eu concordo, eu concordo.

— Por que está me perguntando isso? O que minha mãe tem a ver com o fato de você me dar os pertences de meu pai?

Ele hesitou, depois disse: — Seu pai guardou algo que devia ser importante para ele. Poderia ter vendido, mas a guardou costurada na barra da calça.

Confusa, ela olhou para ele, tentando imaginar o que poderia ter sido importante para seu pai; certamente não eram ela e a mãe.

O detetive Chastain virou-se e pegou um pequeno envelope marrom de dentro da sacola de roupas. Abriu e virou seu conteúdo na palma da mão. — Isto tinha valor para ele — disse com a voz baixa, agachando-se diante dela e abrindo a mão, com a palma para cima para que ela pudesse ver.

Karen olhou para a aliança de ouro na mão do detetive. Por um momento, não a reconheceu, mas, logo em seguida, ficou paralisada. Ela ficou chocada, como se a realidade houvesse sido interrompida repentinamente. Sua aliança de casamento. Ele havia guardado a aliança de casamento. A simples presença daquele anel comum de ouro desafiava tudo que ela acreditava saber sobre seu dono.

— Isso não é justo — ela disse, e não se referia à atitude do detetive, mas ao inesperado sentimentalismo do pai. Ela não queria saber dele; não queria pensar que, talvez, ele tivesse se arrependido, que talvez sofresse, que tivesse sonhos desfeitos. Era muito mais fácil pensar que ele não tinha sentimentos.

Mas nada era fácil. Nem a morte e muito menos a vida.

Chastain não disse nada, apenas continuou agachado ali, segurando a aliança na palma da mão, como se a oferecesse a ela.

O que teria acontecido se ela estivesse sozinha? Certamente haveria uma lista de objetos, e ela teria assinado os papéis, afirmando ter recebido tudo da lista, mas não tomaria conhecimento de que seu pai havia costurado sua aliança de casamento na barra de sua calça para mantê-la em segurança. Um médico-legista ocupado não teria descoberto, um funcionário realizaria a tarefa e Karen nunca saberia. O detetive Chastain estava fazendo muito mais que sua obrigação, assim como fizera no dia anterior.

Ela esticou o braço, como se o movimento fosse involuntário, como se o braço não lhe obedecesse. Os dedos tremiam. Lentamente, tocou a aliança, passando o dedo a seu redor, e recuou, levando a mão novamente ao colo.

O detetive Chastain pegou a mão de Karen, abriu-a com muita delicadeza e pousou a aliança na palma, dobrando seus dedos em seguida. A aliança estava quente, e a mão dele estava ainda mais quente.

— Ele se importava — ele disse. — Não sei por que ele partiu, mas não deixou de se importar.

Karen não conseguia olhar para ele. Ficou olhando para as mãos diante dela, percebendo que as dele eram ásperas e fortes, bronzeadas e muito maiores que as suas. Seu toque era leve, como se estivesse ciente da força que tinha, diferente de muitos homens, e tomou o cuidado de não feri-la sem querer.

Desesperada, ela tentou controlar-se novamente, mas a proximidade e a compreensão dele a deixaram sem defesas. E ele pareceu ter notado a situação também, porque soltou a mão dela e ficou em pé, voltando para a cadeira atrás da mesa.

— Obrigada — ela disse, quase num sussurro. Vê-lo distante era um alívio, mas desejava seu apoio.

— De nada — ele respondeu e não disse mais nada.

— O restante das coisas... são apenas roupas?

— Sim, há uma lista.

— Pelo menos vou saber o tamanho do paletó que devo comprar para ele — ela disse, temendo o momento em que teria de olhar as etiquetas das roupas para saber. Era muita coisa em pouco tempo.

O detetive Chastain parou por um momento, observando-a em silêncio, e disse: — Quarenta e quatro.

Ela engoliu em seco e agradeceu, olhando para as mãos. Precisava perguntar algo, somente para ter certeza, e apesar de saber que a resposta seria difícil para um policial, sabia que Chastain seria honesto. — Detetive...

— Sim? — ele perguntou gentilmente depois de um momento, ao perceber que ela não havia continuado.

Karen olhou para ele, fixando seu olhar.

— Ainda... estão investigando o caso?

Ele fez uma pausa e respondeu: — Não.

Ela fechou os olhos, mesmo sabendo que era o que escutaria. Ele voltou a agachar-se diante dela e pegou sua mão, esfregando o polegar em suas falanges. A leve aspereza da pele dele a afetou, um toque agradavelmente masculino.

— Sinto muito — disse.

— Eu compreendo — ela respondeu, com dificuldade. — Vocês precisam envidar esforços onde possam trazer melhores resultados. O mesmo ocorre na emergência de um hospital.

— A realidade é cruel.

A compreensão e a honestidade demonstradas valiam muito mais para ela do que se ele tivesse dito coisas bonitas, se tivesse tentado confortá-la com mentiras. Karen apertou a mão do detetive, endireitou os ombros e disse:

— Tenho muito que fazer hoje, por isso vou parar de atrapalhá-lo. — Ele se afastou, permitindo que ela ficasse em pé. — Obrigada — disse e deixou a sala.

Marc suspirou quando Karen saiu da sala, pálida, porém calma. Que droga! O pai dela havia sido assassinado e não havia nada que ele pudesse fazer. Assim que conseguiu a identidade do homem, recebeu ordens de passar para um caso mais produtivo. Não procuravam resolver casos de assassinato de moradores de rua. Aquilo tudo era muito frustrante.

Deus, como ele queria abraçá-la, colocá-la em seu colo e mostrar que ela não precisava fazer tudo sozinha. Mas preferiu conter-se, pois ainda era muito cedo e porque a teria assustado.

Ela provavelmente vinha agindo de modo calmo e responsável desde a infância, forçando-se a se tornar uma pequena adulta quando deveria estar brincando com bonecas e pulando corda, sem se preocupar com nada. Via aquela situação acontecer diversas vezes: quando restava apenas um dos pais, e o filho via esse pai ou mãe sofrer, *tornava-se* o responsável, assumindo atribuições muito maiores que as condizentes com sua idade. Certamente ela cuidou das tarefas domésticas, assegurando-se de que a mãe tivesse comida pronta quando voltasse do trabalho, fazendo todo o possível para amenizar sua carga.

Karen até se tornou enfermeira, assumindo ainda mais responsabilidades. Estava claro que ela havia se tornado o suporte da mãe, completando a troca de papéis. Era possível que se referisse à mãe usando o primeiro nome, pelo menos em alguns momentos, pois a garotinha havia se tornado a mãe e esta se tornado a filha dependente. Era óbvio que era muito amorosa e, assim, havia se tornado ainda mais protetora.

Passara a vida tomando conta dos outros e agora queria cuidar de si mesma com uma determinação que deixava Marc sensibilizado. Normalmente gostava de proteger as mulheres, mas nunca havia se sentido daquela forma. Algo dentro dele estava mudando, e ele não se arrependia da mudança.

Será que ela sabia como era forte? O comentário que fizera um dia antes a respeito das mulheres serem tolas por terem problemas de se relacionar com policiais devido ao fator de risco tinha sido divertido, mas ela estava falando sério. Karen Whitlaw não fugiria de um relacionamento por medo. Estaria presente nas alegrias e nas tristezas.

Sempre que se envolvia com alguém, Marc procurava manter seu trabalho distante do relacionamento. Ser chamado para resolver um caso era inevitável, mas não levava os detalhes para casa. Sempre procurou proteger as namoradas dos horrores que presenciava, em parte devido à sua natureza protetora, mas também porque não acreditava que elas fossem capazes de compreender ou aceitar o que lhe possibilitava suportar tudo o que via. Talvez houvesse subestimado as mulheres que passaram por sua vida, mas cansou de ver relacionamentos serem destruídos pela pressão do trabalho e não queria correr o mesmo risco.

*Sabia* que Karen não seria assim. Ela endireitaria os ombros e ergueria o queixo, como ele a havia visto fazer, quando a dor e o estresse se tornavam muito grandes. A maioria das pessoas se deixaria abater por tamanha carga emocional, mas ela encarava a situação de frente e controlava as lágrimas até ficar sozinha e poder chorar.

Marc sabia que ela havia chorado; suas pálpebras estavam inchadas. Ela havia chorado, mas ele não estava presente para abraçá-la.

Pensou que, daquele momento em diante, estaria sempre ao lado dela.

# 9

O dia estava nublado, com possibilidade de chuva a qualquer momento, e tão quente que Karen sentia-se como se fosse derreter. O suor acumulava-se entre seus seios e escorria. Seu vestido era fino e de mangas curtas, mas *preto*; conseguia sentir o tecido absorver o calor. Concentrou-se em seu cansaço físico e no som distante de um trovão. Pensou no verde da grama, no canto dos pássaros, e permitiu-se ficar irritada porque os saltos de seus sapatos ficavam afundando na terra fofa. Nunca havia visto uma terra tão preta e ficou observando-a.

Olhou para as frondosas árvores, para as flores. Aquele pequeno cemitério interiorano era mais bonito e mais tranqüilo que o grande e bem cuidado "jardim de descanso" onde Jeanette estava enterrada. Talvez devesse levar a mãe para lá, em vez de levar Dexter para Ohio.

Sentia um nó no estômago. Tentava a todo custo não pensar no que estava acontecendo, mas seus pensamentos a levavam ao velório de qualquer maneira. Não queria pensar no homem que estava no caixão. Dexter Whitlaw. Seu pai. Independentemente de seus erros, dos problemas que havia causado, naquele momento ela admitia que nem todas as lembranças que tinha dele eram ruins.

Houve alguns momentos em que ele se sentou no chão e brincou de casinha com ela, dobrando as pernas compridas como se não percebesse a posição estranha, escutando com aparente curiosidade as histórias criativas que ela inventava a respeito do que as bonecas estavam fazendo. Geralmente elas estavam doentes, e ela cuidava de todas, uma precoce manifestação de seu desejo de ser enfermeira. E algumas vezes Dexter a levara para passeios na floresta, mostrando a ela como se esconder em arbustos e sentar-se em silêncio, de modo que nem mesmo os esquilos e os pássaros percebessem sua presença. Aqueles poucos momentos de alegria tinham mais peso que uma vida toda de tristeza? Será que ela deveria lembrar-se apenas deles e esquecer as noites em que a mãe chorava em sua cama, desejando um homem que não chegava?

Que vidas tristes as de Jeanette e de Dexter! O arrependimento encheu seu peito, sufocando-a, ou talvez fosse apenas a umidade que dificultava a respiração. Não podia ser arrependimento; por que ela choraria por um homem que nunca havia pensado nela, que só telefonava e visitava quando *ele* precisava de alguma coisa? Mas mesmo assim ele guardou a aliança de casamento, costurada na barra da calça. Como o detetive Chastain disse, aquele objeto lhe era importante. Karen não sabia se era por causa da vida que a aliança representava, a vida normal da qual ele se afastara, ou por causa das pessoas daquela vida.

Não choraria por ele. Recusava-se. Mas seus olhos estavam marejados, viu o caixão embaçado, as palavras do ministro não passavam de sussurros, e a pressão em seu peito era tão grande que mal conseguia contê-la.

As árvores tinham seus galhos chacoalhados por uma brisa leve. Uma rajada de vento surpreendentemente frio bateu em suas pernas, por trás, e subiu para seu pescoço. Um arrepio percorreu-lhe a espinha. A sensação era refrescante e ela suspirou ao sentir o suor evaporando de seu corpo. Sentiu-se contente por se livrar do calor, mesmo que uma garoa fina acompanhasse o vento.

Em poucos instantes, ela deixou de sentir o calor insuportável e ficou com frio, conforme o vento tornou-se mais forte e a chuva começou a cair. O detetive Chastain abriu o guarda-chuva e o segurou sobre ele e Karen, aproximando-se para abrigá-los. Ela não sabia o que teria feito sem a ajuda dele naqueles últimos dois dias, pensou. Ele havia feito mais do que ajudá-la a resolver os procedimentos necessários, muito mais; assumira as tarefas, resolvera as partes burocráticas, prevera obstáculos antes que se materializassem. Lembrara-se até mesmo das flores e a ajudara a comprá-las.

Ela não sabia por que ele havia feito tanto. Ela era uma pessoa sensata, mas estava começando a crer que se enganara ao pensar que ele não gostava dela assim que se conheceram. Talvez a fadiga e o choque tenham feito com que ela imaginasse coisas. Mesmo assim, Chastain fizera muito mais que sua obrigação, apesar de ela tê-lo julgado mal. Talvez fosse apenas um exemplo da gentileza com que os homens do Sul tratavam as mulheres, mas ele fora muito além de abrir portas ou esperar que ela entrasse em um local antes dele.

Sim, só podia ser isso. Pensou no detetive, pensou nas diferenças regionais em geral; pensou em tudo, menos no fato de que o ministro estava apertando sua mão e murmurando condolências, e que o agente funerário estava esperando que ela se afastasse para que pudesse colocar o caixão na cova e começar a jogar terra sobre ele. A cova até estava disfarçada com um carpete verde, como se vê-la fosse forte demais para as pessoas.

Mas ela não conseguia sair dali. Não podia se afastar de Dexter agora, não em seu último momento, antes de ser enterrado. Ele merecia ter alguém ali, presente, alguém cujas lembranças guardariam aqueles detalhes, para que ele não sumisse sem deixar traços. Independentemente de seus erros, ele era o pai dela, e eles estariam ligados para sempre pelos genes.

— Pode continuar — ela disse com a voz rouca. Fez um grande esforço para falar. Os pêlos de seu braço se arrepiaram, e ela passou a mão sobre eles, protegendo-se do vento, tentando descobrir para onde o calor havia ido. A chuva caía com força sobre o guarda-chuva, molhava suas costas e pernas, e um arrepio percorreu-lhe o corpo.

Ela viu o agente funerário olhar para o detetive Chastain, como se a decisão final fosse dele. Talvez fosse. Se ele decidisse tirá-la dali, ela não sabia se protestaria, se resistiria. Se tentasse argumentar, o pouco controle que mantinha ruiria e ela cairia em um choro convulsivo. Não seria fácil demonstrar autoridade aos prantos.

Mas ele fez um breve movimento com a cabeça, e ela tentou dizer a ele com o olhar como se sentia agradecida, não apenas por aquilo, mas por tudo. O agente funerário virou-se para o lado, disse algo de modo discreto para os homens que esperavam sua ordem. Ouviu-se o som de correntes e o caixão foi lentamente sendo abaixado.

Karen arrepiou-se mais uma vez e percebeu que não conseguia parar. Estaria somente arrepiada ou tremendo? Não sabia, e não se importava. Só sabia que estava tremendo de dentro para fora, com os dentes bem apertados para conter o choro que a sufocava.

Silenciosamente, Chastain posicionou-se ao lado dela, bloqueando o vento e a chuva de seu corpo. Ela manteve-se rígida, tentando controlar-se, mas ele se aproximou mais, a ponto de apertá-la, e manteve-se assim, forte e caloroso a seu lado. Como se fosse a coisa mais natural do mundo, abriu o blazer e abrigou-a dentro de suas asas protetoras. O tecido envolveu-lhe os ombros, seus braços nus, mantendo-a protegida no calor. Ainda segurava o guarda-chuva na mão esquerda, mas seu braço direito a envolveu e a manteve próxima a ele, contra seu peito forte.

O gesto deixou-a desconcertada. Exceto pela própria mãe, ninguém nunca havia se posicionado entre ela e o mundo. A atitude de Chastain era tão inesperada e íntima... além de protetora. A proteção era o que a destruía, ao mesmo tempo que a mantinha.

Lágrimas quentes borraram sua visão mais uma vez, afastando as imagens dos homens curvados, cavando o monte de terra, mas conseguia ouvir cada batida das pás na terra. Eles trabalhavam de modo metódico, apesar da chuva que caía, como se o trabalho fosse muito melancólico para ser apressado. Karen ficou ali até que eles terminassem, e o tempo todo Chastain manteve-se a seu lado, protegendo-a, emprestando força para que ela conseguisse continuar em pé.

Karen estava acostumada a ficar sozinha. Até mesmo quando era criança, procurava não perturbar a mãe com seus problemas, porque sempre percebeu que Jeanette já tinha problemas suficientes. A escola de enfermagem apenas aumentou sua independência, dando-lhe ainda mais responsabilidades. Não dependia de ninguém há anos e sentia-se arrasada por depender emocional e fisicamente de um homem que lhe era completamente desconhecido apenas dois dias antes. Tentou afastar as lágrimas que queimavam em seus olhos. Tentou dizer algo e percebeu que a pressão em seu peito era grande demais para permitir que palavras fossem emitidas. Endireitou-se, mas algo nela bradava pelo frio repentino, pela falta de contato. Ela virou-se para olhá-lo, mas o rosto dele ficou borrado diante dela e, de repente, não conseguiu mais se controlar.

O soluço que explodiu em sua garganta parecia o grito de um animal ferido. Não percebeu se foi ela quem se jogou contra ele ou se ele a segurou, mas, abruptamente, estava abraçada nele, com o rosto enterrado na curva de seu ombro. Chorava compulsivamente, seu corpo todo se sacudindo ao se apertar contra ele, com os dedos pressionando suas costas.

Chastain deixou o guarda-chuva cair no chão cheio de lama. Encostou a cabeça na dela, murmurando palavras gentis de consolo que não pareciam palavras, mas apenas seu som bastava. Ela tentou se esconder, vagamente assustada com sua carência, mas incapaz de se conter. Uma mão grande e quente pousou em sua nuca, massageando e acariciando sua pele macia.

A dor era quase insuportável, com pesar, arrependimento e uma sensação pungente de solidão. Apesar de seu profundo ressentimento, enquanto Dexter estava vivo, sempre existiu a possibilidade de que um dia ele resolveria seus problemas, exorcizaria seus demônios e tentaria manter um relacionamento com ela. Isso não poderia mais acontecer. Ele havia morrido, quase um desconhecido para ela, pondo fim a todas as possibilidades. Lamentava a perda da esperança, assim como lamentava tê-lo perdido, um pai que ela não tinha conhecido, cuja ausência moldara sua vida. Agora ela nunca mais teria a chance de dizer a ele como se sentia irada, ferida, nunca mais poderia procurá-lo e sentir um elo com sua família. Chorava por isso, pela mãe e por ele.

Mas sentir tamanha emoção era extenuante e, aos poucos, ela se aquietou, ainda protegida nos braços do detetive Chastain, com o rosto molhado enterrado em seu ombro. Ela o ouviu dizer algo para alguém, talvez o ministro, e momentos depois ouviu o barulho de passos contra o chão molhado de pessoas se afastando. Eles estavam sozinhos, e agora Karen sentia gratidão por mais uma coisa: precisara de privacidade, e Chastain a ajudou a tê-la.

A chuva tinha parado, tornando-se nada além de uma névoa morna à medida que a tempestade se afastava. O vento cessou e mais uma vez ela conseguiu sentir o calor do dia voltando, com o vapor subindo do chão. Karen escutava o coração de Chastain bater com regularidade, e seu peito enchia-se e esvaziava-se na cadência da respiração e o odor almiscarado e agradável do corpo dele misturava-se à fraca e fresca fragrância cítrica da loção pós-barba. Ele tinha um cheiro delicioso, ela pensou, exatamente o que um homem deveria ter.

Distraiu-se. Tentou pensar na última vez em que estivera tão perto assim de um homem, mas a lembrança lhe fugiu e chegou a pensar que nunca havia se aproximado tanto de alguém. Outros homens já a haviam abraçado, é claro, mas não daquele jeito. Nunca havia aceitado ser confortada por um homem, mas de algum modo, naquele momento, precisava de Chastain. Precisava sentir os braços dele ao redor de seu corpo, pelo menos por ora. Precisava da força física tão evidente naquele corpo alto e musculoso, uma força que suportava seu peso sem esforço, e precisava ser abraçada com força, como ele a estava abraçando. Precisava escutar a voz grossa dele murmurando, apenas por alguns minutos, que ela não estava sozinha.

A tempestade emocional a deixou esgotada, exausta, estranhamente indiferente.

— Sinto muito — ela disse com a voz abafada contra seu ombro.

— Não tem problema. — Ele se mexeu um pouco, segurando-a com um braço enquanto procurava por algo em seu bolso. — Tome, aqui está um lenço.

Ela o pegou sem levantar a cabeça, secando os olhos e assoando o nariz, e pensou, envergonhada, como poderia devolver o lenço depois de ter limpado o nariz com ele.

— Vou lavá-lo depois — ela disse.

Ele sorriu discretamente e voltou a abraçá-la. Ela recostou a cabeça em seu ombro de novo, suspirando, sentindo a umidade do blazer dele em sua face. Nas árvores, os pássaros começaram a gorjear e a cantar com o fim da chuva.

— Eu não o conheci de verdade — sussurrou, sentindo vontade de falar. — Ele retornava à nossa vida depois de um ano e pouco e a mamãe começava a acreditar que daquela vez seria para sempre, mas ele sumia de novo, e ela passava dias chorando. Eu o detestava por isso.

Os braços fortes e confortantes a apertaram.

— *Você* desejava que ele ficasse?

— No começo, sim. Sempre que ele voltava, eu corria para meu quarto e rezava com toda a minha fé para que ele não fosse embora de novo, e para que a mamãe ficasse feliz e parasse de chorar. Mas não funcionava por muito tempo. Então, comecei a fazer pedidos. Pedia quando via uma estrela cadente, quando encontrava ossinhos de galinha, jogava moedas em qualquer piscina que eu encontrasse. Não conhecia nenhum poço dos desejos oficialmente reconhecido, por isso acreditava que qualquer água serviria.

Ele riu de novo e ela pegou-se sorrindo contra o blazer dele. Era um sorriso fraco, mas um sorriso. Chastain a balançava para a frente e para trás, como se ela fosse uma criancinha.

— Está melhor?

Karen assentiu com a cabeça.

— Chorar libera endorfina no corpo, automaticamente melhora o humor.

— Então você deve estar cheia de endorfina agora — ele brincou e dessa vez ela riu. Ficou surpresa e tensa. Como conseguia rir? Estava diante do túmulo do pai.

— Não se preocupe — ele disse, balançando-a levemente, compreendendo, sem ter recebido explicações, o motivo pelo qual ela ficara rígida em seus braços. — As pessoas sempre riem em velórios, às vezes até mesmo os familiares riem. Minha avó sempre dizia que é a maneira que os anjos encontram de aliviar nosso pesar. Não é desrespeitador, mas curativo.

Ele tinha razão. Ela pensou em outros velórios dos quais havia participado, pensou nos risinhos abafados e voltou a relaxar.

— Quando eu tinha uns onze anos, fomos para a Virgínia Ocidental para o velório de meu avô, o pai do meu pai. Lembro-me de ter visto minha avó paterna sentada em uma cadeira de balanço, segurando um lenço, falando sobre o vovô com outras pessoas mais velhas. Todos começaram a rir por causa de uma história que ela contou. Tentaram se controlar a princípio, até que minha avó começou a *gargalhar*, balançando-se para a frente e para trás, com as mãos na barriga e rindo até perder o fôlego. Eles riam como doidos.

— Isso ajuda a lembrar os bons momentos. Então você é mesmo da Virgínia Ocidental? Pensei ter percebido um sotaque carregado de Ohio. — Ele imitou o modo de falar de Karen. Ao falar, separou-se do abraço dela, mas não a deixou se afastar. Movendo-se para o lado, ele a fez andar simplesmente iniciando a caminhada, mantendo-a próxima dele com um braço ao redor de sua cintura. Ela tinha de andar ou ser puxada.

Karen ainda não queria mostrar o rosto. Sabia que seus olhos estavam inchados, o nariz vermelho e a maquiagem borrada. Apenas esperava que tivesse conseguido melhorar um pouco seu estado. Mas o detetive Chastain decidira que estava na hora de os dois partirem, por isso o acompanhou. Talvez ele tivesse de trabalhar e voltar para Nova Orleans. Ela se sentiu culpada por ter lhe roubado tanto tempo.

— Estou atrapalhando? — ela perguntou, envergonhada novamente. Ele oferecera ajuda, mas talvez tivesse sido apenas por educação, e não esperava que ela aceitasse.

— É claro que não. — Ele a apertou um pouco mais, quando eles chegaram ao caminho de paralelepípedos que levava ao carro. — Estou de folga e não tenho nenhum compromisso.

— Um encontro, talvez? — Karen perguntou, esperando que não. Estava surpresa com sua atitude. Será que havia se tornado tão carente que não toleraria perder o apoio dele? Seria melhor parar com aquilo logo, pois voltaria para casa na manhã seguinte.

— Nenhum encontro — ele disse. — Por que não passeamos pelo Quarter um pouco e jantamos depois? Você não conheceu Nova Orleans e precisa relaxar.

A tensão repentina sumiu. Ele queria ficar o resto do dia e a noite com ela. Bem, talvez não *quisesse*, talvez apenas se sentisse responsável por ela, mas ela sentia-se muito grata com a oportunidade de não precisar passar a noite sozinha, apenas com seus pensamentos melancólicos, e uma onda de alívio a invadiu.

— Obrigada, eu adoraria.

O sol da tarde de repente iluminou seu rosto, as nuvens de chuva desapareceram, apesar de nuvens negras estarem se formando novamente a sudeste. O calor e a luz do sol eram incríveis, e ela voltou a transpirar, tão rápido quanto sentiu frio no momento do enterro. Semicerrando os olhos devido à claridade, errou o passo e raspou a perna em um arbusto. Um dos galhos enroscou-se em sua meia-calça preta.

— Que droga! — Ela parou e olhou para baixo para avaliar o estrago. O náilon estava preso ao arbusto. Um furo do tamanho de uma moeda de cinqüenta centavos estava feito, deixando duas pontas desfiadas, uma para cima e outra para baixo. Era muito feio andar com a meia-calça desfiada, ela pensou, olhando para a pele alva.

Ia se abaixar para soltar-se, quando Chastain agachou-se ao lado dela e envolveu-lhe a panturrilha com uma das mãos, usando a outra para soltar o galho da meia. Um pequeno ferimento ficou evidente pelo furo na meia-calça. Ele passou o polegar sobre o arranhão.

— Você pode tirar a meia no carro — ele disse, levantando-se. Sorriu para ela com os olhos brilhantes. — Vou ficar em pé do outro lado, sem olhar, prometo.

A idéia de tirar a meia-calça na presença dele, mesmo sem que ele olhasse, parecia ousada, algo íntimo. *Intimidade*. Ali estava a palavra de novo. O dia todo — bem, na verdade, desde o primeiro momento — tinha sido como se ele a envolvesse em um ato de completa intimidade, mesmo não tendo feito nada com conotação sexual. Ele a tocava constantemente, pousando a mão em seu braço e em suas costas, abraçando-a, dando-lhe apoio, e talvez ela não tivesse conseguido passar por tudo aquilo sem os seus toques, que serviam para lhe mostrar que ela não estava sozinha.

Talvez a sensação de intimidade fosse imaginação; talvez os homens sulistas fossem normalmente gentis com as mulheres. Ela não havia conhecido nenhum homem do Sul do país, uma vez que não havia muito deles em Ohio, por isso não tinha parâmetros para comparar. Se homens como o detetive Marc Chastain eram comuns na região Sul do país, então as mulheres do restante da nação não sabiam o que estavam perdendo.

Eles chegaram ao carro e Marc foi até o lado do motorista e virou-se de costas, como prometera. O sol estava forte, e ele livrou-se de seu blazer, segurando-o com uma mão enquanto esperava.

Seus cabelos pretos estavam molhados de chuva e brilhavam sob o sol. A camisa branca era fina, permitindo que sua pele aparecesse através do tecido, em seus ombros largos. Karen olhou do outro lado do carro para ele e sentiu um frio no estômago. Por um instante ficou paralisada, incapaz de desviar o olhar. Cada detalhe, de repente, ficou muito claro: sua altura, os ombros musculosos, a cabeça altiva, o formato das orelhas, os cabelos pretos curtos. A pistola ainda estava presa a seu cinto e ela se perguntou se ele ia a algum lugar desarmado.

Nunca nenhum homem lhe impressionara como ele, quase sem conseguir respirar devido aos sentimentos que a invadiam.

— Já posso me virar? — ele perguntou com calma e ela voltou a si.

— Ainda não — respondeu. Ele recostou-se na lateral do carro, ainda paciente.

Karen olhou para a própria perna. O náilon estava destruído e as pernas ficariam bem melhores sem as meias. A vaidade fez com que ela seguisse a sugestão de Chastain. Divertindo-se um pouco com a situação, tanto por ele quanto por ela, levantou a saia e apressadamente tirou a meia-calça, embolou-a e a jogou dentro da bolsa.

Para sua surpresa, sentiu-se melhor no mesmo instante. Por mais quente e sufocante que o ar estivesse, era muito mais confortável ficar livre do náilon quente que a envolvia desde o dedão do pé até a cintura.

Quase no mesmo instante em que acabou de se arrumar, ele deu a volta no veículo, abrindo a porta para que ela entrasse. Sentiu a mão forte mais uma vez, dessa vez nas costas, guiando-a para dentro do carro. De repente ela desejou ser abraçada por ele outra vez, confortada e protegida, descansando a cabeça em seu ombro. Tal fraqueza era tão estranha para ela que automaticamente endireitou os ombros, contendo-se mentalmente. Sim, ela tinha passado por muito estresse ultimamente e, apesar de não haver problema algum em encostar-se naquele ombro forte por um momento, ela não permitiria fazer disso um hábito.

Ao sentar-se no banco do motorista, lançou a ela seu costumeiro meio sorriso, aquele em que os cantos dos olhos se enrugavam e os lábios curvavam-se levemente, deixando-o com cara de sonolento e de... algo mais que ela não sabia ao certo.

— Pensando bem, parece que vai chover de novo, por isso devemos esquecer o passeio no Quarter — disse. — Vamos para a minha casa. Podemos ficar sentados na varanda, tomando uma taça de vinho, observando as pessoas passarem. Você não precisa ficar sozinha no quarto do hotel.

Um passeio de tarde e um jantar eram uma coisa, mas ir para a casa dele era outra.

— Já atrapalhei o bastante... — começou a dizer.

— Não discuta.

— É seu dia de folga e eu...

— Eu disse para não discutir.

A delicadeza com que falava impediu que ela se zangasse, mas deixou clara sua determinação. Havia decidido levá-la para a casa dele, então ela iria.

Aquilo se devia ao fato de ele ser policial, ela pensou, recostando a cabeça no assento. Quando dava uma ordem, esperava ser obedecido. Os médicos também eram assim. Uma enfermeira não precisava concordar com a ordem dada, contanto que a cumprisse. Mas uma enfermeira estaria fazendo seu trabalho e a situação na qual se encontrava agora não era trabalho. Também não se tratava da ordem de uma autoridade. Ela poderia dizer não. A questão era que não queria fazer isso. Queria sentar-se na varanda e tomar uma taça de vinho; parecia algo bastante sulista, bastante típico de *Nova Orleans*. Desejava divertir-se um pouco observando as pessoas. Só não queria ter de ficar sozinha naquele quarto de hotel.

Eles não conversaram muito durante o trajeto de meia hora de volta à cidade. Karen sentia-se fraca, estranhamente sonolenta, quase distante. Pensou se tratar do resultado da descarga emocional e do alívio pelo fim do velório, como se tivesse terminado uma tarefa hercúlea e pudesse finalmente dormir. A sensação de relaxamento era boa.

Ela não percebeu que Chastain vivia no Quarter até ele entrar na St. Louis. Até aquele momento, pensou que ele estivesse apenas pegando um atalho pelo Quarter, apesar de que, pensando bem, percebeu que não faria sentido. Por que ele passaria pelas ruas cheias do Quarter para chegar a qualquer lugar que não fosse exatamente *o Quarter*? Ele diminuiu a velocidade, apertou o botão para abrir o portão da garagem e um amplo portão azul começou a subir. Estacionou o carro na vaga que mal deixava espaço para a parte de cima do carro, fazendo com que ela se assustasse e abaixasse a cabeça.

Ele riu.

— Desculpe. Quando se estaciona o carro aqui várias vezes, você aprende que ele cabe certinho nesta vaga. — Desligou o motor, saiu e foi até o lado dela. Karen sentiu-se estranha esperando ali sem tentar abrir a porta, mas esperou mesmo assim. Só demorou alguns segundos e ele parecia gostar de ser gentil. Abriu a porta e ela saiu. Pousou a mão nas costas dela mais uma vez, aplicando uma leve pressão que a direcionou para um lance de escadas. No topo da escada, destrancou e abriu uma porta de madeira, levando Karen para dentro.

Ela entrou em uma ampla varanda que dava de frente para um belo jardim. Uma velha fonte de pedra ocupava o centro, servindo como ponto de referência para que plantas de todos os tipos crescessem a seu redor. Enormes samambaias e palmas deixavam seus galhos frondosos à mostra; rosas, gerânios e outras flores que ela não conhecia enchiam o ar de perfume. Teve certeza de ter sentido cheiro de jasmim, apesar de não ver nenhuma florzinha branca ali. Encantada, deu um passo à frente e pousou as mãos no corrimão de ferro forjado. Aquele lugar era lindo. Olhou para baixo e viu um banco de pedra quase escondido entre a folhagem e ficou curiosa para saber se ele usava o jardim para escapar das pressões de seu trabalho.

— É muito bonito. — Inspirou profundamente o delicioso odor.

— Obrigado. Uma das inquilinas mantém o lugar parecendo uma estufa e eu lhe dou um desconto no aluguel. O jardim é lindo, mas não tenho tempo de cuidar das plantas. Ali embaixo só haveria pedras e terra se não fosse pela Sra. Fox.

— Então que Deus abençoe a Sra. Fox — ela disse, relutando para se afastar do pequeno paraíso.

— Amém. — Ele destrancou a porta enquanto falava, abrindo-a, e fez um gesto com a mão para que Karen entrasse. Ela afastou-se do corrimão e entrou, e teve a impressão de ter deixado o século XXI para trás. Aquela casa era de uma época diferente, de um mundo diferente. O teto de gesso tinha, pelo menos, três metros e meio de altura e a mobília era antiga, mas o estilo clássico comumente encontrado nas casas mais tradicionais, não peças de museu. O tapete desbotado sob seus pés ainda era grosso e chique, maravilhosamente confortável. O único toque de modernidade ficava por conta de uma grande poltrona, grande o bastante para acomodar o corpo dele.

Ficou curiosa para saber como ele podia manter uma casa daquelas com um salário de policial, mas a pergunta seria grosseira demais, por isso não a fez.

— Herdei a casa de minha avó — ele disse, observando-a olhar ao redor. — O sótão está cheio de móveis de duzentos anos atrás. O tecido estraga, obviamente, mas cuido da madeira e de vez em quando mando alguma peça para o conserto.

— Deve ser fantástico morar num lugar como este.

— Como cresci aqui, às vezes não valorizo tudo isso como deveria, mas, sim, é muito bom. — Ele fez um gesto com a mão novamente, indicando o caminho. — Por aqui. — Ele a guiou por uma pequena sala de jantar e para a cozinha, e atravessaram uma porta francesa dupla que levava a outra varanda, esta dando vista para a rua. — Sente-se — ele disse. — Vou pegar algo para bebermos. Está com fome?

— Não, eu...

— Aposto que você não almoçou — disse, com o olhar desconfiado. — Almoçou?

— Não — ela admitiu.

— Você é enfermeira — ele disse. — Deveria saber que precisa se alimentar. Sente-se.

Karen sentou-se. Chastain entrou e ela relaxou na cadeira estofada de ferro forjado, observando o movimento na rua com pouca curiosidade. Estava cansada, vazia e ainda um pouco entorpecida. Sentar-se ali era tudo que conseguiria fazer naquele momento. Olhou para as samambaias penduradas, para as portas francesas dos dois lados, e mais uma vez sentiu-se em outro mundo. O sol quente da tarde elevara a temperatura para os 30°C novamente, evaporando as poças de água da chuva das calçadas, mas à sombra o calor era suportável. No entanto, ela precisava de um ventilador, apenas para tolerar o calor. Sorrindo ao pensar nisso, fechou os olhos.

Deve ter cochilado, acordando apenas quando ele colocou uma bandeja sobre a mesa ao lado dela. Havia ali sanduíches de presunto, um prato com biscoitos, duas taças vazias e uma garrafa de vinho tinto. — Um homem do lar — ela disse e percebeu o tom de voz sonolento, como se ainda não tivesse despertado totalmente.

— Não me elogie — ele disse de modo lento, um modo de falar que lhe era característico, sentando-se em uma cadeira do outro lado da pequena mesa. — Os biscoitos são de uma padaria e qualquer tolo consegue fazer sanduíches.

Ele havia mudado de roupa, livrando-se da gravata e trocando a calça social por uma jeans surrada. Estava descalço e apesar de ainda vestir a camisa branca, havia deixado as pontas para fora, amassadas onde antes estavam dentro da calça preta. Também abrira alguns botões, de modo que ela estava abotoada apenas no meio de seu peito. Um peito largo e peludo, ela percebeu, ainda sonolenta. Ótimo.

Ele colocou os pés descalços na grade da varanda, suspirando ao relaxar.

— Tire seus sapatos — ele sugeriu.

Karen concordou, pois ficar descalça naquele calor parecia uma ótima idéia. Apoiou os pés na grade também, imaginando que os pedestres lá embaixo não conseguiriam ver nada além de alguns centímetros de sua saia, isso se alguém olhasse para cima. O movimento das ruas era muito grande para alguém se preocupar com as pernas dela. Suspirou como ele, pois era ótima a sensação de estar livre de sapatos quentes e apertados, colocar os pés para cima e sentir a espinha relaxando. Ela raramente tinha tempo para ficar sentada sem fazer nada, por isso via aquela atitude como uma regalia. Marc esticou um braço e rapidamente encheu duas taças com vinho.

— Coma — ele disse, e esperou até que ela pegasse um dos sanduíches antes de pegar o outro.

Em silêncio ela mastigava, bebia o vinho e observava os turistas lá embaixo. De algum lugar era possível ouvir uma banda de rua e ela também conseguiu ouvir alguém tocando um piano muito bem. Trechos de conversa também eram ouvidos, tornando-se simplesmente sons de fundo daquele momento. Ela não conseguia imaginar nenhum outro lugar no mundo como Nova Orleans, com sua magia exótica e casual.

Seus pés estavam lado a lado na grade, e ela os observava com interesse, surpresa com tantas diferenças. Os dela eram bem menores e finos, delicadamente formados, definitivamente femininos. Os deles eram grandes, ossudos, com um pouco de pêlos na parte de cima. Masculinos. Interessantes.

— Você sabe por que os pés dos homens são tão diferentes dos das mulheres? — ela perguntou.

Ele moveu o pé esquerdo, deixando-o ao lado do direito dela, observando-os. Virando um pouco a cabeça, disse: — Unhas pintadas.

Se ele estivesse perto o bastante, ela lhe teria dado um cutucão.

— Não. É porque os homens corriam descalços, à caça de antílopes e outros animais.

Ele riu, uma risada de verdade, emitindo um som profundo e deliciosamente masculino.

— Então os pés das mulheres permaneceram belos porque elas só tinham de caminhar e colher frutinhas.

— *E* carregar os filhos. — Ela queria ouvi-lo rir mais uma vez. Quase se arrepiou de novo, dessa vez de prazer.

Ele relaxou os ombros largos na cadeira.

— Bem, seria difícil caçar animais e carregar filhos e arpões.

— Desculpas e mais desculpas. Tudo para poder se esquivar de cuidar das crianças. — O vinho estava bom, ela pensou. Geralmente não bebia vinho tinto, mas aquele era suave e encorpado. Terminou de beber e colocou a taça sobre a mesa, suspirando de satisfação.

Não disseram nada por alguns instantes. O calor tornava os diálogos desnecessários. O som de um trovão anunciava a aproximação de mais chuva e as nuvens começavam a se formar, encobrindo os raios do sol que se punha. Marc levou a bandeja para dentro, mas deixou o prato de biscoitos sobre a mesa. Voltou alguns minutos depois. Uma música tranqüila, um blues instrumental, vinha de dentro da casa. Tudo estava ótimo, ela pensou. Não queria mais nada.

— Mais vinho?

— Hum, sim.

— Então coma um biscoito.

— Feitor de escravos. — Mas ela sorriu ao pegar um dos biscoitos e mordê-lo. O sabor era delicioso. — Puxa! Muito gostoso — ela disse. — Do que é?

— Chocolate branco. Noz-pecã. Outros ingredientes. São meus favoritos. — Ele comeu um com vontade, e mais outro.

Ele era uma mistura interessante, ela pensou, divertindo-se. Quase antiquado sob alguns aspectos, mas também moderno. Ele se sentiria perfeitamente bem esparramado naquela poltrona na maravilhosa sala de estar antiga, usando uma calça jeans, camiseta e assistindo a um jogo na televisão. Além disso, ele era policial, o que aumentava sua complexidade. Quais seriam suas outras qualidades? Não importava, ela pensou, pois não teria a oportunidade de descobrir, já que voltaria para casa no dia seguinte, pela manhã. Sentiu um estranho aperto na boca do estômago.

Eles acabaram com o prato de biscoitos e com a segunda taça de vinho. Um novo trovão foi ouvido, dessa vez mais próximo. A chuva começou a cair na rua e os turistas começaram a correr para se proteger. Em questão de minutos, a rua estava deserta, e a chuva aumentou rapidamente, apressando o anoitecer.

Karen sentiu um pouco de frio por fora, mas calor por dentro, sensação proporcionada pelo vinho. Um único saxofone podia ser ouvido, e as notas puras tocaram sua alma. Ela passou os braços ao redor do próprio corpo, aproveitando a sensação.

— Dance comigo — ele disse delicadamente, levantando-se e esticando a mão para ela.

Ela ficou de pé e caminhou em silêncio para os braços dele. Fechou os olhos, e sua cabeça encontrou um amparo confortável no ombro dele. Não existia nada mais perfeito do que dançar lentamente, descalça, em uma varanda de Nova Orleans, enquanto a chuva caía e o anoitecer os envolvia, ela pensou. Ele era tão maravilhosamente quente que ela queria se aproximar ainda mais, e viu-se apertando o corpo contra o dele. Imediatamente procurou afastar-se, mas ele a impediu com a mão firme na parte baixa de suas costas, pedindo para que ela se aproximasse.

— Tudo bem. Encoste seu corpo no meu. —As palavras foram apenas um murmúrio, como se ele não quisesse que elas estragassem aquele momento.

Então ela voltou a relaxar, tão rápido que sentiu um pouco de culpa. Estava descaradamente usando-o para confortá-la, apoiá-la... para ter prazer. Sim, aquilo era prazer puro: a força dos braços dele envolvendo-a, peito e barriga de ambos unidos, a firmeza do corpo daquele homem enquanto se moviam ao hipnótico som do saxofone. As coxas dele encontravam as dela, seus pés se roçavam e algumas vezes ela sentia o volume de seus genitais, mesmo percebendo que ele estava sendo cuidadoso em relação a isso — ele era sempre muito cuidadoso. Karen pegou-se esperando, com ansiedade, pela próxima vez que seus movimentos voltassem a unir seus quadris. Queria pressionar o corpo contra o dele para sentir aquele volume novamente.

Seu coração batia devagar, porém com força. Não sentia frio: estava deliciosamente aquecida, sem pensar em nada.

A mão forte de Chastain percorreu suas costas e parou delicadamente sobre sua nuca, enquanto a outra escorregou para baixo.

Ela não pensou em protestar. De algum modo o toque não exigia nada dela. Ele estava apenas acariciando-a. A sensação era muito boa.

Marc levantou a cabeça dela, com a mão firme em seu pescoço. Ela viu a curva sensual dos lábios dele e logo foi beijada, um beijo calmo, fazendo-a fechar os olhos novamente. Os lábios dele eram macios, moldando os dela sem usar a língua.

De repente, ela quis mais. Queria senti-lo melhor. Mas gostava do que estava recebendo, era o melhor beijo de sua vida, por isso permitiu-se se perder naqueles beijos suaves. E percebeu que havia se aproximado mais, com o quadril pressionado ao dele.

A mão esquerda de Marc saiu das nádegas dela e ela quis protestar, gemendo. Mas escutou a porta sendo aberta atrás de si e percebeu que ele a levava de volta para a cozinha. Estava escura, não havia luzes acesas. Karen não quis abrir os olhos, mas suspirou de prazer quando ele continuou beijando-a e voltou a colocar a mão onde estava antes. Ele a apertava com as duas mãos agora, ela percebeu vagamente, e ela segurava-se a ele com as duas mãos ao redor de seu pescoço. Seus seios estavam rígidos, empinados; estava muito excitada. Aquilo tudo era bom, mais do que bom. Ela queria sentir a língua dele, queria tanto que ficou na ponta dos pés e aprofundou o contato, provocando-o. E queria senti-lo totalmente, e foi o que fez, apertando seus seios contra ele e sentindo seus mamilos enrijecerem de prazer.

Ele gemeu e tomou a iniciativa. Dessa vez, o prazer foi agudo, explosivo, e ela gemeu alto. Ah, sim. O sabor dele era delicioso, misturado a biscoitos e vinho. Sua língua entrou com vontade no beijo, e a dela a acompanhou, provocando-o levemente. Ela nunca havia percebido que os beijos podiam ser tão sutis, tão carregados de sentido, tão variados.

Marc segurou a saia dela, levantou-a na altura da cintura e escorregou as mãos por baixo do elástico da calcinha para tocar sua pele diretamente. As nádegas estavam frias e as mãos dele, quentes;

o contraste fez com que ela se arqueasse, gemendo. Seus seios enrijeciam cada vez mais; ela moveu os quadris um pouco, encontrando o pênis dele, ereto, e esfregou-se contra ele, instintivamente procurando alívio. Karen não estava quente; já estava febril, com a pele sensível, as roupas apertadas.

Ele fez uma pausa, puxando a calcinha dela, que escorregou pelas coxas e foi parar nos tornozelos.

— Tire-a — ele sussurrou e ela obedeceu sem pensar. Seu coração estava aos pulos e seu corpo fervia de desejo.

— Abra os olhos.

Ela obedeceu também, olhando para ele na penumbra do quarto, vendo seu rosto vagamente iluminado pela fraca luz que entrava pela porta francesa. Tinha a expressão calma, os olhos fixos e semicerrados, a boca entreaberta.

Percebeu que já não estavam na cozinha; ele a levara até seu quarto.

Sentiu a beirada da cama na parte de trás dos joelhos e ele a deitou com delicadeza, com as mãos firmes e certeiras. Ela mal teve tempo de sentir os frios lençóis em contato com a pela nua, pois logo ele se deitou sobre ela, pesado e firme, separando as coxas dela com seu joelho enquanto abria o zíper da calça jeans.

Ela respirou profundamente, com os olhos semicerrados, observando-o por entre os cílios. Ainda sentia-se em um sonho, como se nada daquilo fosse verdade, mas nunca desejara alguém como naquele momento, nunca quisera sentir um homem com tanta intensidade. A força de seu desejo a surpreendeu; não sabia exatamente como tinha chegado àquele momento, deitada com um homem a quem mal conhecia, com a calcinha no chão e a saia erguida até a cintura.

O primeiro toque do pênis em sua vagina foi forte, um chamado à realidade. Arregalou os olhos e apertou os ombros dele. Ele manteve o olhar fixo, seu corpo másculo pressionando-a contra o colchão e a penetrou de modo forte e firme, com um único movimento. O corpo de Karen arqueou-se com a força da penetração. O pênis dele era macio, mas rígido, penetrava-a profundamente, e sua vagina o abrigava.

Ele a acalmou, segurando-a com firmeza ao se afastar um pouco e penetrá-la novamente, sem desviar o olhar de seu rosto. Ela não conseguia evitar os gemidos resultantes da sensação, o prazer que quase lhe doía. O coração batia acelerado agora. Ela se prendeu a ele com mãos desesperadas, sentindo-se como se estivesse prestes a perder completamente o controle. Ele sussurrava palavras que ela não conseguia distinguir, mas o tom grave de sua voz surtia mais efeito do que as palavras.

— Por favor — ela pediu, desejando misericórdia, alívio, qualquer coisa.

Ele compreendeu seu desejo muito bem. Afastou-se e penetrou-a com força e profundamente, e mais uma vez, e ela atingiu o orgasmo.

Marc continuou os movimentos, segurando as pernas dela amplamente abertas, de modo a impedi-la de ter o controle da situação, de se proteger. Ele não diminuiu o ritmo enquanto ela se arqueava e se contorcia. Ela só queria estar ali, presa na intimidade de seu corpo no dele.

Quando os espasmos dela terminaram, ficou deitada sob ele, sem se mexer. Estava exausta, quase inconsciente. Ele fez ainda mais força quando começou a gozar e o corpo de Karen tremia com o impacto das penetrações.

Marc deitou-se sobre ela, procurando respirar, com o coração tão acelerado quanto o dela. Sua camisa estava molhada de suor, mas uma brisa suave entrava pelas portas francesas, trazendo o frescor da chuva. Karen virou o rosto para o pescoço dele, respirando o odor quente de sua pele, e começou a adormecer.

Acordou quando ele saiu de cima dela, instintivamente protestando pela falta do corpo sobre ela, do conforto do calor naquela noite fria.

— Shh — ele sussurrou, acalmando-a.

Luz suficiente iluminava o quarto e ela conseguiu ver, sonolenta, que ele retirava o preservativo e o jogava fora, e perguntou:

— Quando colocou a camisinha? — Podia jurar que as mãos dele não tinham saído de seu corpo desde que entraram no quarto.

— Quando liguei o som. — Ele virou-se para ela, ainda ajoelhado entre suas coxas separadas. Mostrou-se concentrado ao começar a retirar as roupas dela. Karen permitiu que ele abrisse seu vestido, com as mãos sob seu corpo. Ainda pensava no preservativo. Tudo tinha sido planejado, então. Antes mesmo de começarem a dançar, ele já pretendia fazer amor com ela.

O significado daquele gesto parecia importante, mas ela não lhe deu mais atenção. Ele puxou o vestido por cima de sua cabeça, jogou-o ao lado, abriu seu sutiã e também o retirou. Karen prestou atenção à sua nudez, que, apesar da intimidade do momento, fez com que se sentisse vulnerável. Ficou chocada por estar diante de um homem ainda vestido, apesar de sua calça cair-lhe pelas coxas. Achou que seu pênis não estivesse ereto, mas o viu excitado por baixo da camisa.

Ela mexeu as mãos; talvez ele tenha percebido sua intenção de cobrir-se, pois a segurou pelos pulsos e os pressionou contra o travesseiro, acima da cabeça dela, e observou seu corpo nu. Seus mamilos se enrijeceram com a inspeção e ele sorriu. Curvando-se, lambeu o mamilo esquerdo, circulando a ponta com a língua antes de segurá-lo com delicadeza entre os dentes e aplicar uma leve pressão.

Ondas de calor percorreram-lhe o corpo. Karen suspirou, tentando soltar-se, sem sucesso — não para se afastar, mas, sim, para puxá-lo para mais perto. Ele chupou o mamilo, pressionando-o contra o céu da boca enquanto a língua o acariciava e ela contorcia-se. Não sabia que seus seios eram tão sensíveis, mas o modo como ele os sugava a excitava tanto que sentiu que mais um orgasmo se aproximava.

Na posição em que estava, o pênis ereto tocou sua vagina, forçando a entrada. Ela prendeu a respiração e arqueou o corpo mais uma vez.

Ele sussurrou, ofegante, e se afastou. Tirou a camisa, jogou-a ao lado e rapidamente colocou outro preservativo. Deitando-se sobre ela de novo, segurou os pulsos dela com uma mão e esticou os braços para trás da cabeça mais uma vez, ficando diante dos seios que se ofereciam a ele. Aproveitou a posição, sugando ambos os mamilos, de modo gentil e rude ao mesmo tempo.

A mão livre desceu pela barriga dela, em direção às pernas abertas. Ela estava inchada e sensível, quase sem conseguir suportar os dois dedos que ele penetrou em sua vagina. Ela gemia, ofegante, e jogava a cabeça para a frente e para trás, com os movimentos contidos pelos braços esticados.

Marc sentiu uma onda de excitação.

— Você é apertada — ele murmurou, beijando o pescoço dela. — Estou te machucando?

— N-não. — Mal conseguia falar. Seus dedos penetravam-na, fazendo pressão para cima. O polegar dele passeava por seu clitóris, com movimentos circulares. — Oh, meu Deus. — Ela disse as palavras enquanto se arqueava ainda mais. O calor tomou conta dela, e seu corpo mais parecia uma onda de prazer que o percorria naquele momento. Pôde sentir outro orgasmo se aproximando, ainda mais forte que o primeiro. Suas coxas tremiam e estavam abertas com ele entre elas, penetrando-a com os dedos e em seguida substituindo-os por seu pênis.

Os espasmos começaram. Ele percebeu e penetrou-a ainda mais profundamente. Gemidos ritmados era emitidos por ela e seu corpo balançou. Ele controlou seu desejo e, vagarosa e cuidadosamente, fez com que ela gozasse mais uma vez, e apenas depois se permitiu gozar.

Ela dormiu e quando despertou as mãos dele tocavam-na novamente. Já era noite e ele havia tirado a calça jeans. A chuva ainda caía lá fora, as portas ainda estavam abertas, deixando o ar úmido entrar. Não existia mais nada além daquele quarto e do homem que a mantinha perto do calor de seu corpo. Ela não pensava, apenas se permitia *estar*, pela primeira vez na vida, entregue ao prazer carnal. Ele poderia ter feito qualquer coisa e ela não teria protestado.

Ele escorregou pelo corpo dela e a beijou, um toque tão suave e íntimo que ela quase chorou, e teria de fato deixado as lágrimas escorrerem se o desejo não tivesse surgido de novo, latejando dentro dela. Ele a dominou e disse:

— Desta vez vou fazer com força — e cumpriu a promessa, em busca de seu prazer e fazendo com que Karen mais uma vez atingisse o orgasmo. Marc pensou que ela desfaleceria daquela vez, devido à força de seus espasmos. Ela agarrou-se ao corpo suado dele e entregou-se completamente. Aquela noite chuvosa de amor em Nova Orleans foi mais carnal do que qualquer coisa que pudesse imaginar, e não queria que chegasse ao fim.

Ele dormiu, abraçando-a tão perto que entre os dois corpos formou-se uma camada de suor, selando um ao outro.

A noite parecia não ter fim. Ela acordou, estava escuro e ainda chovia, e o ar quente continuava tomando conta do ambiente, contrastando com a brisa fria da chuva. Não conseguiu encontrar um relógio em nenhum lugar, mas não estava interessada na hora. Ficou beijando o corpo de Marc. Quando chegou a seu pênis, este já estava desperto, ereto, pronto. Então ela o beijou, passou a língua por sua extensão e percebeu que ele ficou ainda maior, então o colocou completamente dentro de sua boca. Queria retribuir todas as sensações que havia sentido.

Ela não conseguiu contar quantas vezes os dois fizeram amor naquela noite. Sua mente estava atordoada, o corpo completamente ligado ao dele. Quando ela ficou cansada a ponto de não mais reagir aos estímulos, ele a abraçou, beijou suas pálpebras e sussurrou:

— Durma, querida. — Foi como se ela precisasse ouvir aquelas palavras para adormecer profundamente.

# 10

Hayes era um homem cauteloso. Contratava pessoas competentes, mas, quando alguém lhe dizia ter executado um trabalho, ele não necessariamente acreditava que tudo havia sido a contento.

Fazia questão de conferir tudo. Tal zelo valia a pena, pois assim ele podia lidar com os contratempos antes que se tornassem grandes problemas. As pessoas que trabalhavam para ele o consideravam um grande pé no saco, mas aquelas para quem *ele* trabalhava ficavam eternamente gratas pela atenção aos detalhes.

Quando Clancy telefonou e avisou que havia cumprido sua tarefa, Hayes acreditou; Clancy era muito bom no que fazia. Mas, mesmo assim, entrou em contato com outra fonte para obter uma cópia do registro policial a respeito do incêndio na casa, e também da reportagem do jornal, que seriam enviados a ele em uma linha privativa e que não conseguiria ser rastreada. Ele era bastante competente com computadores, mas sentia-se mais à vontade com antigas tecnologias; preferia a segurança. Com computadores, nunca sabia se havia algum intrometido em Hoboken ou algum outro lugar analisando tudo que ele enviava ou recebia.

Seu contato retornou a ligação no dia seguinte.

— Não encontrei nada sobre um incêndio na casa de Karen Whitlaw — ele disse. — Houve um incêndio, mas a casa pertencia à família Hoerske.

Hayes disse um palavrão. Não era comum que Clancy cometesse um erro desses, incendiar a casa errada.

— Faça-me um favor — ele disse. — Procure na lista telefônica e encontre o endereço de Karen Whitlaw.

— Tudo bem, aguarde um minuto. — Ouviu-se o barulho de folhas sendo viradas. — Whitfield... Whitfield... Whitlaw. Não há nenhuma Karen Whitlaw aqui, apenas uma K. S. Whitlaw.

— Espere um pouco. — Hayes checou o arquivo que tinha sobre a esposa e a filha de Dexter Whitlaw. O segundo nome da filha era Simone. — É ela.

— Certo. O endereço é... merda, o endereço é o mesmo da casa dos Hoerske.

Hayes sentiu que uma dor de cabeça estava a caminho. Pôs a mão na parte de cima do nariz, entre os olhos, e disse:

— Mande tudo o que tiver por fax.

— Pode deixar.

Vinte segundos mais tarde, o fax lhe entregava todos os documentos pedidos. Hayes não checou o relatório da polícia; pegou a folha com a reportagem do jornal. "Um incêndio na manhã de ontem destruiu a residência de Nathan e Lindsey Hoerske. De acordo com o corpo de bombeiros, o fogo teve início na cozinha. Os Hoerske, que compraram a residência há apenas quatro meses, não estavam em casa no momento do incêndio."

Hayes soltou a folha de papel. Não era preciso ser um gênio para descobrir o que havia acontecido: a mulher de Whitlaw havia vendido a casa. Provavelmente Clancy havia procurado o endereço na lista telefônica, mas as informações eram atualizadas apenas uma vez por ano.

Ele telefonou para Clancy. Como sempre, caiu na caixa postal. "Deixe um número de telefone", ele conseguiu ouvir a voz de Clancy. "Se eu o conhecer, retornarei a chamada."

— Você fez tudo errado — Hayes disse, sem se identificar.

— Não fiz não — Clancy disse, atendendo o telefone. Parecia nervoso. Não estava acostumado com clientes insatisfeitos.

— Ela não vivia ali, idiota. Vendeu a casa há quatro meses.

— Filha-da-puta, não gostei de saber disso. Incendiei uma casa à toa.

— Encontre-a. E faça o serviço direito dessa vez.

O Senador Stephen Lake esperava ser o próximo presidente e muitas pessoas queriam a mesma coisa. Ele e o irmão mais velho, William, haviam sido preparados para a vida pública desde o nascimento, mas, quando William morreu, Stephen tornou-se o herdeiro. Na família Lake havia advogados, juízes, políticos, e Stephen era a quarta geração a seguir o mesmo caminho.

O Senador Lake sempre soube muito bem que William era a primeira opção do pai, a menina-dos-olhos do velho, e após a morte do irmão, Stephen passou a tentar com ainda mais afinco ser o político perfeito, para compensar a dor que o pai sentia por ter perdido seu filho favorito. Estabelecera uma carreira sólida, formando, ao longo dos anos, uma reputação de homem que sempre escolhia o caminho correto; uma posição admirável, Franklin Vinay pensou, mas o presidente do Comitê de Inteligência do Senado, sem falar das agências envolvidas, estaria mais bem servido por pragmatismo do que por idealismo.

O diretor de operações não gostava de ser chamado à sala do senador como um menininho na escola sendo chamado para falar com a diretora. Mas foi mesmo assim, e nenhum indício de seu descontentamento ficou aparente quando se sentou na cadeira do belo escritório. No entanto, estava curioso para saber por qual motivo o senador havia voltado à capital em agosto; até onde Vinay sabia, o Senador Lake estava se divertindo em sua propriedade em Minnesota, na casa que tanto adorava. Vinay não conseguia pensar em nada além de uma emergência nacional para fazer qualquer político interromper suas férias no ápice do verão. Por ter certeza de que tomaria conhecimento de qualquer emergência que ocorresse antes de qualquer congressista, talvez até mesmo antes do presidente, sabia que nada do tipo havia acontecido.

Assim, a presença do senador ali era ainda mais curiosa, e Vinay não era homem de ignorar suas curiosidades.

— Aceita um café, Frank? — o senador perguntou, apontando para uma garrafa térmica.

— Não, obrigado. Não sou forte o suficiente para tomar café nesse calor.

O senador riu abertamente e serviu-se de uma xícara, talvez para provar que *ele* era forte o suficiente. Vinay sorriu, observando o senador despejar apenas uma gota de creme no café, e se perguntou quantas xícaras o senador beberia até sentir que havia provado sua masculinidade.

Não perguntou o motivo pelo qual o senador o chamara. Vinay já estava no jogo há bastante tempo, conhecia o poder do silêncio, como participar do jogo sutil do posicionamento: forçar o outro lado a se abrir primeiro. Não traía ansiedade, segredos, falando cedo demais. Não importava que os segredos fossem guardados pela pessoa do outro lado; Vinay não permitia que ninguém o forçasse a falar sem necessidade. Quando soubesse o que o senador queria, saberia como reagir.

Infelizmente, o Senador Lake era ótimo para papos-furados e levava algum tempo para abordar o assunto. — Este é o verão mais quente de que me lembro — ele disse, recostando-se em sua cadeira de couro bege. — Quente demais. Geralmente eu saio de férias em agosto...

Como se todos os políticos de D.C. não fizessem o mesmo, Vinay pensou.

— ... às vezes saio para pescar. Você pesca, Frank?

— Não pesco há anos. — Ele estava ocupado demais tentando conter meros *ismos*, como comunismo e terrorismo.

— Você deveria pensar em ir. O ato de pescar coloca um homem novamente em contato com a natureza. Você consegue ver as regiões não danificadas do país e recorda que a maioria dos norte-americanos não reside em grandes cidades. Nossa imprensa se preocupa tanto com o que acontece nas cidades que costumamos nos esquecer das preocupações do resto do país.

Vinay abriu a boca para concordar, mas o senador balançou a mão.

— Aqui estou eu dizendo coisas sem importância, e sei que você está ocupado. Vou direto ao assunto. Um de meus ajudantes me informou que um de seus agentes secretos foi morto no Mississippi. Confirme para mim, Frank, que ele não estava em uma tarefa para vocês, e não me dê a resposta de sempre, de que a CIA é proibida de operar dentro de nosso território. Ser proibido de fazer algo e *não* fazê-lo são duas coisas completamente diferentes.

Vinay ficou assustado, mas por dentro estava furioso. A única maneira com que um dos ajudantes do senador poderia descobrir sobre Rick Medina era de alguma fonte de dentro do departamento de Vinay.

— Senador, não há operações em nosso território e ponto. Se um agente secreto foi morto, e não tenho informações sobre isso, foi algo sem ligação conosco.

— Você não tem informações a respeito? — Naquele momento o senador parecia não compreender. — Mas...

— Temos muitos agentes secretos. Eles também trabalham para outros países, como o senhor bem sabe, sempre que não estão trabalhando para nós. Talvez essa pessoa estivesse em uma tarefa, mas não para nós, e se fosse o caso, eu não saberia de nada sobre ele ou ela. O que era, a propósito?

— O quê...?

— Um homem ou uma mulher?

— Oh... um homem. Você realmente não soube?

— Como eu disse, se não tinha a ver com a agência, não haveria motivos para que eu fosse informado.

— Recebi a informação de que o filho desse homem é um de seus agentes.

O senador havia recebido informações demais, Vinay pensou. E se realmente achava que Vinay identificaria um de seus mais importantes agentes, estaria querendo demais. — É possível, mas a menos que a morte afetasse as operações... — Ele deu de ombros, para mostrar como não era importante o fato de um agente secreto ter sido morto.

O Senador Lake consultou um arquivo.

— O agente era Rick Medina. Este nome lhe parece familiar?

— Rick Medina! — Vinay fingiu-se surpreso. — Tem certeza?

— Meu informante é muito confiável — o senador disse com seriedade. Não estava acostumado a lidar com pessoas que duvidassem de sua palavra.

— Conheço Rick há anos... não muito bem, pois ninguém o conhecia bem, mas ele era um dos nossos agentes secretos mais confiáveis. Que droga!

— Você também conhece o filho dele?

— Rick não tinha família — Vinay mentiu. — Era um lobo solitário.

— Compreendo. — Por algum motivo, o Senador Lake parecia confuso. — Bem...

Vinay levantou-se com a paciência esgotada. Ficou contente por ter dito a verdade a respeito de Medina não estar a serviço deles quando foi morto, mas o senador sabia coisas demais, detalhes de informações que não deveriam ter chegado até ele. O diretor de operações já começava a pensar sobre como desmascarar o traidor do departamento... para depois demiti-lo.

— Era só isso, senador? — ele perguntou educadamente. — Posso lhe garantir que Medina não estava fazendo nenhum serviço para nós. Se quiser mais detalhes, posso obter informações sobre a morte dele e avisá-lo sobre qualquer novidade que receba.

— Oh, não, não será necessário. Eu só estava preocupado com... bem, você conhece a situação em que o país se encontra, com grupos de milícia procurando por qualquer detalhe, por mais improvável que seja, para poder provar que o governo está fraco. É melhor lidar com esse tipo de coisa logo que venha a acontecer.

Era uma preocupação justificável, mas algo na maneira com que o senador disse aquilo fez com que Vinay desconfiasse, pois a resposta parecia ter sido ensaiada.

— Sim, senhor — ele disse. Alguma coisa não estava certa ali; não podia se meter, mas confiava em sua intuição. Por que o Senador Lake se preocuparia em inventar uma boa desculpa para perguntar sobre Rick Medina?

Talvez Rick não fosse o foco das perguntas. Talvez estivesse, na verdade, procurando obter informações sobre John. Vinay ficou desconfiado. Não conseguia pensar em um bom motivo para o senador querer ou precisar saber de algo sobre John Medina, mas pensou em muitos motivos ruins e todos precisavam ser investigados. Não alcançara sua posição sendo crédulo.

Depois que Vinay saiu, o Senador Lake sentou-se à sua mesa ampla e muito cara, passando os dedos distraidamente pelos contornos enquanto olhava fixamente para a porta pela qual Vinay saíra. Algo muito perturbador acontecera naquela reunião. Havia duas possibilidades e ele não gostava de nenhuma delas. Hayes estava enganado ou o diretor de operações acabara de mentir para ele.

Lentamente, o Senador Lake pegou o telefone e teclou rápido o número para uma linha particular em sua casa. Foi atendida ao segundo toque e uma voz familiar diminuiu a ansiedade que o senador sentia.

— Raymond, você pode pegar o próximo vôo para D.C.? Talvez eu precise de sua ajuda.

# 11

Arrastando sua mala, Karen entrou no apartamento. Com o cenho franzido, sem olhar para o telefone, pois sabia que a luz que indicava a existência de mensagens na secretária eletrônica estaria piscando, foi direto para o quarto e desfez a mala completamente. Demorou o tempo necessário pendurando no armário o que não havia sido usado e separando todo o restante em duas pilhas, uma para ser lavada e outra para ser mandada para a lavanderia a seco.

Regou as plantas, colocou as roupas na máquina de lavar e telefonou para a supervisora do centro cirúrgico.

— Judy, sou eu, Karen. Já voltei para casa e posso trabalhar hoje à noite se estiver precisando de mim.

— Precisando de você? — Judy Camliffe respondeu aliviada. — Marletta vai ficar dois dias em casa, pois está com faringite, e Ashley ligou para dizer que está doente também.

— O que houve com Ashley?

— Está com dor de barriga. Por isso, sim, eu preciso de você. Só quero saber se está pronta para voltar assim tão cedo. Posso me virar hoje à noite se precisar de mais um dia.

— Obrigada — Karen disse de modo sincero. Judy estava sob muita pressão, tendo de manter o andar do centro cirúrgico funcionando bem com menos enfermeiras, já que não podia evitar contratempos. Cinco anos atrás, havia doze enfermeiras no andar do centro cirúrgico, quatro por turno. Agora havia oito e Judy tinha de fazer o revezamento nos três turnos, dando dois dias de folga por semana para cada uma. Em algumas noites, havia apenas uma enfermeira trabalhando. Havia boatos de que os turnos passariam a ser de doze horas até o final do ano. — Mas estou bem. O enterro foi ontem e voltei para casa hoje de manhã.

— É mesmo? Procurei no obituário do jornal e não encontrei nada.

— Ele foi enterrado na Louisiana. Eu não tinha um lugar para enterrá-lo aqui e um dos detetives sugeriu que eu o enterrasse lá por enquanto. Minha mãe gostaria que os dois fossem enterrados juntos e não há espaço ao lado dela, por isso terei de encontrar outro lugar para onde possa levar os dois... — Parou de falar. Ficou surpresa consigo mesma. Gostava de Judy, a quem considerava uma amiga, mas não tinha o hábito de falar sobre problemas pessoais nem mesmo com Piper, que era sua melhor amiga. Mas mencionar Marc mesmo que indiretamente mexia tanto com ela que não conseguia mais pensar com coerência; seu coração ficou acelerado, sentiu um frio na barriga, seus seios enrijeceram-se, sua boca ficou cheia de saliva. Os sintomas de pânico e de desejo sexual surgiram juntos, como havia acontecido naquela mesma manhã, ao acordar na cama com ele.

— Deus, que horrível! — Judy disse. — Detesto perguntar isto, mas você tem uma cópia da certidão de óbito ou do obituário no jornal de Nova Orleans? Vai precisar de um deles para conseguir receber pelos dias que passou fora.

— Tenho uma cópia da certidão de óbito. — Marc havia conseguido para ela. Não sabia exatamente quanto tempo teria demorado, mas Marc havia convencido alguém do escritório do médico-legista a apressar a papelada. Seu coração voltou a bater apressado. Ele não precisaria convencer ninguém, bastaria pedir com aquela voz grossa e, se o responsável pela papelada fosse uma mulher, estaria tudo resolvido.

— Ótimo. Isso vai diminuir os problemas com o pagamento. Tem certeza de que está bem para trabalhar?

— Tenho.

— Então, ótimo. Venha no horário normal.

Após desligar, Karen procurou algo para fazer. Quando entrou na sala de estar, a luz da secretária eletrônica chamou-lhe a atenção no mesmo instante. Ela a ignorou, foi até a cozinha, preparou um sanduíche e fez algo que raramente conseguia fazer, por falta de tempo: sentou-se diante da TV e colocou os pés para cima. Estava sendo transmitido um programa de decoração no Discovery Channel. Já que seu apartamento precisava de uma bela decoração — ajudaria bastante se ela desencaixotasse as coisas —, assistiu ao programa enquanto comia o sanduíche.

Correra. Literalmente. Como a pessoa mais covarde da face da Terra, ela havia fugido da casa enquanto Marc estava no banho. Seus pés ainda doíam por ter corrido os nove quarteirões até o hotel. Jogara as roupas na mala, telefonara para a recepção, fizera o check-out e rezara para que ele não a estivesse esperando na recepção. Não podia encará-lo; nunca havia se sentido tão envergonhada. É claro que havia uma forte possibilidade de ele sequer se interessar em ir atrás dela, pois talvez estivesse aliviado com sua fuga, mas Karen não quis correr o risco.

Saiu do elevador no mezanino e arrastou a mala pelo lance final de escadas para não ter de encontrá-lo no hall do elevador. Saiu pela porta lateral do hotel, entrou no estacionamento e chamou um táxi.

Teve sorte. Ele não sabia por qual companhia aérea ela voaria. Além disso, ele tinha de trabalhar. Mesmo assim, quando o alto-falante no aeroporto pediu que Karen Whitlaw atendesse ao chamado, ela ignorou o pedido, só para o caso de ele estar no aeroporto e não no trabalho.

Só conseguiu se acalmar quando o avião partiu. Não que Marc fosse usar seu distintivo para entrar no avião e retirá-la, afinal de contas ela não era uma criminosa, apenas uma mulher com quem ele havia passado a noite.

Não era a parte do "dormir" que a deixava envergonhada, mas, sim, tudo que eles haviam feito quando não estavam dormindo.

Ela não era puritana, frígida ou inocente — não poderia ter duas dessas características em sua profissão, até onde sabia —, mas nunca havia experimentado nada parecido com aquilo. Acreditava ser uma pessoa cuidadosa e responsável, duas qualidades que não condiziam com ir para a cama com qualquer um. Piper dizia que ela era fresca e paranóica, o que não era agradável, mas tinha o mesmo resultado. Nunca, *nunca*, havia sido tão liberal e despreocupada como na noite anterior. Tudo que Marc quis fazer ela permitiu e aceitou. Permitir? Havia participado de tudo ativamente, atingindo mais orgasmos do que conseguia lembrar. Parecia uma cadela no cio.

Olhou sem ver uma demonstração de técnica de pintura, que consistia em encher uma bexiga com tinta e acertá-la na parede. Deus, como ela conseguira ser tão idiota? Talvez se fosse mais experiente, teria notado que ele estava avançando.

Fez uma careta ao perceber o trocadilho e sentiu o rosto arder de vergonha. A verdade era que ela havia sido totalmente fácil para ele. Havia sido seduzida por um mestre. Ele não precisou fazer esforço algum.

A alegre mulher da televisão estava transformando uma parede branca em uma obra de arte. Karen entediou-se e desligou o televisor. Estava convencida de que nunca pintaria as paredes do apartamento com bexigas cheias de tinta. Como poderia se concentrar em pintura quando tinha tantas coisas em que pensar?

Não lhe havia sobrado nenhum resquício de pudor. Entregara-se completamente e nada que pensasse disfarçaria o que já estava feito. Por outro lado, não havia como negar o talento de Marc. Sua entrega total era a prova cabal da habilidade que ele possuía.

Ela recostou-se no sofá, olhando para o teto branco. O teto da casa de Marc era alto, com sancas de gesso e ótimos ventiladores de teto por toda parte.

Karen deu um soco na almofada. Que droga, *não* queria pensar nele!

Mas como não pensar, se ainda o sentia dentro de si? Se qualquer uma de suas colegas do hospital tivesse detalhado uma noite de amor como aquela — com apenas um homem —, Karen não teria acreditado. Bem, mas agora sabia que alguns homens conseguiam ter várias ereções. Sentia a vagina inchada e sensível, prova dos excessos da noite, para que não se esquecesse.

Relembrando, percebeu como ele a levara para sua cama, de modo inevitável e ininterrupto. Entretanto, pensar não mudaria nada. Na véspera, não havia sentido insegurança. De modo sutil e rápido, ele criou uma atmosfera de intimidade entre ambos e se aproveitou da situação. O cara sabia como agir.

O dia anterior fora de muita sedução. Todos os momentos com ele haviam sido sedutores. Ela havia estudado a sexualidade humana, conhecia os sinais, mas mesmo assim não os percebeu; analisando-os agora, viu que eles estavam explícitos.

Em primeiro lugar foi a preocupação, a tentativa de trazer o bem-estar, os toques disfarçados de gentileza. Ela lembrou a mão dele em seu braço, escorregando pelas costas e parando na cintura. Ele havia conquistado sua confiança, fazendo-a aceitar os toques constantes sem suspeita da intenção sexual por trás deles, e a excitou de tal modo que ela sequer pensou em impedir o envolvimento.

E ontem... ah, ontem. Lembrou o modo com que ele colocara a mão em sua nuca, enquanto ela chorava, um gesto tão sexualmente possessivo que Karen não se conformava em não tê-lo percebido, mas o tempo todo preocupou-se apenas em ser consolada. Naquele momento, estava tão habituada aos toques que aquilo parecia... normal.

Ele havia até conseguido convencê-la, com perfeita lógica, a tirar parte de sua vestimenta, e ela se sentiu à vontade o bastante para obedecer. Não tinha planejado a parte da meia-calça, mas aproveitou a oportunidade assim que surgiu. Apenas a meia-calça, apenas os sapatos... tudo parecia tão casual, tão relaxante, e armou o palco para que ela ficasse nua.

Ele a acalmou com o vinho, e nem isso ela poderia usar a seu favor. Não recusara. Ele percebeu a situação e cuidadosamente a alimentou, sem deixar espaço para que mais tarde ela pudesse inventar uma desculpa ou mesmo acusá-lo. Manteve-se sóbria com o vinho, mas embriagada pelos cuidados e pelo toque. Lembrou o toque dos pés dele contra os dela enquanto dançavam e ficou excitada.

O que poderia ser mais romântico que o som de um saxofone e uma dança lenta em uma varanda de Nova Orleans em uma noite chuvosa de verão? Naquele momento já estava completamente entregue a ele, enfeitiçada, excitada a ponto de sentir-se febril, mas não se deu conta. Lembrou-se do rápido contato de seu corpo com o pênis ereto dele, enquanto dançavam, e percebeu que não havia sido acidental. Ele a excitara com sua ereção, fazendo-a procurar mais um toque sutil, fingindo que tudo era casual ao mesmo tempo em que a excitava mais e mais.

Marc planejou todos os toques, foi gentil e a levou a um ponto onde ela não só o aceitaria, sexualmente falando, como também estaria pronta para o ato. Ele não errou nenhum passo; não havia apertado seus seios ou passado a mão entre suas pernas, movimentos que a teriam feito se afastar. Não compreendia por que o fato de ele pousar as duas mãos em suas nádegas não a fizera recuar, mas todos os seus alarmes pareciam estar silenciados. Talvez ela já tivesse passado do ponto a partir do qual ainda poderia voltar. Ele não se preocupou com as preliminares, exceto pelos maravilhosos beijos que os dois trocaram; quando ficou pronto, simplesmente levantou seu vestido e a possuiu, mas, pensando bem, o dia todo havia sido de preliminares e ela estava mais do que pronta para ele, alcançando o orgasmo com uma velocidade embaraçosa.

Ao pensar naquilo, enrubesceu, sua respiração tornou-se ofegante. Droga! Uma noite com ele a transformara em uma tarada. Ela o queria. Ainda. Agora.

Ele entendia mais sobre mulheres e sobre sexo do que deveria ser permitido. Agira com muita confiança e colocou o preservativo antes mesmo de tirá-la para dançar. Pelo menos deveria sentir-se grata por isso, pois estava tão maluca que sequer pensou em proteger-se, e ela era enfermeira, pelo amor de Deus! Não pensou em gravidez nem em doença, apenas em concretizar o ato que seu corpo tanto desejava.

Ele havia destruído uma de suas convicções, pois Karen sempre pensou que as pessoas que afirmavam estar loucas de paixão estavam exagerando, tentando disfarçar a estupidez ou a falta de cuidados. Agora ela era o membro mais novo do Clube dos Estúpidos e Descuidados.

Sua precaução e seu autocontrole desapareceram assim que Marc Chastain a tocou. Agora ela sabia que não era cuidadosa nem controlada no que dizia respeito a ele.

Seu comportamento fora tão tolo que mal conseguia acreditar no que fez. Saiu do enterro do pai direto para a cama de um estranho. Não sabia se conseguiria ter enfrentado a situação se não fosse pela ajuda de Marc, mas, mesmo assim, ele era um desconhecido. Ela não sabia nada a respeito dele, além de sua profissão, de sua capacidade de sedução e de que havia mexido com sua cabeça.

Reconhecer tudo aquilo não fez com que se sentisse melhor; pelo contrário: Karen sentiu vontade de chorar.

Se acreditasse que ele havia se sentido loucamente atraído por ela desde o princípio, ainda se sentiria envergonhada por ter dormido com ele, ainda estaria aterrorizada por sua falta de cuidado, mas não teria fugido como um coelho assustado. Mas ele *não* se sentiu atraído por ela; na verdade, não gostou dela no início. Deitada na cama naquela manhã fria, presa ao colchão pelo braço musculoso dele, tudo de que conseguia se lembrar foi de quando o viu pela primeira vez, e sabia que não estava enganada. Por isso, se ele a detestava tanto, por que colocou em ação suas táticas de sedução? A terrível possibilidade que lhe ocorreu foi o que a fez fugir.

Talvez ele fosse culpado apenas de ter sentido tesão. Talvez tivesse feito amor com ela de modo casual, sem maldade, apenas aproveitando a oportunidade. Talvez. Não acreditava naquilo. Em primeiro lugar, porque ele não deixou nada ao acaso, nem mesmo os preservativos. Planejara transar com ela e alcançara seu objetivo com uma facilidade ridícula. Suas ações demonstravam uma frieza que a assustava e a feria muito mais do que podia mensurar.

E, levando em conta sua frieza inicial, e se a campanha de sedução toda tivesse sido apenas um modo de humilhá-la? Usá-la, possuí-la e, em seguida, sumir.

Um dos residentes do hospital chegou a lhe dizer algo parecido após ela recusar, pela terceira vez, um convite para sair. "Um dia algum cara espertinho vai conseguir transar com você", ele dissera, com raiva, "e quando terminar e abandoná-la, você vai perceber que não é melhor do que ninguém".

Ela não conseguia imaginar um cara mais esperto do que Marc Chastain.

Fez uma careta, desejando não pensar mais naquilo.

Pensou, em seguida, em uma possibilidade ainda pior. E se ele tivesse feito tudo aquilo por *pena*?

Ela gemeu, cobrindo os olhos. Ótimo! Que ótimo! Ela era a criatura mais digna de pena, a coitadinha.

Karen virou a cabeça e olhou para a luz que piscava na secretária eletrônica. Não precisava ouvir as mensagens; poderia ir até lá e simplesmente apagá-las. Não teria de ouvir aquela voz grossa de novo ou, pior, *não* ouvi-la. Talvez ele não tivesse se importado com a situação e seguido em frente. Não havia qualquer mensagem dele a ser apagada.

— Droga! — Ela disse em voz alta. — Droga, droga, *droga*! — A repetição da palavra não ajudou. Ela precisava encarar a verdade que estava tentando negar a todo custo, mas que era inevitável, pois não conseguia parar de pensar em Marc. Fizera algo muito mais idiota do que dormir com ele: em algum momento dos últimos três dias, apaixonara-se por ele.

Tentara se convencer de que era só porque ele estava sendo muito solícito quando ela mais necessitava de ajuda, mas seu coração batia acelerado sempre que ela o via. Tentara se convencer de que era apenas a voz, aquela deliciosa voz masculina, que a atraía. Tentara se convencer de muitas coisas, mas a verdade é que se sentiu atraída por ele desde o primeiro momento. Talvez aquela ligação tivesse a ver com química, biologia, até vodu, mas por algum motivo ela se unira a ele como um prego atraído por um ímã, e tudo que ele fez depois disso apenas aumentara esses sentimentos.

Como poderia não amá-lo? Ele a alimentou, protegeu-a com seu corpo, passou-lhe seu calor, atitudes simples e até primitivas, coisas que um homem das cavernas devia fazer com a mulher com a qual quisesse acasalar. Era curioso que tais atitudes fossem tão eficientes agora como há milhares de anos. Não podia se precipitar em tirar conclusões, mas também não podia ignorar o que sentia. Era real, forte, assustador — e doloroso.

Se tudo que ele queria era uma noite de sexo sem compromisso, então não deveria ter sido tão cortês e galanteador, ela pensou furiosa, lágrimas enchendo-lhe os olhos. E se realmente não gostava dela e só tentara fazer com que ela se importasse, seu ressentimento seria pior ainda...

Karen não sabia o que fazer, não tinha experiência em lidar com esse tipo de situação. Nunca tinha amado um homem antes, sequer permitira-se gostar de um. Era irônico o fato de ela ter decidido se abrir mais para os homens, e de Marc ter chegado e derrubado todas as suas defesas de uma só vez.

Ela deveria ter ficado e encarado a situação. Teria sido a atitude mais digna. Enfrentar tudo de frente, como adulta — sem joguinhos, completamente honesta.

Bem, já era tarde demais para se comportar como adulta. O mínimo que poderia fazer naquele momento era desculpar-se por seu comportamento e deixar que ele se preocupasse com o dele.

A luz na secretária eletrônica já estava sendo irritante. Xingando, com os olhos marejados de novo, caminhou em direção ao telefone e apertou o botão.

Havia uma ligação encerrada, um recado de venda de produtos de limpeza, mais três ligações interrompidas, uma mensagem de Piper dizendo: "Meu Deus, Karen, sinto muito pelo seu pai. Por que não me ligou?" A mensagem seguinte era de um vendedor de persianas, mais uma ligação interrompida e, de repente, uma voz furiosa: "Que droga, Karen..." Ele fez uma pausa e, quando voltou a falar, parecia muito nervoso. "Que *merda* você pretendeu fazer, fugindo daquele jeito? Ligue assim que chegar em casa ou eu juro que..."

Ela não conseguiu escutar o restante do recado, pois ele desligou o telefone antes de concluí-lo. Sentiu os joelhos tremerem e agarrou a beirada da mesa para se equilibrar. Nada de voz gentil, só havia raiva. Ficou assustada. Não esperava aquela reação. Decepção, talvez, mas acreditou que escutaria algo do tipo: "Você está bem? Não precisava sumir daquele jeito." Ela esperava que ele simplesmente telefonasse para ter notícias, nada mais, e sua gentileza faria com que ela se sentisse ainda mais covarde por ter fugido.

Nunca o escutara xingar antes — ele era muito bem-comportado. Não era ingênua a ponto de pensar que ele não falasse palavrões — já tinha escutado alguns, apesar de terem sido em francês. Afinal, ele era policial e sob aquela delicadeza havia uma postura rígida da qual ela teria se afastado em circunstâncias normais. Seu pai também havia sido um homem rígido. Mas precisara de Marc e nunca em sua vida sentiu-se mais segura. Não era apenas por causa da arma em seu coldre, mas pelo homem em si, grande e confiante, com olhos brilhantes e severos. Sim, ele era durão, e ela não duvidava de sua capacidade de ser malvado quando necessário.

No entanto, com ela, ele tinha sido cortês. Gentil. Dissera palavras chulas enquanto transavam, é claro; Karen fechou os olhos ao se lembrar das coisas que ele dissera e fizera. A excitação reacendeu-se e ela apertou as pernas uma na outra. Estremeceu e gemeu.

Assim como da primeira vez que ele havia telefonado, ela rebobinou a fita e ouviu a mensagem de novo. Fez uma careta ao sentir a força das palavras dele. Fugira dele como se ele fosse um estuprador, ofendendo-o mesmo depois de ele ter feito um grande esforço para ajudá-la, independentemente do que pensava a seu respeito. Por ser policial, também havia tentado saber como ela estava, ter a certeza de que tudo estava bem. Ela sequer fez o favor de atendê-lo no aeroporto. Não era à toa que ele estava furioso; ela estava furiosa consigo mesma. Sim, tivera dias difíceis, um *ano* difícil, mas não podia usar esse motivo como desculpa. Não havia qualquer desculpa que pudesse dar.

Pegou o telefone e teclou o número antes que fizesse algo ainda mais infantil, como desistir.

“Aqui é Chastain. Deixe sua mensagem.”

Caixa postal. Porcaria de caixa postal. Karen sentiu raiva. Ele merecia um pedido de desculpas, tinha o direito de xingá-la um pouco mais, mas talvez demorasse dias até conseguir falar com ele.

— Aqui é Karen. Estou em casa. Peço desculpas por ter fugido de você esta manhã. Foi algo muito imaturo de minha parte e eu... não tenho o que dizer para justificar minha atitude. Eu pensei que... não importa. Agi como uma idiota e sinto muito.

Não conseguiu pensar em mais nada para dizer. Mordeu o lábio e desligou. Sentiu um frio na barriga. Talvez ele telefonasse para dizer que ela era uma idiota, mas era possível que nunca mais tivesse notícias dele.

Por impulso, tirou a fita da secretária eletrônica e a guardou na gaveta. Apesar de ele estar furioso com ela na mensagem que havia deixado, pelo menos era a sua voz. Ela poderia escutá-la novamente para lembrar como tinha sido tola.

Colocou uma nova fita na secretária eletrônica e ficou em pé sem saber o que fazer. Poderia ficar sentada esperando que o telefone tocasse, ou poderia terminar de lavar as roupas, executar algumas tarefas e tentar dormir um pouco. Precisava trabalhar à noite e não havia conseguido dormir muito na noite anterior. Marc passara grande parte da noite sobre e dentro dela.

Fechou os olhos, suspirando ao se lembrar de tudo. Apesar disso, aquela tinha sido uma noite memorável. Arrependia-se de muitas coisas, mas por algumas horas ficou entregue ao êxtase físico. Marc lhe dera mais prazer que ela acreditava ser capaz de sentir. Não podia se arrepender disso.

E ela o amou. Ela, que acreditava ter bloqueado todo o amor que poderia sentir, exceto por sua mãe, descobriu que estava enganada. Apesar de tudo, amava seu pai. Sentiu paz ao finalmente admitir esse amor, sem tentar ignorá-lo. Ela o amava, sofria pela vida que ele tinha vivido, pelo amor que *ele* rejeitou. Era parecida com ele, e nunca havia percebido, pois reagia, tentava afastá-lo. Como a mãe, ela o amava.

Suspeitou que isso significava que amaria Marc pelo resto de sua vida.

* * *

Marc ainda estava nervoso no final daquela tarde quando entrou em sua sala. Estava com calor, suado, cansado e tão irritado que sentia vontade de quebrar tudo à sua frente.

Karen havia fugido dele.

Esperava que ela fosse ficar nervosa, talvez um pouco envergonhada, tímida. Sabendo que teria pouco tempo e oportunidade, ele havia levado a intimidade entre eles a níveis mais elevados, com mais rapidez do que já tinha feito com alguma mulher. Não deixou nenhuma parte de seu corpo sem ser tocada ou beijada, na tentativa de fazer com que ela não o esquecesse. Saíra da cama, onde ela estava dormindo, e foi tomar um banho, planejando acordá-la com beijos, segurá-la em seu colo e dar-lhe cuidados, mimos, fazê-la sorrir e amá-la de novo. Mas ela não estava dormindo; quando ele saiu do banheiro, ela já havia desaparecido.

Ela deve ter corrido até o hotel; só assim poderia tê-lo evitado. Quando ele chegou lá, ela já havia feito o check-out por telefone e ele não conseguiu cobrir todas as saídas. Ela tinha conseguido enganá-lo e um funcionário do hotel lembrou que havia chamado um táxi para que ela pudesse ir para o aeroporto.

Ele a chamou no aeroporto, mas não obteve resposta. Naquele momento, estava tão furioso que ela teve sorte por não ter sido encontrada. Então, telefonou para a casa dela e deixou uma mensagem expressando toda a sua irritação; provavelmente não tinha sido uma atitude muito inteligente, mas estava mesmo nervoso.

O frescor de seu escritório esfriou sua pele suada, e ele suspirou aliviado. Tirou o blazer e mexeu os ombros, desgrudando a camisa das costas e arrepiando-se com a sensação. Correu a mão da testa até a nuca. Deus, ele detestava casos de assassinatos de crianças. Preferia trabalhar em centenas de outros casos a ter de investigar um caso envolvendo crianças. A fragilidade dos corpos infantis o afetava com força.

Havia um menininho de cinco anos no necrotério, que morreu após cair de uma escada. Um acidente, a mãe afirmara. Mas as pernas da criança estavam cobertas por queimaduras meio curadas, que ela afirmou serem picadas de pernilongos, e havia mais hematomas amarelados por seu corpo. Hematomas amarelos eram hematomas antigos, que estavam se curando. A mãe disse que ele havia caído de bicicleta.

A mulher estava aterrorizada. Sentava-se imóvel à mesa da cozinha, como se estivesse com medo de se mexer. Em um determinado momento ela virou a cabeça, quando seu marido disse algo, e Marc pensou ter visto uma marca escura em seu pescoço, perto do ombro. Ele conhecia os sinais: blusa abotoada até em cima, mangas compridas, apesar do calor insuportável, e calças no lugar de short.

Marc já não gastava seu tempo tentando descobrir por que uma mulher decidia viver com um homem agressivo, ou como uma mãe conseguia silenciar-se covardemente, diante do assassinato de um filho. Tinha vários anos de polícia e nada mais o surpreendia. Sabia que precisava ser cuidadoso naquele caso, porque o marido era advogado e saberia se tudo estava sendo feito como manda o figurino. Também era advogado criminalista de defesa, o que fez com que Marc ficasse ainda mais determinado a acabar com sua raça.

O legista provavelmente descobriria mais evidências de agressão, como fraturas anteriores. Concluiria se as marcas nas pernas do garoto haviam sido feitas com cigarro e não por picadas de pernilongos, e seu relatório indicaria motivos plausíveis para que fosse pedida a prisão do sujeito. Só esperava que fosse pedida a prisão preventiva antes que o filho-da-puta entrasse em pânico, ao saber que a esposa seria capaz de depor contra ele, e a matasse também.

Marc sentou-se para ouvir as mensagens da secretária eletrônica e folheou uma pilha de papéis que havia se acumulado sobre a mesa em sua ausência. A maioria deles era coisa de rotina, artigos, memorandos e relatórios que ele havia requisitado.

Ele tinha muitos contatos na cidade, muitos delatores que preferiam perder seus amigos a ver Marc nervoso. A maioria das informações não ajudava em nada, mas às vezes apenas um detalhe se encaixava perfeitamente na situação que ele já tinha e o caso era concluído.

Não esperava que Karen telefonasse depois da mensagem irritada que deixou em sua secretária eletrônica. Provavelmente seria melhor que não ligasse. Quando estivesse completamente calmo de novo, ele telefonaria e tentaria consertar a situação.

A mensagem dela o deixou surpreso. Ele parou e recostou-se em sua cadeira, escutando atentamente. Ela parecia desanimada: "... Eu pensei que... não importa. Agi como uma idiota e sinto muito."

Ela pensou o quê? O problema era que ela pensava demais. Ele quase conseguia sentir a preocupação por trás do que ela dizia. A mulher não sabia relaxar e se divertir, tinha sempre de assumir a responsabilidade de tudo...

— Merda — ele disse, soltando o ar pela boca. Ele devia ter imaginado que ela acordaria sentindo-se completamente culpada por um ato que considerava irresponsável. Ele tinha sido muito cuidadoso em seu modo de conduzir a situação, mas ela não deixaria de pensar ter se tratado de apenas uma noite de sexo casual Deixá-la dormindo na cama enquanto tomava um banho tinha sido um grande erro tático, do qual não se esqueceria.

A química sexual entre eles fora tão grande que o surpreendeu, e foi ainda mais pungente porque ele percebeu logo de cara que ela não tinha muita experiência. Não era ignorante em relação ao assunto, nem virgem, mas não... habituada a fazer amor. Ele suspeitava que ela controlava sua sexualidade do mesmo modo como controlava as emoções. Mas na noite anterior ela havia aberto a guarda e se transformado na mulher mais carinhosa e quente com quem ele já estivera. Ele não sabia que conseguia ter tantas ereções consecutivas, mas não teve outra escolha. Ela precisava ser amada e ele estava pronto para servir.

Ele *era* experiente e o ato sexual entre eles tinha sido mais intenso do que qualquer outra experiência de sua vida. A noite deve ter sido uma grande festa para ela.

Pegou o telefone para ligar para ela e parou. Estava mais calmo, mas ainda sentia raiva, e seu controle estava um tanto estremecido após ter de lidar com o assassinato daquele garotinho. Ele precisava conversar com ela o mais rápido possível, para que não tivesse tempo de esquecê-lo, mas tal necessidade levava em conta a cautela. Queria gritar com ela, e gritar não seria uma boa idéia naquele momento. Talvez ela se retraísse ainda mais, a ponto de não falar com ele novamente.

Forçou-se a continuar lendo as matérias impressas de outras delegacias. Parou quando viu que a polícia do Estado do Mississippi havia encontrado um corpo na fronteira do Estado da Louisiana. A vítima, um homem branco, de cinqüenta e sete anos, chamado Rick Medina, tinha levado dois tiros com um revólver calibre 22; dinheiro e cartões de crédito haviam sido roubados.

Pessoas eram mortas com um revólver calibre 22 o tempo todo; era a arma mais comum que existia. Foi por intuição que ele separou a notícia. Talvez não fosse nada, mas a vítima tinha aproximadamente a mesma idade que o pai de Karen, e o Mississippi não ficava muito distante dali.

Estava ocupado com o caso da morte da criança naquele momento; não teria tempo de investigar uma conexão que provavelmente não existia. Mesmo assim, não poderia ignorá-la.

Encontrou Shannon em pé ao lado da máquina de refrigerante, paquerando uma das recepcionistas.

— Ei, Antonio.

Shannon endireitou-se, com os olhos bem abertos.

— Até mais tarde — ele disse à mulher, tocando-a no braço ao se afastar. — O que foi? — ele perguntou, aproximando-se de Marc e virando a cabeça para ler a folha de papel.

Marc a entregou a ele.

— Preciso cuidar do caso Gable...

—Ah, sim, do garotinho. O pai filho-da-puta foi quem o matou, não é?

— Sim, mas preciso fazer tudo como manda o figurino ou ele vai fugir. Você está com tempo de investigar algo para mim?

— Claro. — Shannon leu o relatório. — Você tem alguma coisa concreta a respeito desse Rick Medina?

— Não, é só um pressentimento. Veja se consegue encontrar alguma ligação entre Dexter Whitlaw e Rick Medina. Eles tinham mais ou menos a mesma idade, talvez tenham servido juntos. Se eles se conheciam, seria coincidência demais os dois terem sido mortos quase no mesmo instante com armas de calibre 22.

— É meio difícil terem se conhecido.

— Com certeza — Marc concordou. — Apenas verifique se Medina esteve no serviço militar, já que pode ter servido na mesma época que Whitlaw. Talvez descubramos alguma coisa.

# 12

O paciente no quarto 11-A havia sobrevivido a um acidente de carro e a uma longa cirurgia para reparar o estrago, tendo perdido um rim e o baço. O cirurgião responsável disse que ele já estava bem o suficiente para ser transferido do CTI para o quarto. Ele já estava consciente e estável, alimentando-se com comidas leves, porém sólidas. O rim que lhe restara estava produzindo urina em um nível normal. No entanto, sua temperatura estava subindo e ele havia recusado o jantar.

O cirurgião de plantão havia se escondido em algum lugar onde ninguém conseguia encontrá-lo e não atendia aos chamados. Karen deixou um recado para o cirurgião do Sr. Gibbons e ficou de olho no paciente. Se ele houvesse contraído uma infecção pós-operatória, quanto mais cedo fosse diagnosticada, melhor. A preocupação com o Sr. Gibbons fez com que Karen não ficasse pensando em outras coisas. Era muito bom estar de volta ao trabalho, com o mundo familiar de piso frio, odores de remédios e bipes de monitores. Seu crachá estava preso a seu avental de mangas curtas e dentro dos bolsos havia todo o tipo de instrumentos que poderiam ser úteis. Carregava o estetoscópio ao redor do pescoço e seus sapatos de solado de borracha faziam barulho conforme ela caminhava. Ambiente familiar. Ótimo.

Apesar de suas expectativas, conseguiu dormir algumas horas antes de sair para o trabalho. Não sabia se deveria ficar feliz por ter dormido ou triste por Marc não ter interrompido seu sono. Evidentemente ele havia decidido esquecer o assunto, o que, pensando bem, era a coisa mais sensata a ser feita. Os dois tinham dormido juntos, ela agira como uma tola, mas estava terminado. Ele estava na Louisiana. Ela, em Ohio, onde deveria ficar. Talvez um dia ela sentisse saudade e decidisse contar a Piper a respeito da noite quente de amor que teve com um detetive de Nova Orleans. Piper ficaria aliviada; afinal, em sua opinião, a vida sexual de Karen era contraditória sob alguns aspectos, pois onde havia vida deveria ter atividade. O cirurgião do Sr. Gibbons finalmente telefonou antes de Karen sair para seu intervalo. Como já era esperado, estava de mau humor. Na opinião das enfermeiras, todos os cirurgiões eram idiotas, mas o Dr. Pierini era mais ainda.

— O Sr. Gibbons está com 38,2°C — ela disse. — À meia-noite estava com 37,6°C.

— Merda. — Ele bocejou. — Tudo bem. Quero um exame de sangue para saber o que está acontecendo. Diga ao laboratório que quero os resultados prontos quando eu for fazer as visitas de manhã. — Ele passou mais algumas instruções e depois disse: — Onde diabos está Dailey?

— O Dr. Dailey não está atendendo aos chamados.

— Bem, encontre-o e pare de me ligar.

Ele desligou o telefone com força, mas Karen deu de ombros. Conseguira o que queria e, sempre que precisava encontrar alguém às três da manhã, tinha de relevar um pouco o mau humor com que seria atendida. Gostaria muito de conseguir encontrar o Dr. Dailey se fosse possível. No entanto, nenhuma enfermeira já havia conseguido tal milagre.

Ficaria ainda mais feliz se alguém enfiasse um fio no rabo do Dr. Dailey, para que pudesse telefonar sempre que precisasse e deixá-lo feliz. Assim, ele poderia ser encontrado seguindo-se os uivos.

A sala de descanso das enfermeiras estava sempre cheia de jornais e revistas e a geladeira guardava novas formas de vida que ninguém gostava de ver de perto. Quatro cadeiras dobráveis ficavam dispostas ao redor de uma pequena mesa redonda e um sofá desengonçado, coberto por um estranho plástico cor-de-laranja, completava a mobília. Uma televisão de dezenove polegadas ficava pendurada na parede, mas o tubo de imagens estava queimado há alguns meses e as enfermeiras se divertiam tentando descobrir o que estava acontecendo só ouvindo os diálogos.

Karen pegou um refrigerante diet da geladeira e sentou-se na Big Val, apelido de Valência, nome do sofá cor-de-laranja. Suspirando aliviada, arqueou os pés, esticou os dedos e desejou que ali houvesse uma bacia com água fria onde pudesse colocá-los em imersão. Pensou em tirar os sapatos, mas não o fez; os pés ficariam inchados no mesmo momento, ela teria dificuldades para calçar os sapatos ao final do tempo de descanso e seus pés ficariam doloridos até o fim do expediente.

Jornais de vários dias estavam espalhados pelo chão. Karen abaixou e pegou alguns cadernos de dias anteriores para saber se algo interessante havia acontecido enquanto estivera fora. Duvidou que houvesse alguma notícia, mas poderia ler a tirinha de Dilbert. As histórias em quadrinhos dos jornais serviam como passatempo no hospital, pois os empregados escreviam seus nomes e os de outras pessoas perto dos personagens. A administração não achava graça nesse hábito.

Ela folheou os jornais, lendo manchetes e legendas de fotos. Uma das fotos chamou sua atenção, pois uma casa parcialmente destruída por um incêndio lhe pareceu familiar. "Um incêndio na manhã de ontem destruiu a residência de Nathan e Lindsey

Hoerske..." Puxa! Aquela era a *sua* casa! Chocada, olhou para as ruínas na foto. *Tinha sido* sua casa. Vivera ali por quinze anos. Coitadinhos dos Hoerske, recém-casados e tão felizes por terem comprado uma casa. Aparentemente, os dois perderam tudo o que tinham. Na matéria, estava escrito que o fogo havia começado na cozinha.

Quase tão triste como se tivesse perdido um velho amigo, Karen deixou o jornal de lado. Incêndios não destruíam apenas a casa, o lado material, mas também lembranças e sonhos. As vidas se desenvolviam dentro das paredes protetoras que ofereciam paz em meio à realidade agitada. Gostou de Nathan e Lindsey. Apesar de disposta a vender a residência, sentiu-se feliz por eles terem sido os compradores. Os dois aparentavam estar muito apaixonados, porém conscientes, como se tivessem estabelecido um objetivo de vida e nada os pudesse fazer desistir. Karen imaginou que eles teriam filhos, que os cômodos ficariam repletos de brinquedos e tomados pelos gritos de crianças brincando. Agora teriam de começar do zero e encontrar outro lugar que pudessem considerar um lar.

Piper entrou para trabalhar às seis e meia. Pousou as mãos sobre o amplo quadril quando viu Karen.

— Por que você não me ligou? — ela perguntou, repreendendo a amiga.

— Não tive tempo. — Impulsivamente, Karen largou a prancheta que segurava e abraçou Piper para se desculpar. — A companhia aérea só conseguiria lugar para mim em um vôo que partiria em uma hora. Só peguei minhas roupas, liguei para Judy e saí.

— Bem, acho que posso perdoá-la — Piper disse, abraçando Karen. — Sinto muito, querida. Sei que deve ter sido difícil, apesar de você não ter muito contato com seu pai. O que houve?

— Ele foi assassinado. Baleado.

Piper hesitou, chocada, e as outras duas enfermeiras presentes viraram-se assustadas. Karen engoliu o nó que se formava em sua garganta.

— Foi um tiroteio na rua. Ninguém viu.

Piper respirou fundo.

— Puxa! Que coisa ruim. Você deveria ter ficado em casa mais alguns dias.

— Não, trabalhar é melhor. — Sempre era. Contanto que se mantivesse ocupada, conseguiria enfrentar qualquer coisa.

— Por que você não vai para a minha casa e passa alguns dias comigo?

Karen virou os olhos e riu.

— Você trabalha de dia, eu trabalho à noite. Não tem lógica!

— É verdade, você tem razão — Piper ponderou. Ela era uma mulher grande, com cabelos pretos curtos e enrolados e tinha o rosto mais simpático do mundo. Os pacientes sentiam-se melhor ao vê-la, não pela beleza, mas pelo bom humor que ela transmitia o tempo todo. Sua vida amorosa, bem diferente da de Karen, era mais ativa que um furacão. — Até que volte a trabalhar de dia, vai ficar sozinha.

— Puxa! Obrigada! — Karen riu com a brincadeira e respondeu da mesma forma.

— Estarei sempre a seu ladooo — as duas enfermeiras cantaram em uníssono.

Piper pegou um grampeador e apontou para elas.

— Vocês podem ser grampeadas a estas cadeiras por mais um turno, sabiam?

Judy Camliffe chegou caminhando rapidamente.

— Olá, pessoal. Karen, você está bem?

Alguns dias antes, tamanha preocupação, mesmo que demonstrada por Piper, a deixaria desconfortável. Mas, naquele momento, não havia razão para tentar se defender; suas defesas já haviam sido derrubadas. Apesar de toda a precaução e cuidados, Marc invadira seu território completamente. E apesar de todos os anos que havia passado construindo um muro de raiva para se manter afastada do pai, aprendera que não seria tão brava se não o amasse.

Ela sorriu para as amigas e respondeu: — Não sei se estou bem, mas trabalhar é melhor do que não trabalhar. — Fez uma pausa e disse: — Obrigada por se preocuparem.

Judy balançou os cabelos pretos, e voltou-se para uma pilha de fichas. — Certo. O que está rolando aqui?

Karen informou-a sobre a preocupante febre do Sr. Gibbons, que naquele momento já estava a 38,5°C. O laboratório ainda não havia enviado os resultados dos exames, e o Dr. Pierini começaria as visitas em meia hora.

— Vou perturbá-los um pouco — Judy disse, pegando o telefone. — Oh, descobri qual era o problema com Ashley.

— Você disse que era diarréia.

— Sim, mas descobri a causa. — Ela voltou a atenção ao telefone. — Olá, aqui é Judy, do andar do centro cirúrgico. Vocês já têm o resultado do exame do Sr. Gibbons? Claro. — Enquanto esperava, ela voltou a falar com as amigas: — Ela pensou se tratar de comida estragada na primeira vez que aconteceu, e armou um escândalo no refeitório, mas ninguém mais havia se sentido mal, por isso a ignoraram. Dessa vez, ela prestou mais atenção. Jujubas.

— *Jujubas?* — Piper ficou surpresa. Adorava jujubas.

— Ela está de dieta, por isso comprou um pouco de jujubas diet quando foi ao cinema. Quatro horas depois, os problemas começaram. — Judy acomodou o telefone entre a orelha e o ombro. — Ela foi fazer compras ontem, comprou mais jujubas e a mesma coisa aconteceu. Dessa vez, só tinha comido as jujubas. Ela disse que teve gases e que a cólica intestinal foi terrível.

— Por outro lado — Piper disse —, ela deve ter perdido peso.

Todas riram.

— Sim — Judy respondeu —, mas ela disse que não valeu a pena. — Voltou a falar ao telefone: — Você pode fazer alguma coisa para apressar a entrega desses resultados? A temperatura do paciente está subindo. Pode ser estafilococo. Certo, obrigada. Volto a ligar. — Ela desligou e disse a Karen: — Eles prometeram o resultado em quinze minutos.

— Geralmente eles demoram o dobro do tempo prometido. *Talvez* tenham os resultados prontos antes de o Dr. Pierini começar as visitas, se chegar atrasado. — Karen olhou para o corredor ao ver um médico surgir, carrancudo, ao analisar uma prancheta. Era o evasivo Dr. Dailey, aparecendo como se tivesse trabalhado muito a noite inteira. — Qual é a marca dessas jujubas?

— Karen, querida, você não vai querer passar pela mesma coisa, não é?

— Oh, mas não seriam para mim. Estava pensando em dar um poucos delas para o Dr. Dailey... por motivos terapêuticos, é claro.

— Claro que sim — todas disseram, sorrindo, porque as enfermeiras da equipe não gostavam do Dr. Dailey.

Karen olhou para a secretária eletrônica assim que entrou em seu apartamento. A luzinha vermelha não estava piscando. Bem, é claro que não estava, ela pensou. Marc sabia que ela trabalhava à noite. Se ele não havia ligado mais cedo, certamente não telefonaria no meio da noite.

Suspirando, trancou a porta e foi tomar um banho. Pensando bem, ele não teria motivos para telefonar, a não ser que quisesse ofendê-la um pouco mais. Tudo estava acabado, mesmo sem ter começado de verdade. Não houvera comentários sobre novos encontros, apenas aquele jogo de sedução incansável. Ele havia alcançado seu objetivo e agora ela precisava esquecer tudo aquilo, parar de se preocupar. Estava tudo terminado, ela disse a si mesma.

Mas não parecia ser o fim. Marc havia mudado o modo com que ela se enxergava. Em pé debaixo do chuveiro, percebeu seu corpo de um modo completamente novo. Sentia-se... sensual. Mulher. Seus mamilos enrijeceram-se sob a água e pensou na boca de Marc sobre eles. Lembrou suas mãos fortes fazendo a curva de sua cintura, de suas nádegas, levantando-a e virando-a sem se esforçar, posicionando-a para o prazer dele e para o dela também. Sua vagina se contraía com excitação, e ela quase conseguiu senti-lo ali, penetrando-a.

Uau. Suspirou. Toda mulher deveria ter um amante como ele, pelo menos uma vez na vida.

Mas ela não queria que fosse apenas uma vez. Queria senti-lo de novo todas as noites até o fim de sua vida.

A questão era: como conseguir isso? Era muito ruim não ter perspectivas. Tinha dúvidas a respeito das intenções e dos sentimentos dele, a respeito de tudo relacionado àquela noite, menos das emoções que sentia, e, até onde sabia, não podia fundamentar decisões importantes em emoções.

O que ela sabia? Quanto a relacionamentos, não sabia nada. Nunca tinha amado nenhum homem antes de Marc.

A água estava ficando cada vez menos quente, mas de repente só água gelada saía do chuveiro. Karen gritou e se afastou da ducha. Não sabia quanto tempo passara ali pensando em Marc, mas percebeu que fora tempo suficiente para acabar com a reserva de água quente. Rapidamente, fechou o chuveiro e enrolou-se em uma toalha. Tremia enquanto se secava e vestiu um roupão.

A ducha de água fria inesperada a fez despertar, o que era bom; conseguia trabalhar melhor à noite se chegasse em casa e só fosse dormir várias horas depois. Poderia assistir ao noticiário da TV, ler as correspondências, pagar as contas, fazer todas as coisas que precisavam ser feitas. E, para se divertir, poderia pintar as unhas dos pés de vermelho e deixar de lado o discreto cor-de-rosa que costumava usar.

Carl Clancy não estava com pressa. Certificara-se a respeito do endereço certo em outros lugares, e não apenas na lista de assinantes.

Como ele ia saber que a tal de Whitlaw havia vendido a casa, mas que a editora da lista telefônica só costumava atualizar seus registros em dezembro? Mas ele havia descoberto onde ela morava agora, até conseguiu descobrir que era enfermeira de um dos hospitais da região.

A questão era saber se ela estava em casa ou não. Os hospitais funcionavam sem parar, mas ele não tinha conseguido descobrir em qual turno ela trabalhava, e não conseguiria tal informação sem chamar atenção para si. Todo mundo costuma lembrar quando uma pessoa lhe faz perguntas específicas sobre alguém.

Ele olhou para o relógio em seu pulso. Oito e meia. Se ela trabalhasse no primeiro turno, estaria no hospital. Se trabalhasse no segundo, estaria acordando; se trabalhasse no terceiro, estaria indo dormir.

Ele telefonou para o hospital e pediu para falar com ela. Não tinha muitas informações sobre a mulher, não sabia em qual andar trabalhava, mas isso não importava. A vaca que o tinha atendido dissera que as enfermeiras não podiam receber telefonemas pessoais enquanto estivessem trabalhando, a menos que se tratasse de uma emergência. Que bobagem! Todos os andares tinham um telefone próprio e os funcionários faziam e recebiam chamadas o tempo todo. Entretanto, em vez de discutir, ele se desculpou e desligou. Fim da linha.

Em seguida, telefonaria para ela. Após o erro de ter incendiado a casa errada, checara com a empresa de telefonia e descobriu que o número na lista continuava o mesmo; então a casa era na mesma localidade, e o número havia sido transferido. Talvez ela mantivesse o telefone desligado para não ser perturbada enquanto tentava dormir, mas teria de correr o risco.

Ficou escutando as chamadas.

Karen levantou a cabeça quando o telefone tocou. Seu coração deu um pulo, e ela estava prestes a correr para atender quando se lembrou de que Marc sabia que ela trabalhava à noite. Não telefonaria àquela hora, não é? Talvez sim, acreditando que teria boas chances de encontrá-la em casa, e ainda era cedo o bastante para que estivesse acordada.

Ela hesitou por um momento e a secretária eletrônica atendeu a chamada. Quase imediatamente, quem ligava resolveu desligar e a mensagem foi interrompida. Então não era Marc. Ele teria deixado uma mensagem. Decepcionada, procurou não pensar. Não podia passar a vida toda esperando que ele telefonasse. Se ele não ligasse até o dia seguinte, então ela mesma telefonaria para ele. Por ter fugido daquele jeito, estava perdida, sem saber se o que havia ocorrido entre eles tinha sido um caso de "uma noite e nada mais" ou se um relacionamento poderia surgir. Ela era a culpada, por isso não deixaria de tomar a iniciativa.

A paquera nos dias atuais era muito confusa, ela pensou, tentando decidir se podia chamar aquela situação de paquera. As coisas eram muito mais simples quando os homens declaravam seus sentimentos e as mulheres decidiam se os queriam ou não, demonstrando interesse ou rejeitando a proposta. Ela gostava mais de tudo à moda antiga, de segurança emocional. A liberação das mulheres havia sido ótima para abrir mais oportunidades de emprego ou de remuneração igualitária, mas os rituais sociais eram muito melhores antigamente do que agora.

Karen admirou suas unhas. Um esmalte vermelho fazia maravilhas aos pés de uma mulher. Uma mulher com as unhas dos pés pintadas de vermelho não hesitaria em chamar um homem para uma conversa franca se entre eles existisse alguma situação mal resolvida. Ela não quis telefonar para ele naquele momento, para não ficar triste ou animada e não conseguir dormir. Se ele não ligasse naquele dia, no dia seguinte, à noite, ela mesma entraria em contato. E se ele dissesse que tudo entre eles deveria ser esquecido... bem, pelo menos ela saberia e poderia seguir com sua vida.

* * *

Carl Clancy suspirou. Certo, ela não tinha atendido o telefone. Ou estava fora de casa ou dormindo. Se tivesse mais um dia, poderia descobrir tudo que precisava saber, mas Hayes o estava pressionando para vasculhar o apartamento *já*.

Esperava que ela estivesse trabalhando. Mas, se ela estivesse em casa, ele teria de matá-la.

# 13

— Você é Antonio Shannon?

Shannon olhou para cima e viu um homem grande e feio diante dele.

— Sim, sou Shannon. O que posso fazer pelo senhor?

— Meu nome é McPherson. — Ele colocou a mão dentro do blazer e tirou dali uma carteira de identificação de couro, abrindo-a com o movimento de mão que era comum entre agentes do governo. Shannon analisou a identificação com calma. Parecia oficial, mas por que um agente do FBI ia querer falar com ele?

— Em primeiro lugar — McPherson disse com a voz baixa —, não estou aqui em nenhuma missão oficial. Isto é puramente pessoal. Um amigo meu foi morto no Mississippi, e vocês requereram informações sobre ele. Rick Medina. Vocês têm alguma pista sobre quem pode ser o assassino?

Shannon passou a mão pelo queixo. Mesmo esperando receber informações em resposta a seu pedido, certamente não pensou que fosse receber a visita de um verdadeiro agente federal. Isso significa que seu pedido havia chamado atenção em algum lugar. McPherson podia ou não estar ali a trabalho, independentemente do que dizia. A vítima morta no Mississippi podia ou não ser seu amigo. Não importava. Rick Medina, fosse ele quem fosse, tinha belos contatos.

— Não sabemos nada a respeito desse assassinato — ele disse lentamente. — Na verdade, estamos procurando por algo que nos ajude com um de nossos casos. — Ele ficou em pé. — Acredito que você precise falar com o detetive Chastain.

Marc estava ao telefone, conversando com o legista. A autópsia da criança seria dali a uma hora. Seu estômago revirou-se ao pensar nisso, lembrando o corpinho frágil do menino, seus ossos finos. Aquela era uma das situações nas quais desejava não ter de seguir a lei; adoraria poder matar o pai da criança com as próprias mãos, lentamente, osso por osso, membro por membro, da mesma maneira como o crápula havia torturado a criança.

Tinha acabado de desligar quando Shannon entrou em sua sala com um homem alto, esbelto e de meia-idade que sem dúvida estava em ótima forma para a sua idade.

— Este é o Sr. McPherson, do FBI — Shannon disse.

Marc apertou-lhe a mão, sentindo sua força.

— Duvido — ele disse pacificamente.

Shannon pareceu assustado. McPherson deu um sorriso.

— Tenho uma identificação que diz que eu sou de lá.

Marc deu de ombros.

— Imagino que sim. Mas se eu entrar em contato com o escritório do FBI e pedir para que chequem sua identidade, o que eles vão me dizer? — Se aquele homem fosse mesmo um agente do FBI, era o primeiro que Marc tinha visto sem aquele típico ar desleixado, uma imagem que os agentes mais velhos mantinham ainda com mais determinação que os jovens. As diferenças eram sutis: um corte de cabelo que não era curto o bastante, uma gravata que era um tanto diferente e cheia de estilo. E seus sapatos eram mocassins Gucci, que estavam um pouco fora do orçamento da maioria dos agentes do FBI. Por outro lado, tinha um coldre no ombro, apesar de o corte de seu blazer ser bom o bastante para quase esconder o volume da arma.

O sorriso naquela cara feia tornou-se mais amplo.

— Eu poderia dizer que você deveria muito bem checar, mas é provável que você faça isso. O que foi que me entregou? Meus sapatos?

— Entre outras coisas. Os sapatos foram a menor pista.

— Valia a pena tentar. A maioria das pessoas, até mesmo policiais, não repara nos sapatos.

Shannon estava espantado, olhando para os sapatos em questão.

— O que há de errado com eles?

— São Gucci — Marc explicou.

Shannon continuava confuso.

— São caros — Marc continuou. — Agentes federais normalmente não podem pagar por um par de sapatos desse tipo. — Ele voltou o olhar para o visitante. — Então quem é você e por que está se passando por agente federal? — Ele não disse que fazer aquilo era contra a lei; aquele homem já sabia muito bem disso.

— Meu nome realmente é McPherson.

— Então você não vai se incomodar se eu confirmar.

O homem suspirou.

— Filho, você sempre é um cão de guarda assim? Você se importa se eu me sentar? Já percebi que isso vai demorar mais do que eu esperava.

— Por favor, sente-se — Marc ofereceu, com um tom levemente irônico.

— Obrigado, então não se importa. — Ele sentou-se em uma das cadeiras.

— Você também, Antonio — Marc disse. — Mas feche a porta antes.

Shannon fechou a porta e sentou-se na outra cadeira, mas a posicionou de modo a ficar virado para McPherson. Era esperto; talvez não reconhecesse sapatos Gucci, mas já havia visto a arma.

— Tudo bem, não sou do FBI — McPherson disse amigavelmente. Marc percebeu que ele não parecia preocupado; um pouco alegre, mas não preocupado. — Mas trabalho para o governo federal e o restante do que disse ao detetive Shannon é verdade. Ele pediu informações sobre o assassinato de Rick Medina no Mississippi e pensei que pudesse saber algo sobre o caso que os policiais não estão querendo me dizer. Rick era meu amigo. Não estou aqui em nenhuma missão. É algo pessoal. Se você tem alguma informação a respeito desse assassinato, ficaria agradecido se pudesse me contar.

Pegando uma caneta, Marc a girou entre os dedos enquanto pensava no que o homem lhe dissera. Se não estava preocupado em se passar por agente federal, que era crime e ele acabara de admitir a mentira a um policial, então era provável que realmente trabalhasse para o governo federal de outra maneira, uma que lhe desse a certeza de que estaria imune a processos. Para a Agência de Segurança Nacional ou para a CIA.

— Qual agência? — ele perguntou, ainda olhando para a caneta.

O homem soltou um palavrão e um suspiro.

— Você sabe, normalmente isso não é algo que possa ser dito em conversas assim.

— Compreendo. Satélites ou conservas?

— Você está falando a minha língua? — Shannon pensou em voz alta.

McPherson respondeu: — Ele quer mostrar que pensa que eu trabalho para a Segurança Nacional ou para a CIA. A Agência de Segurança Nacional lida, em grande parte, com satélites, esse tipo de coisa. A CIA é conhecida, às vezes carinhosamente, como uma fábrica de conservas. Ele sabe bastante coisa para um policial.

Marc esperou. Não tinha nada para contar a McPherson sobre o assassinato de seu amigo e achava que ele fora sincero quando disse que Medina era seu amigo. Mas algo o incomodava, uma desconfiança ou compreensão, como se estivesse a ponto de encaixar uma peça do quebra-cabeça, se conseguisse virá-la para o lado certo.

— Medina era um de vocês? — ele perguntou.

— Mais ou menos. Ele realizava alguns trabalhos para nós. Mas não estava trabalhando para nós quando foi morto.

— Você diria isso de qualquer maneira. — Então ele era da CIA, Marc pensou. Caso contrário, não teria se importado em deixar claro que a vítima não trabalhava para eles na época, já que foi morta nos Estados Unidos.

— É claro que eu diria. Mas é verdade. Estamos sem saber o que houve, e Rick não era um amigo qualquer, e sim um grande amigo. — McPherson parecia irritado. — É muito difícil acreditar que um viciadinho qualquer querendo dinheiro para comprar drogas o tenha abatido daquele jeito, sem ao menos fugir com o carro. Não parece ser o que aconteceu.

Não mesmo. Medina evidentemente era muito bom no que fazia. Marc pensou no que havia lido nos registros militares de Dexter Whitlaw: Whitlaw fora um franco-atirador da Marinha no Vietnã, e ele, também, evidentemente era muito bom no que fazia.

— Você também — Marc disse lentamente, observando a expressão de McPherson — conhece Dexter Whitlaw?

McPherson ficou tenso e seus olhos assumiram uma expressão incompreensível.

— Eu o conheço. Está dizendo que suspeita que ele tenha matado Medina?

— Não. Whitlaw foi morto na St. Ann no mesmo dia em que Medina morreu. Whitlaw foi morto com um revólver calibre 22. Medina e Whitlaw se conheciam?

— Sim. Todos nós servimos no Vietnã na mesma época. — McPherson recostou-se na cadeira desconfortável, apertando o lábio inferior enquanto olhava, sem ver, um ponto no chão. — Então Dex também está morto. Rick e Dex. Mesmo dia. Mesmo calibre.

— É uma coincidência muito grande — Marc disse. — Eles se conheciam, morreram no mesmo dia, apenas em locais um pouco distantes um do outro, pelo mesmo tipo de arma. Eles executavam o mesmo tipo de serviço no Vietnã? E quem poderia querer vê-los mortos?

— Boa pergunta. — McPherson apertou o lábio um pouco mais. — Também gostaria de saber a resposta. Mas, sim, de certa forma eles tinham o mesmo tipo de serviço. Ambos eram muito bons no que faziam também.

— O Sr. Whitlaw estava vivendo nas ruas, mas não era um mendigo; era saudável, bem nutrido, não usava drogas nem bebia, então ele tinha alguma fonte de renda que ainda não consegui identificar. Será que o Sr. Medina veio até aqui para encontrá-lo? E, em caso afirmativo, por quê?

— Ninguém sabe o que Rick estava fazendo aqui. Segundo ele, eram assuntos pessoais.

— Então ainda não sabemos de nada. Podemos comparar as pistas, ver se eles foram mortos com a mesma arma, mas a menos que você saiba de alguma coisa que não queira nos falar, estamos em um beco sem saída.

— Gostaria de saber alguma coisa — McPherson disse. — Qualquer coisa. Porque isso está cheirando muito mal, mas não sei por quê.

O barulho foi discreto, um pouco mais que um farfalhar. Karen parou, prestando atenção para tentar ouvir algo mais. Ela estava no quarto, arrancando folhas amareladas da planta que havia colocado em frente à sua janela.

De novo. Um sussurro, parecido com tecido. E de um ponto diferente.

Alguém estava dentro do apartamento.

Sentiu um arrepio no couro cabeludo e uma onda de terror fez com que seu coração quase parasse de bater. Ela não se mexeu, pois não conseguia.

A porta do quarto estava aberta. Ela ficou em pé ao lado da porta, fora da linha de visão direta, mas se alguém entrasse no quarto poderia vê-la imediatamente, e ela estaria acuada. A única maneira de sair do quarto era por aquela porta. Seu apartamento ficava no segundo andar, por isso não podia sequer pular a janela. Seria uma queda muito grande, de um lugar alto demais.

O intruso aproximou-se da porta do quarto. Karen não conseguiu vê-lo, mas viu sua sombra no chão. Se não estivesse olhando, nunca teria percebido. O peito de Karen ficou apertado, impedindo-a de respirar normalmente. Não conseguia se mexer, nem mesmo teria conseguido gritar.

Ele não entrou. Depois de ficar ali por um momento, olhando para dentro do quarto, caminhou em direção à cozinha, fazendo muito mais barulho dessa vez, como se pensasse que não havia a necessidade de ser discreto.

Seus ouvidos zumbiam e o quarto girou. Karen forçou-se a respirar profundamente, silenciosamente, inspirando o oxigênio para seus pulmões. Por que ele tinha ido até lá? Por que estava fazendo tanto barulho?

Ela olhou para sua cama bem-arrumada e aos poucos percebeu: ele pensava que o apartamento estava vazio. As cortinas estavam abertas, já que ela ainda não tinha ido se deitar, por isso o quarto estava iluminado pela luz do dia e ela não precisou acender o abajur. Assim, ela percebeu, nenhuma lâmpada estava acesa no apartamento. A televisão estava desligada; ela tinha assistido a um pouco de TV, mas os noticiários da manhã não estavam interessantes, por isso a desligou depois de alguns minutos. Não estava fazendo barulho ao arrancar as folhas amareladas de sua planta; por tudo isso, o invasor pensou que não havia ninguém ali.

Ela ouviu armários e gavetas sendo abertos, além da geladeira — Deus, será que ele estava com *fome*? Ela deveria sair do apartamento, pois era o que todos os especialistas recomendavam. Não confronte um ladrão, simplesmente saia, se puder, e chame a polícia quando estiver em segurança.

A mesa da cozinha podia ser vista da sala de estar. Se ele estivesse ali, conseguiria vê-la saindo. E se estivesse armado? Poderia atirar nela de onde estivesse.

De repente, Karen se sentiu calma — ou, pelo menos, mais calma. Independentemente de estar armado, ela tinha mais chances de não se ferir se saísse do apartamento. Caminhou na direção da porta do quarto, pisando com os pés descalços no carpete, sem fazer barulho.

Ao se aproximar da porta, escutou os passos se aproximando da mesa da cozinha. Parou um passo antes de ser vista. Mais uma vez, ela prendeu a respiração, aterrorizada. Se ele fosse para a sala de estar...

Mas pôde ouvir a mobília sendo arrastada pelo chão de piso frio, e percebeu que ele ainda estava perto da mesa da cozinha. Ela franziu o cenho, parecia que ele estava virando todas as cadeiras para cima.

Com certeza aquele tipo de comportamento não era normal para um ladrão. Um ladrão comum procurava por objetos de valor, pegaria a televisão e um pequeno rádio e fugiria. Mas ele sequer tinha entrado no quarto, à procura de jóias, lugar onde a maioria das mulheres mantinha objetos de valor.

Ela deu mais um passo, aproximando-se da porta, mas recuada o bastante para conseguir ver apenas uma pequena porção da cozinha. Viu as pernas de uma cadeira para cima. Ele *realmente* estava virando todas elas.

Procurava por alguma coisa... algo em particular.

A recomendação era sair e ligar para a polícia. Ela olhou para o telefone ao lado da cama. O apartamento estava muito silencioso; os únicos barulhos eram os da geladeira e os que ele fazia. Se ela telefonasse para o 911, teria de sussurrar e talvez ele ouvisse até mesmo isso. Se não dissesse nada, será que, ainda assim, eles mandariam ajuda? A polícia conseguia localizar apartamentos?

Não importava saber se conseguiam ou não, ela percebeu, contanto que viessem com as sirenes ligadas.

Que droga, ele estava *vasculhando* o apartamento. Repentinamente o pavor que sentia sumiu, e outras sensações a invadiram. Sentia-se violada, invadida. Ele estava mexendo em suas coisas, perturbando os primeiros sinais de lar que ela começava a construir ali. Aquele era o único lar que ela tinha, pois a casa que sempre considerara seu lar e, ainda assim, o considerava não passava agora de ruínas incendiadas. Não pretendia deixá-lo nas mãos daquele safado.

Karen afastou-se um passo. Delicadamente, bem devagar, movendo-se lenta e silenciosamente, como seu pai a ensinara a andar na mata, ela foi em direção ao telefone. Sem dar as costas para a porta, com cuidado tirou o telefone do gancho e o colocou sob um travesseiro para abafar o som das teclas. Então teclou 911, fazendo uma careta a cada botão apertado.

Uma arma. Ela precisava de uma arma, mas não possuía nenhuma, e todas as facas estavam na cozinha. Quando ele terminasse de vasculhar o restante do apartamento e entrasse no quarto, veria o telefone debaixo do travesseiro e perceberia que havia alguém ali, escondido. Ela perderia o elemento-surpresa, que era sua única vantagem, por isso precisava encontrar algo com que pudesse atacá-lo.

Nada do quarto poderia ser usado, a menos que ela quisesse atacá-lo com a bolsa, que estava ao lado da cadeira, no canto — mais um indício de sua presença ali, se ele a visse.

Rapidamente, pensou nas coisas que havia no banheiro. As lâminas de barbear descartáveis que ela usava para se depilar não o fariam correr de medo, a menos que ele tivesse fobia de depilação. O estrago maior que uma daquelas lâminas poderia causar era um corte superficial. No banheiro havia perfume, spray para cabelo... spray para cabelo. Isso mesmo. Ele teria de se aproximar, mas um revólver era a única arma que podia ser usada a distância. Ela não teria vantagem maior nem mesmo com uma faca.

A porta do banheiro estava entreaberta. Karen passou por ela, tomando o cuidado de não encostar em nada. Seu coração batia com tanta força que ela conseguia sentir a pulsação na ponta dos dedos, mas sentia-se mais calma, mais determinada.

As dobradiças da porta rangiam ao menor movimento, ela lembrou. Não poderia tocar na porta. O carpete parecia alargar-se sob seus pés. A distância era de apenas alguns passos, mas pareciam metros. Ela poderia ser vista se ele entrasse na sala de estar. Quanto tempo mais ficaria ocupado na cozinha? Quantos locais havia para serem vasculhados ali? Ele já tinha visto dentro dos armários, das gavetas, da geladeira, debaixo das cadeiras e da mesa. O único local que restava ali antes de ele passar para a sala de estar era um pequeno gabinete ao lado da porta da cozinha. Se ele fosse metódico, o próximo lugar onde procuraria seria ali.

*Por favor, faça com que ele seja metódico*, ela rezou.

A porta do banheiro não estava tão aberta como ela esperava. Olhou para a estreita abertura. Parecia estreita *demais*, talvez o suficiente para que uma criança passasse por ali, mas não um adulto. Mas, por outro lado, tinha emagrecido. Talvez conseguisse — talvez.

Era preciso ter um plano, caso necessário.

Na cozinha, ele estava começando a arrumar as cadeiras novamente, colocando-as em seus devidos lugares. Ele era um ladrão organizado, como se não quisesse que ela tomasse conhecimento de sua invasão. Sua organização deu a ela alguns segundos de alerta.

Ela respirou rápida e silenciosamente diversas vezes, visualizando o que ia fazer. O spray para cabelo estava no lado esquerdo do armário. A toalha estava pendurada no porta-toalhas. Agarrar a toalha com a mão direita, pegar a lata de spray com a esquerda, usar a toalha para abafar o som da tampa sendo retirada da lata. Ela desejou ter sido menos organizada para que tivesse jogado fora a tampa da lata assim que comprou o spray. Mas nunca jogava nenhuma tampa fora antes de o frasco ficar completamente vazio.

Inspirou para murchar a barriga e contrair o peito. Pressionando as costas com força no batente, com tanta força a ponto de arranhar a pele na beirada, conseguiu passar. Seu seio encostou na porta, as dobradiças fizeram um leve barulho.

Não parou. Hesitar naquele momento poderia colocar tudo a perder, se ele tivesse escutado o barulho. Entrou no banheiro escuro e pequeno, pegando a toalha com a mão direita e a lata de spray com a esquerda. Não esbarrou em nada, apenas moveu-se silenciosamente. Após envolver a tampa com a toalha, torceu-a para abrir. Isso, também, causou um leve barulho, menor ainda que o movimento das dobradiças.

Virando-se, ficou de frente para a porta do banheiro, parada num lugar onde não ficaria visível pela abertura da porta nem pela parte das dobradiças. Rapidamente olhou para trás, para certificar-se de que pelo espelho não poderia ser vista, mas, do ângulo da porta aberta, tudo que podia ser visto eram a banheira e o boxe. Segurando a lata com a mão esquerda, com a válvula apontada para a frente, ela esperou. Não queria ser pega naquele espaço minúsculo, mas, depois do barulho que fizera para entrar, não se atreveu a voltar para o quarto. Ela já descobrira que ele sabia se mover em silêncio, pois não o ouviu entrar no apartamento. Ele podia muito bem estar do outro lado da porta, brincando de gato e rato, esperando que ela saísse.

Sentiu um arrepio no couro cabeludo mais uma vez. Quase podia senti-lo ali, uma presença paciente e malvada.

Mas ela também era paciente. Segundo seu pai, o primeiro a se mexer era quem perdia. Como conseguia se lembrar daquilo? Aprendera aquilo na infância, quando ele já era um desconhecido assustador, mesmo sabendo se tratar de seu pai. Mas ele a ensinara, mostrando como ser um atirador bem-sucedido, e ela prestou atenção. Não tinha nenhum revólver naquele momento, apenas uma lata de spray para cabelo, mas aquela lição tinha sido o legado de seu pai para ela, e que talvez agora salvasse sua vida.

Ela não escutou mais nenhum barulho vindo da sala de estar. Se ele não tivesse ouvido o barulho das dobradiças, ainda estaria procurando, movendo-se normalmente, fazendo barulho. O apartamento estava em silêncio, ele estava à espreita.

Karen calculou a distância até a porta. Se ele a abrisse, poderia acertá-la, tirando seu equilíbrio e arruinando sua idéia. Em silêncio, deu um passo para trás do armário, torcendo para aquele espaço ser suficiente. Levantou a lata e esperou.

Tinha uma leve vantagem sobre ele, pois sabia de sua presença. Ele não tinha certeza — a menos que tivesse visto a bolsa. Ou o telefone sob o travesseiro. *Oh, Deus!*

Imagine o que você vai fazer, Dexter lhe ensinara. Esteja preparada para qualquer coisa. Não hesite ou vai acabar morrendo.

Karen não queria morrer. Queria viver por muito, muito tempo...

A porta foi aberta com violência. Automaticamente, ela esticou o braço e apertou a válvula na direção da cabeça do invasor.

— Ahh! — Ele deu um passo atrás, levando as mãos aos olhos. Segurava uma arma em uma das mãos.

Karen acertou-lhe rapidamente, atacando-o com toda a sua força e fazendo com que ele caísse de costas na cama. Ele a agarrou, segurando sua camisola e puxando-a com ele. Ela gritou, esperando que o som passasse pelo travesseiro e que a atendente da polícia ainda estivesse na linha. Ele rolou, derrubando-a. Karen conseguiu ver o rosto dele, nervoso, seus olhos arregalados e vermelhos, e novamente mirou seu spray nele. Dessa vez não acertou seus olhos, mas o spray entrou pelo nariz. Ele tossiu, engasgando. Mais uma vez ela apertou o spray, chutando-o violentamente, gritou e o acertou no rosto com o punho cerrado da mão direita. Acertou o abajur com o pé, derrubando-o no chão, e a base de cerâmica se espatifou.

— Sua... vaca! — ele gritou. Sem conseguir enxergar, ele desferiu-lhe um soco, que acertou sua bochecha direita. A força do golpe fez com que ela caísse no colchão, com a visão embaçada. Não sentiu dor, apenas a força do soco. Ela acertou-lhe o nariz com a lata de spray, e o sangue espirrou sobre ela e a cama. Conseguiu levantar as pernas e deu os chutes mais fortes que conseguiu, e um dos pés o acertou no estômago e o outro mais embaixo, perto de sua genitália. Ele então caiu, sem fôlego. Karen rolou para fora da cama, engatinhando até a porta. Ele apertou o gatilho, irado, amaldiçoando-a, mas não conseguiu enxergar e a bala abriu um buraco na parede, um pouco acima da cabeça da Karen, e pedaços de gesso voaram por todos os lados.

O carpete queimava seus joelhos enquanto ela tentava chegar à porta. Ofegante, ainda sem enxergar muito bem, tentou levantar-se e correu para sair dali. Outra bala explodiu na parede.

Ela abriu a porta quando ele saiu do quarto. Passando a manga da blusa pelos olhos irritados, ele ergueu o braço. Karen jogou-se pela fresta da porta, caindo no corredor e rolando após a queda. Mais um tiro pela porta. Ela ficou em pé, procurou as escadas e encontrou dois policiais que estavam subindo os degraus com armas em punho, assustados.

Zonza, caiu no chão. No corredor, viu o rosto de um morador de um dos outros três apartamentos do andar e gritou: —Abaixe-se. — Ao escutar a voz dela, o ladrão saiu pela porta, braços esticados, revólver seguro com as duas mãos. Os dois policiais reagiram no mesmo instante, atirando tão próximos um do outro que os dois tiros pareceram apenas um. O impacto das balas jogou o sujeito contra a parede, e por um instante ele pareceu surpreso. Olhou para baixo, para a mancha vermelha que se formava em seu peito, piscando os olhos irritados, tentando ver.

— Largue a arma! Largue-a! — os dois policiais gritaram.

O ladrão riu. O som ficou preso em sua garganta, mas era uma risada.

— Vão se foder — ele disse e ergueu o revólver, apontando-o na direção de Karen. E apertou o gatilho quando os dois policiais atiraram novamente.

# 14

McPherson teclou uma seqüência de números em seu celular protegido.

— Isso está ficando cada vez mais estranho — ele disse quando o telefonema foi atendido. — Dexter Whitlaw foi morto no mesmo dia em Nova Orleans, que não fica muito distante de onde o corpo de Rick foi encontrado, e os dois foram mortos com armas do mesmo calibre. O detetive que está trabalhando no caso é um filho-da-puta esperto; ele me sacou logo que entrei na sala dele. Foi ele quem pediu informações sobre Rick. Posso afirmar que ele tem uma excelente intuição.

— Quem é Dexter Whitlaw? — perguntou a pessoa do outro lado da linha. — Eu não o conheço.

— Ele foi franco-atirador da Marinha no Vietnã, bom pra caramba. Filho-da-puta esperto. Paciente. Teria paciência para esperar o retorno de Jesus Cristo. De qualquer modo, Rick se tornou colega dele em Saigon e os dois eram... bom, eu não diria amigos, mas um respeitava o outro, sabe?

— Então ele e meu pai se encontraram em Nova Orleans.

— Parece que sim. Mas eu não sei por quê. Mas isso deixou alguém irritado, alguém que não queria vê-los juntos.

— Isso quer dizer que foi alguém que conhecia os dois. — A voz era fria, impassível.

— Eu diria até que foi alguém que os conhecia do Vietnã. Até onde eu sei, Dexter sumiu depois que voltou da guerra. Não conseguiu lidar com a situação, desapareceu. O detetive disse que ele estava vivendo nas ruas, mas evidentemente tinha uma fonte de renda, pois estava saudável e bem nutrido.

— A família dele provavelmente lhe enviava dinheiro. Vou checar quem eram seus familiares. O Vinay já resolveu a situação dele?

— Não, e está muito puto.

— Não vou tocar no assunto quando conversar com ele. Quanto a esse detetive. Ele te sacou. Precisa ser tirado do caminho?

— Só se estiver pensando em contratá-lo, o que não seria uma má idéia, diga-se de passagem. Ele olhou para os meus sapatos e quis saber se eu era da Agência de Segurança Nacional ou da CIA. Ele é esperto, rápido. Não precisa de dois mais dois para chegar a quatro.

Um suspiro foi ouvido do outro lado da linha.

— Essas merdas de sapatos Gucci.

— Não pensei em comprar sapatos ruins para a ocasião.

— Então acha que deveríamos usá-lo a nosso favor?

— Desde que o recrute já.

— Pode ser que ele seja mais valioso onde está.

— Concordo. — As cidades do Golfo do México eram grandes portos de comercialização de armas. Saber quando e para onde as armas estavam indo poderia dar a seus analistas informações preciosas sobre onde a próxima guerra estouraria. Às vezes o incêndio precisava ser causado, outras não. Às vezes os carregamentos eram interceptados, outras não.

— O velório será às duas amanhã. Você vai?

— Sim, a menos que você me mande fazer alguma outra coisa.

— Com John, não dava para saber. Ele era como uma aranha, tecendo seis fios invisíveis diferentes ao mesmo tempo.

— Vai ser interessante ver quem estará por lá.

Ou seja, quem estaria observando o velório para identificar John. Uma simples fotografia dele valeria muito dinheiro para muitas pessoas e alguns governos. Existia a possibilidade também de Rick ter sido morto apenas para conseguirem colocar John em uma situação onde tivesse de aparecer em público. Mas uma fotografia dele não valeria nada no dia seguinte. McPherson conhecia John há muito tempo e provavelmente não o reconheceria no dia seguinte, mesmo que ele estivesse a seu lado.

— Vinay terá uma equipe na área?

— Eu queria mais alguém. Uma pessoa mais próxima.

E *isso* significava que John não havia descartado um serviço interno. Naquele momento, não havia descartado nada, mas a informação sobre Dex Whitlaw significava que a possibilidade de Rick ter sido simplesmente vítima de um assalto seguido de morte tinha ido por água abaixo. Como o detetive Chastain dissera, teria sido coincidência demais.

Mas John era muito calmo e observador, o que o tornava ainda mais perigoso e valioso. Ele pesava as probabilidades, as porcentagens, as possibilidades, via sombras e detalhes que passavam despercebidos para outras pessoas. Jess McPherson não confiava cegamente em muitas pessoas, mas John Medina era uma delas. Frank Vinay era outra. E Rick Medina também fazia parte dessa lista. Perdê-lo era doloroso.

— Estarei lá — ele disse bruscamente e desligou.

Marc olhou para o relógio: nove e quarenta e cinco. O pequenino corpo sobre a mesa de autópsia contava uma história de horror, de uma vida curta vivida em dor e horror. Ele checou os hospitais da região e descobriu uma lista de entradas na emergência do hospital que o deixou arrasado. O pequeno James Blake Gable já tinha sofrido dez "acidentes" só naquele ano, acidentes sérios o bastante que pediam atenção médica. Os Gable procuraram não chamar a atenção indo a diferentes hospitais. Um dos médicos deveria ter notado os sinais de agressão constante, mas isso não ocorreu.

E quanto às famílias? Será que os familiares de nenhum dos lados perceberam que havia algo de errado? Não notaram que o neto deles estava sendo lentamente assassinado ou que a Sra. Gable havia mudado? É claro que perceberam. O que Marc não compreendia era como eles tinham permitido que aquilo continuasse, ignorando os fatos, provavelmente na esperança de que as coisas melhorariam. Bem, as coisas não melhorariam, a menos que alguém interviesse. Agora era tarde demais para o garoto e Marc tinha a sensação de que o tempo da Sra. Gable também estava chegando ao fim.

Mais uma vez olhou para o relógio. Apesar de tudo que estava enfrentando naquele momento, precisava telefonar para Karen. O desejo de falar com ela lhe apertava o estômago, deixava-o irritado. Não estava apenas preocupado em resolver a situação entre eles, mas sentia-se estranho, inquieto.

Não conversava com ela havia mais de vinte e quatro horas e, de repente, sentiu que era tempo demais. Queria saber se ela estava bem, dizer como se sentia, pedir para que ela, de alguma forma, voltasse a Nova Orleans. Talvez tivesse sido porque a CIA, por meio do Sr. McPherson, veio xeretar depois que Shannon enviou o pedido sobre informações a respeito de Medina. Todos os detalhes do assassinato de Dexter Whitlaw pareceram-lhe incomuns — a organização do ataque, a ausência de sons, que indicava que silenciadores haviam sido usados, a pistola cara que Whitlaw possuía — e se tornaram ainda mais curiosos quando unidos à informação de que ele conhecia a outra vítima assassinada, que trabalhava para a CIA. Um simples assassinato na rua havia se tornado complexo demais.

Não, não era nada daquilo. Tentou prestar atenção à autópsia, mas a tensão que sentia não desaparecia. Assim que o exame terminasse, ele telefonaria para ela. Já devia ter telefonado. Não precisava se acalmar. Precisava, na verdade, conversar com ela. Cometera dois erros, pensou. O primeiro tinha sido deixá-la sozinha na véspera, pela manhã, e o segundo era não ter telefonado até conseguir falar com ela, e não com a secretária eletrônica.

Seu rádio o chamou. O Dr. Pargannas olhou para ele e o repreendeu por ter interrompido. Marc recebeu a informação de uma suspeita de assassinato na região de Garden District. O endereço lhe era muito familiar.

— Ah, merda! O filho-da-puta matou a esposa! — ele disse ao sair correndo da sala de autópsia.

A derrota deixava um gosto amargo em sua boca. Temera que aquilo acontecesse. Ficara preso entre a necessidade de fazer tudo corretamente para que o desgraçado não escapasse ileso e a necessidade de correr, de fazer algo *urgentemente*. Dentro de mais duas horas, teria uma ordem de prisão expedida e o Sr. Gable seria preso. Mas para a Sra. Gable duas horas era tarde demais.

Quando chegou à casa, a rua ampla e repleta de árvores estava tomada por viaturas da polícia. O calor e a umidade o envolviam como se fossem um cobertor conforme ele subia a calçada e entrava na elegante casa de pé-direito alto. Estava cego de fúria e impotência, mas deixou tais sentimentos de lado para poder fazer seu trabalho — mesmo que já fosse tarde para a Sra. Gable.

— Onde? — ele perguntou para uma policial.

— No andar de cima. — A mulher parecia perturbada.

Ele subiu a escadaria ampla e espiralada e entrou em um dos quartos. O cômodo era enorme, cerca de vinte metros quadrados, e decorado com a visão hollywoodiana da realeza européia. A cama grande era coberta com um cortinado branco que caía do teto. Espelhos decorados e pinturas a óleo originais decoravam as paredes e a mobília era organizada em duas áreas formais. Grandes vasos de alabastro traziam ramos de íris que combinavam com as cores do quarto, que eram branco e dourado com toques de salmão e azul. Uma nova cor havia sido misturada à decoração recentemente: vermelho.

Muito vermelho. Vermelho espirrado, vermelho empoçado, vermelho que já se tornava marrom à medida que secava.

A Sra. Gable estava sentada em um dos sofás. Não tinha mais a parte de trás da cabeça. Não caiu, simplesmente recostou-se nas almofadas, como se agora pudesse descansar. Seus olhos estavam arregalados, vazios. A morte não era pacífica, simplesmente não era nada. Tudo terminado. Sem surpresas, sem esperança, sem medo. Nada.

Ela usava uma camisola branca de seda e um penhoar curto. Transparente. Sexy. Marc agachou-se diante dela, analisando os hematomas em seu pescoço que vira na véspera, além de outras marcas. Havia uma pequena marca arroxeada em seu seio, na parte superior, o tipo de marcas que os amantes deixam um no outro. Suspeitava que a autópsia indicaria que a Sra. Gable havia feito sexo pouco antes de morrer. O desgraçado provavelmente pensou que fazer amor com ela, tratá-la bem para variar, faria com que ela se calasse a respeito de como o filhinho deles havia morrido.

Talvez aquela tivesse sido a razão para o fim, o fato de ele ter matado o filho e a procurado para transar. Talvez ela tivesse planejado tudo.

Marc virou a cabeça e olhou para o corpo do Sr. Gable, ou o que havia sobrado dele, esparramado na porta do banheiro. Ela deve ter esperado até que ele estivesse prestes a entrar no chuveiro, e caminhou até o banheiro bem decorado e descarregou uma pistola toda nele. Pelo que parecia, ela recarregou a arma e continuou atirando até esvaziá-la de novo. Os restos de pedaços do corpo estavam espalhados ao redor dele. Ela teve muito cuidado na hora de escolher as partes que seriam acertadas. Depois disso ela havia recarregado a pistola mais uma vez, foi até o sofá, sentou-se, colocou o cano da arma na boca e puxou o gatilho.

Lei nem sempre significava justiça. A Sra. Gable pedira justiça pela morte do filho e a conquistou sozinha. Talvez tivesse se matado porque não seria capaz de enfrentar a prisão, ou porque não conseguiria enfrentar a vida sem seu filho — ou por ter se arrependido de ter agido tão tarde para salvá-lo.

Marc levantou-se com o semblante sério. Agora só precisava cuidar da papelada.

Karen sentou-se curvada sobre uma cama em um dos cubículos do pronto-socorro. Não sabia por que estava ali, mas sentia-se muito mal para protestar, até mesmo para se importar. Não podia entrar no apartamento; a polícia o lacrara até estarem concluídas as investigações. Ela não *queria* entrar no apartamento. Nunca mais conseguiria dormir ali de novo, mesmo depois que o sangue e a massa encefálica daquele homem fossem removidos da porta... do carpete...

Os enfermeiros insistiram que ela deveria passar por um médico, mesmo tendo dito a eles que também era enfermeira e que conseguia avaliar seus ferimentos, e para nenhum deles ela precisava ficar internada ou mesmo em repouso no pronto-socorro. Seu rosto estava marcado, seus joelhos estavam ralados, tinha um corte pequeno no pé, que não precisaria de suturas, e suas costelas doíam, provavelmente por causa da luta que travara com o invasor. Não tinha levado nenhum tiro, mas um deles fora próximo o bastante, a ponto de pedacinhos do gesso terem entrado em um de seus olhos, mas um colírio resolveu o problema.

Apesar de tudo, ela estava bem, levando em conta que o homem fez o possível para matá-la. Ela não tinha dúvidas a respeito da intenção dele. Ao perceber que ela estava no apartamento, não fugiu, o que qualquer ladrãozinho de meia-tigela teria feito. Em vez disso, ele a perseguiu, com a pistola em punho, para matá-la.

Mas por quê? Foi o que os policiais haviam perguntado, e ela também se perguntava. Arrombamentos aconteciam. Ela era mulher e vivia sozinha, um alvo fácil. Não morava ali há muito tempo; talvez o ladrão tivesse pensado que outra pessoa vivesse ali. Mas não estava à procura de objetos de valor. Cuidadosamente revistou parte por parte e devolveu tudo em seus devidos lugares. E tentou matá-la.

Dizia o velho ditado que coisas ruins acontecem em grupos de três. Dexter tinha sido assassinado. Sua antiga casa fora incendiada. E agora aquilo. Se o ditado estivesse realmente correto, sua vida a partir de então seria um mar de rosas.

Mas ela puxou o cobertor até os ombros para livrar-se do medo que não conseguia afastar e tentou esquecer o receio de que coisas ruins continuassem acontecendo. O que poderia acontecer agora?

— Srta. Whitlaw?

Era um dos detetives, em pé ao lado da cortina do cubículo. Seu apartamento estava repleto de detetives, policiais uniformizados, médicos e investigadores, uma vez que tiros dados por policiais eram automaticamente investigados. Do lado de fora do prédio, repórteres e espectadores haviam se reunido. Todas as emissoras de TV estavam representadas.

— Sim, entre — ela disse.

Ele abriu a cortina e entrou. Era um homem de meia-idade, com o rosto molhado de suor. Como ele podia estar suando? Estava frio ali, talvez o ar-condicionado estivesse ligado no máximo. Ele se sentou na única cadeira do cubículo e Karen puxou o cobertor ainda mais, tremendo.

Ele a observou com aquele olhar frio e observador de policial, como se não acreditasse em nada que lhe dissessem. Marc tinha aquele mesmo olhar, ela pensou, e desejava tanto que ele estivesse ali que seu coração chegava a doer. Nunca havia se sentido tão segura na presença de qualquer outra pessoa e naquele momento precisava de segurança.

— Detetive Suter — ele disse para se apresentar. — Pode responder a algumas perguntas?

Eles haviam colhido um breve depoimento dela no apartamento, mas como não restavam dúvidas sobre o modo como o homem tinha morrido, a importância dela para eles era como testemunha, não como suspeita. Os médicos quiseram levá-la ao hospital para examiná-la, mas logo a dispensaram e passaram a cuidar de assuntos mais importantes.

— Sim, estou bem — ela disse automaticamente.

Ele lhe lançou um olhar observador, mas não disse nada. Abriu um pequeno bloco de anotações.

— Certo. Em seu primeiro depoimento, você disse que estava no quarto quando escutou o suspeito entrar no apartamento...

— Não, ele já estava dentro. Eu não o ouvi entrar. Eu o ouvi parar na porta de meu quarto e olhar para dentro. — Ela sabia que já tinha explicado isso, e não disse que o ouvira entrar.

Ele olhou para o bloco de anotações e não fez nenhum comentário. Talvez a estivesse testando, para ver se os detalhes ainda se encaixavam.

— Mas ele não a viu?

— Não, ele não entrou no quarto. Eu estava em pé, à direita, perto da janela. A porta do quarto abre para o lado direito, por isso eu fiquei escondida e ele não me veria, a menos que entrasse no quarto.

— O que ele fez depois?

— Depois disso, ele não se importou em fazer barulho. Como não me viu, deve ter pensado que não havia ninguém em casa. Foi para a cozinha e começou a... procurar.

— Procurar? — ele repetiu a palavra.

— Foi o que me pareceu. Ele olhou dentro dos armários, porque pude escutar as gavetas e as portas sendo abertas e fechadas. Chegou a olhar até mesmo dentro da geladeira.

— Procurar pelo quê?

Ela levantou as mãos num gesto de incompreensão.

— Não sei.

— Certo, e depois?

— Ele virou as cadeiras da cozinha de pernas para o ar e olhou o fundo de todas. — Seu tom de voz deixava clara sua surpresa.

Ele anotou o que ela disse em seu pequeno bloco.

— O que você fez?

— Eu... eu pensei que não conseguiria sair do apartamento; de onde ele estava, tinha uma visão clara da porta. Eu peguei o telefone com cuidado, coloquei-o sob um travesseiro em cima da cama para abafar o som e depois liguei para a polícia.

— Muito bem — ele disse. — Os policiais responsáveis pela área estavam a um quarteirão. Não sabiam qual era o apartamento, mas o endereço foi o bastante para ajudá-los a chegar lá.

— Mas eles chegaram ao apartamento certo — ela disse, olhando para o chão. — Era de onde os tiros podiam ser ouvidos.

Ele pigarreou e disse: — Hum... sim. O que houve depois disso?

— Tentei entrar no banheiro, porque era ali que guardava meu spray para cabelo.

Ele sorriu brevemente e por um momento estava ali como homem, e não como policial.

— Muito bem. Aquilo entra no olho e arde pra diabo.

— Eu sei. Era tudo que eu tinha. — Ela engoliu em seco, tentando não se lembrar do terror de ter enfrentado um homem armado com apenas uma lata de spray para cabelo. — A porta do banheiro fez um pouco de barulho. Ele ouviu. Eu... — Ela respirou fundo antes de continuar: — Pensei que ele tivesse ouvido, pois os barulhos que vinham da cozinha cessaram. Fiquei parada ali no banheiro com a lata na mão, observando a porta para ver se ele iria até mim. Ele abriu a porta e eu espirrei o líquido no rosto dele. Empunhava uma arma — ela terminou e ficou em silêncio.

— Você o conhecia?

Ela balançou a cabeça, num gesto negativo.

— Talvez já o tenha visto por aí?

— Não.

— E o que houve depois?

— Eu o empurrei, mas ele segurou em minha camisola e nós dois caímos na cama. Mais uma vez pude espirrar o líquido nele, que me deu um soco. — Inconscientemente, Karen tocou seu rosto. — Eu acertei o nariz dele com a lata de spray. Lembro de tê-lo chutado com os dois pés... então saí da cama, engatinhei pelo chão até a porta e ele começou a atirar. — Karen ficou quieta, pensando nos detalhes, no terror, no medo.

O detetive Suter não fez mais perguntas, não a pressionou, mas ela percebeu que ele esperava pelo resto da história, pelo que aconteceu depois da chegada dos policiais. Ela esfregou a testa, tentando ordenar os detalhes.

— Saí pela porta do apartamento... os policiais estavam subindo as escadas. Quase nos chocamos. O homem saiu do apartamento e apontou a arma para mim, e os policiais atiraram. Ele não caiu. Ele... ele *riu* e atirou na minha direção mais uma vez, e os policiais atiraram nele novamente.

— Alguém disse alguma coisa?

— Os dois policiais gritaram para que ele soltasse a arma. Foi quando ele riu e disse... é... — Ela olhou para o detetive e pigarreou. Era uma situação engraçada, pois não costumava ser puritana, mas simplesmente não era capaz de dizer a palavra exata para aquele homem que tinha idade para ser seu pai. — Disse algo parecido com "vá se ferrar". E depois atirou na minha direção pela última vez.

Ele olhou para as anotações que fazia e balançou a cabeça num gesto afirmativo, como se ela houvesse confirmado algo que ele já sabia. Fechou seu bloco e o guardou dentro do bolso do blazer. — É só isso por enquanto. Onde posso encontrá-la, se precisar?

Ela olhou para ele sem nada dizer.

— Não sei — respondeu. — Vocês não vão me deixar voltar para o meu apartamento.

— Tem familiares aqui?

— Não — respondeu, sentindo um nó na garganta. — Ninguém.

— Amigos?

— Sim, mas eu não... — Piper ofereceu sua casa, sua companhia. — Talvez Piper Lloyd. Ela é enfermeira aqui no hospital também. — Deu a ele o número de telefone da amiga. — Mesmo que eu não fique na casa dela, ela vai saber onde estou. Ou pode me encontrar no hospital. Eu trabalho à noite.

Ele olhou para ela e disse: — Aposto que a senhora não vai trabalhar esta noite.

— É claro que vou — ela disse, automaticamente rejeitando a sugestão de que não estava bem para trabalhar. Por que todo mundo continuava agindo como se ela tivesse sofrido mais do que alguns hematomas e um pequeno corte?

Ele suspirou e passou a mão na nuca.

— Sra. Whitlaw, não é da minha conta, mas acho que a senhora deveria descansar um pouco. Enfrentou a situação com muita coragem. Manteve a calma, não entrou em pânico, ligou para a polícia e defendeu-se com o que tinha por perto. Mas não dormiu e entrou em uma briga, e, pode acreditar, vai começar a sentir várias dores pelo corpo. Veja só. A senhora está tremendo debaixo do cobertor, mas não está frio aqui dentro. É enfermeira. O que essa situação lhe diz?

Choque. Sua mente imediatamente fez o diagnóstico. Sua pressão sanguínea havia caído depois do pico de adrenalina que lhe permitira entrar na briga com o ladrão. Karen mostrou-se irritada.

Deveria ter percebido os sintomas e ter ficado deitada. Já era a segunda vez que não respeitava o que seu corpo lhe dizia, justamente ela, que era a melhor enfermeira no andar do centro cirúrgico no que dizia respeito a observar os pacientes e fazer uma avaliação geral de suas condições. — Tudo bem, então talvez eu não vá trabalhar esta noite. Como poderei pegar minhas coisas no apartamento?

— Faça uma lista do que precisa e pedirei que uma policial vá buscar suas coisas.

— Em quanto tempo poderei voltar para lá?

— Cerca de dois dias. Vou tentar apressar as coisas.

— Não vou conseguir voltar a viver ali.

Ele suspirou e esticou o braço como se pretendesse pousar a mão no joelho dela, mas conteve-se antes de executar tal movimento. Ela avaliou a hesitação dele como medo de ser processado.

— Não — ele disse. — Acredito que não vá conseguir mesmo.

Ouviu alguém correndo e ficou atenta; um momento depois, Piper apareceu no cubículo. Estava ofegante e com as bochechas vermelhas.

— Karen! Meu Deus, você está bem? Uma das enfermeiras do pronto-socorro telefonou para nós e avisou que você estava aqui. Você foi *assaltada*?

— Não foi bem isso.

O detetive Suter levantou. Parecia fazer um grande esforço.

— Manterei contato, Sra. Whitlaw. E vou mandar alguém buscar suas coisas.

— Obrigada. — Ela mal teve tempo de dizer antes de Piper deixar a amizade de lado e agir como enfermeira, forçando Karen a se deitar.

Ele não tinha notícias de Clancy, que era sempre rápido em dar satisfações. Hayes esperou, tornando-se cada vez mais irritado e preocupado. Por fim, telefonou para sua fonte em Columbus.

— Algo interessante aconteceu hoje?

— Ah, sim. Os mocinhos mataram um ladrão no apartamento de uma moça. Ela estava em casa e o surpreendeu, eles brigaram e ela fugiu. Dizem que ele era profissional, portava uma arma com o número de série raspado.

— Que coisa! Encontraram mais algum objeto com ele?

— Nada com ele, mas um veículo alugado foi encontrado no estacionamento e uma carteira com sua licença e seus cartões de crédito foi encontrada no porta-luvas.

Hayes desligou e tamborilou os dedos sobre a mesa. Clancy estava morto. Como aquilo poderia ter acontecido? Ele era um dos melhores homens que tinham.

Além disso, não haviam encontrado nada com ele, o que significava que não encontrou o caderno. Hayes ficou nervoso; se o caderno tivesse sido encontrado com ele, nesse momento estaria em poder da polícia, mas saberia de seu paradeiro, e *tirá-lo* das mãos da polícia seria brincadeira de criança.

Karen Whitlaw começava a deixá-lo preocupado. Já era a segunda vez que as coisas davam errado. Da primeira, tinha sido um erro lógico, mas agora ele se perguntava *por que* ela se mudara. Para dificultar sua localização? O que seu pai havia lhe contado?

Hayes preferia encontrar o caderno sem matar a mulher. Mas era claro que ela era a única pessoa que conhecia o paradeiro do caderno. Se não conseguisse encontrá-lo, obviamente teria de se livrar dela.

# 15

— Veja que problema, Raymond — o Senador Lake disse. O homem corpulento e de cabelos grisalhos balançava a cabeça, concordando. Estavam sentados na sala de estar da casa do senador em Washington, tomando o café-da-manhã. Raymond havia pegado um vôo que partira tarde de Minneápolis no dia anterior e chegara a Washington depois da meia-noite. O senador deixou ordens para que ele dormisse bem, a fim de que os dois pudessem conversar pela manhã.

O senador, na opinião de Raymond, tinha se atrasado; dormira até as oito. Naquele momento eram dez e meia e o sol brilhava forte.

— Tive minhas dúvidas acerca do modo como Hayes conduziu a situação de Medina — ele disse lentamente — e agora parece que mentiu para me convencer a fazer as coisas como ele queria. Não consigo imaginar nenhum outro motivo para Frank Vinay negar que soubesse da morte de Medina, se já sabia, ou para dizer que Medina não tinha família se, na verdade, tinha. Eu não estava pedindo informações sigilosas e *sou* o presidente do Comitê de Inteligência do Senado.

— Hayes deve ter seus planos — Raymond disse, franzindo o cenho enquanto pensava. Ele parecia um boxeador depois de uma luta difícil, mas havia uma mente rápida por trás daquele rosto cansado.

— Foi o que pensei. Talvez ele esteja reunindo informações para poder me chantagear depois. Whitlaw pode ter lhe dado essa idéia. — O lado bom daquilo, o senador pensou, era que provava que os homens de Hayes não haviam encontrado o caderno. Se Hayes estivesse com ele, não precisaria de nenhum outro meio de chantagem.

— Você sabe o que eu penso sobre pontos sem nós. — Raymond balançou a cabeça. — São perigosos. Você não usa as pessoas em quem não pode confiar. Você disse que Hayes usou pessoas que você não conhecia para cuidar de Medina?

— Sim. Ele jurou que eles não sabiam nada sobre mim, que pensaram que ele era o cabeça, mas se mentiu em algum ponto, nada do que diz é confiável.

— Consiga os nomes com ele — Raymond disse. — Vou cuidar disso.

Raymond sempre cuidava das coisas. O Senador Lake conseguia se lembrar que, desde criança, escutava o homenzarrão dizer a seu pai "Vou cuidar disso", e este sempre sorria e concordava, e pronto. Era reconfortante escutar a mesma coisa agora, saber que seus negócios estavam sendo cuidados por alguém a quem poderia confiar a própria vida.

— Você tem o endereço de Hayes?

— Sim, é claro. — O senador fizera questão de descobrir. No entanto, não o anotara em seu caderno de endereços nem pediu que a secretária o adicionasse aos arquivos do computador. Não, qualquer coisa que tivesse a ver com Hayes era arquivada apenas em sua mente. Ele conhecia muito bem a capacidade da tecnologia atual para confiar que alguma informação contida em seu computador ficaria fora do alcance de outras pessoas, e apesar de tomar as medidas de segurança que se faziam necessárias, não acreditava que seu sistema fosse inviolável. Se não estivesse arquivado, então não seria acessível; era assim que mantinha as informações em segurança. Disse o endereço a Raymond, que o memorizou sussurrando o que acabara de escutar.

— Vou começar agora — Raymond disse e o senador sabia que tudo ficaria bem.

— Tem certeza de que está bem? — Piper perguntou pela décima vez enquanto ela e Karen atravessavam o estacionamento do hospital e chegavam ao carro. Havia um estacionamento privativo, mas era reservado a médicos e funcionários da administração, para que não se molhassem nem tivessem de caminhar muito. As enfermeiras e outros "peões", que gozavam de boa saúde e não eram alérgicos a água, tinham de utilizar o estacionamento que ficava meio quarteirão distante do hospital.

Karen semicerrou os olhos sob o sol da tarde e desejou estar com seus óculos escuros.

— Estou bem — ela respondeu, pela décima vez. Piper insistira em levar Karen para sua casa. Diversos colegas e amigos tinham ido ao pronto-socorro para vê-la. Fizeram compressas de gelo em seus hematomas, o corte em seu pé foi desinfetado, depois coberto por um curativo, e ela foi forçada a ficar deitada por várias horas enquanto todos lhe serviam alimentos e sucos de fruta. Não se sentia mais em choque, apenas cansada e nervosa.

Piper levava a bolsa dela e não permitiu que Karen a levantasse para poupar suas costelas doloridas. O detetive Suter agira com rapidez a fim de que seus pertences lhe fossem entregues, e Karen sentiu-se muito grata. A opção até a chegada de suas roupas era vestir sua camisola cheia de sangue ou a do hospital. Ela acabou se decidindo pela do hospital, mas com poucos pontos de vantagem. Naquele momento estava confortavelmente vestida com o uniforme básico de todos os norte-americanos: jeans, camiseta e tênis.

— Está quente demais para cozinhar — Piper disse. — Vamos comprar alguma coisa na rua e levar para casa. O que você prefere? Comida mexicana ou comida mexicana?

— Não sei... Acho que prefiro comida mexicana.

— Boa idéia. Prefere ir ao Taco Pete's ou ao...

Um carro saiu de uma das vagas do estacionamento e seguiu pelo corredor diretamente na direção delas. Karen parou de prestar atenção ao que Piper dizia e olhou para o carro. Um homem, provavelmente um dos funcionários da manutenção, estava dirigindo um Pontiac bege e velho. Mas ele estava indo rápido demais, e ela empurrou Piper para o lado para que ele tivesse mais espaço para passar.

Se não tivesse sido atacada naquele mesmo dia dentro de sua própria casa, provavelmente não teria prestado muita atenção ao carro, mas estava nervosa, ainda muito assustada pelo que acontecera na tranqüilidade de seu lar. Não se sentia segura. E, assim, observou o carro, viu que ele ganhava velocidade ao descer a pista do estacionamento.

O motorista usava óculos escuros. Ela o viu claramente através do pára-brisa enquanto o carro passava por elas, e teve a impressão de que ele estava olhando para ela.

Piper parou de falar sobre os restaurantes mexicanos e disse:

— Ele está indo muito rápido.

Os finos pêlos dos braços de Karen se arrepiaram. Ela parou, olhando para o motorista. Mais perto, mais perto. Ele acelerou e o carro voou na direção das duas amigas. Karen virou-se e empurrou Piper para um espaço entre dois carros estacionados. Houve uma batida forte. As duas caíram no chão, machucando-se no asfalto.

Piper sob Karen e a bolsa presa entre as duas. O carro ao lado delas chacoalhou violentamente quando foi atingido e girou, com o lado de trás virado para elas. A parte da frente do carro atingiu o automóvel do outro lado dele e foi para trás, parando com o pneu traseiro a dois centímetros da cabeça de Piper.

Pneus cantaram no estacionamento. Alguém gritou e elas ouviram uma pessoa correndo. Novamente os pneus cantaram e ouviu-se o som de um motor de automóvel cada vez mais distante.

Assustada, Karen sentou-se. Já estava dolorida e o novo acidente apenas piorou seus ferimentos. As mãos sangravam devido ao atrito com o asfalto e seu joelho latejava.

Piper também se sentou, com a mão na cabeça. Recostou-se em um pneu e olhou para Karen.

— Você está bem? — as duas perguntaram ao mesmo tempo.

Olharam uma para a outra e responderam: — Sim.

— E você? — Karen perguntou.

— Pelo amor de Deus! Aquele carro quase nos atropelou!

— Vocês duas estão bem? — Outra enfermeira praticamente pulou a cerca para chegar a elas. — O cara nem parou! — Ela ajoelhou-se ao lado delas, tirando objetos dos bolsos de seu avental. Seu crachá indicava que seu nome era Angela e o pequeno coala preso ao seu estetoscópio com patas de velcro revelava que ela trabalhava na pediatria.

A maioria das enfermeiras do primeiro turno já havia saído; Piper estava ali ainda porque ficara com Karen no pronto-socorro. Mas ainda havia algumas pessoas por perto, que se aproximaram.

— Vá buscar duas macas da emergência — Angela pediu a um funcionário da manutenção, com a voz calma e séria.

— Estamos bem — Karen e Piper disseram em uníssono.

— Não sejam tolas. As duas precisam ser examinadas. Vocês sabem que às vezes as pessoas não conseguem saber se estão feridas ou não, devido ao choque. Só percebem alguma coisa horas depois. — Angela seria uma boa general. Talvez agisse daquele jeito por lidar com crianças o dia todo.

— Tome — outra enfermeira disse, abrindo um pacote com lenços anti-sépticos, que entregou a Angela.

— Há mais lenços destes? — Angela perguntou, segurando as mãos de Karen e limpando as palmas que sangravam e estavam em carne viva.

— Não. Apenas um. Vamos ver. — A segunda enfermeira colocou a mão no bolso. — Tenho gaze, mas é só. — Ela passou sobre a traseira do carro, já que ele estava posicionado com a traseira quase encostada no carro ao lado. Karen e Piper estavam sentadas no espaço com formato em V entre os dois carros, com Piper no espaço mais amplo. A enfermeira ajoelhou-se ao lado de Piper e apertou uma gaze no corte que havia sido aberto em sua testa, que estava inchado e sangrando. — Alguém precisa chamar a polícia — ela disse. — O idiota quase atropelou vocês e ainda fugiu. Os donos desses dois carros vão precisar de um boletim de ocorrência para acionar as seguradoras.

— Estou com meu celular. Vou telefonar.

Dentro de minutos, o estacionamento estava repleto de funcionários do hospital, os médicos que estavam por perto no momento, outro do pronto-socorro e duas enfermeiras. As macas foram trazidas, apesar dos protestos das duas feridas. Piper tentou levantar-se e voltou a sentar-se no chão, dizendo: — Devo ter torcido meu tornozelo. Acho que vou precisar dessa maca mesmo, a menos que alguém aqui queira me dar um par de muletas.

Uma viatura entrou no estacionamento e todos contaram o que tinham visto aos policiais. O funcionário da manutenção comentou: — O carro não tinha placas. Olhei bem quando ele estava saindo do estacionamento, pois era óbvio, naquele momento, que não ia prestar socorro.

Ninguém o reconheceu, mas o hospital era grande; era impossível que todos ali conhecessem todo mundo. E, como não havia segurança no estacionamento, qualquer um que quisesse conseguiria ficar ali, independentemente de ser funcionário do hospital. Todos os carros tinham de ter identificação, mas ninguém checava, por isso não fazia diferença.

Angela disse: — Eu estava logo ali. Pelo que vi, me pareceu que ele *tentou* atropelá-las. — Ela não especulou se o motorista poderia estar bêbado, mas muitas das pessoas ali fizeram comentários desse tipo.

Karen tinha outra opinião. Quando pôde, disse a um dos policiais: —Agradeceria se o senhor informasse ao detetive Suter o que aconteceu.

Ele lançou-lhe um olhar que queria dizer "caia na real", e ela continuou:

— Esta é a segunda vez somente hoje que alguém tenta me matar. Acredito que o senhor esteja sabendo o que ocorreu esta manhã, quando dois policiais atiraram e mataram um ladrão. Isso aconteceu no meu apartamento.

Rapidamente o policial ficou sério.

—Acha que foi proposital?

— Tenho certeza. Ele veio em nossa direção. — Tentou controlar-se, mas tremia de ódio por dentro. O motorista não estava preocupado se Piper seria ferida ou morta também. Qualquer pessoa que estivesse com Karen seria atingida.

Não sabia quando chegara à conclusão de que alguém estava tentando matá-la... talvez quando caiu entre os dois carros, e ouviu o barulho da batida. Mas não era idiota nem paranóica. Por mais incrível que parecesse, alguém realmente desejava matá-la.

O detetive Suter batia seu bloco de anotações contra o joelho. Karen ficou sentada em silêncio após dizer tudo o que precisava.

Contara sobre o assassinato do pai e o incêndio de sua antiga casa. Tais fatos, somados aos dois incidentes do mesmo dia, deixariam qualquer pessoa preocupada.

O tornozelo de Piper foi radiografado e revelou uma luxação. Não foi preciso engessá-lo, mas foi devidamente imobilizado, e ela recebeu ordens de ficar sem trabalhar durante uma semana. Os ferimentos de Karen foram limpos e cobertos, mas ela foi liberada. Mas não tinha para onde ir.

— Sra. Whitlaw — o detetive Suter disse lentamente, escolhendo bem as palavras para não ofendê-la —, a senhora teve um dia muito complicado. Qualquer pessoa que passasse pelo que a senhora passou poderia pensar que existe uma conspiração armada. Sinto muito por seu pai, mas, pelo que me disse, ele estava vivendo nas ruas e crimes desse tipo são muito comuns. Quanto ao incêndio... — Ele parecia descrente. — Como pode relacioná-lo a tudo o que ocorreu?

— Olhei na lista de assinantes. As atualizações só são feitas em dezembro. Meu endereço ainda consta como o da casa que foi incendiada.

— Mesmo assim...

Karen inclinou-se.

— Alguém sabia que eu ainda estava no hospital esta tarde, que eu ia para a casa de Piper. Por qual outro motivo teria esperado no estacionamento? Eu trabalho à noite. Normalmente não estaria aqui nesse horário do dia. *O senhor* sabia que eu ia para a casa de Piper, porque estava aqui quando ela me convidou. Quem mais sabia?

O rosto do detetive ficou sério e sem reação. Ele disse vagarosamente: — Estou entendendo o que quer dizer. Espero que não esteja me acusando de nada.

Karen não confiava completamente no detetive, mas não dissera isso. Pensava que ele era um policial direito e honesto, e por isso pedira para que o chamassem, mas naquele momento não queria descartar nenhuma hipótese.

— Seu paradeiro não era um segredo — ele disse lentamente. — Várias pessoas perguntaram sobre a senhora, e eu disse a elas que a senhora estava bem e que ia para casa com uma das enfermeiras quando o turno dela chegasse ao fim. Além disso, talvez alguém tenha telefonado para o hospital e perguntado.

— Apenas o boletim médico seria dado, não o que eu pretendia fazer à noite.

Ele não parecia contente.

— Sra. Whitlaw, analisando as coisas dessa maneira, concordo que há algo estranho acontecendo. Mas por que alguém desejaria matá-la? A senhora deve muito dinheiro a alguém? Testemunhou algo que não deveria? Conhece algum segredo terrível?

Karen respondeu negativamente a todas as perguntas.

— Não, nada disso. *Não sei* por que alguém gostaria de me ver morta, mas tudo indica que alguém está pretendendo me matar. E aquele homem que tentou me atropelar não estava preocupado se Piper também seria morta. Meus amigos estão correndo perigo, detetive. Não vou conseguir ficar perto de ninguém sem temer o tempo todo que essa pessoa possa morrer em um incêndio ou ser baleada no meu lugar. O que devo fazer?

— Não sei. — Ele virou o bloco nas mãos diversas vezes. — Não posso ajudar. Não posso sequer pedir uma investigação, porque não há nada acontecendo. A única pessoa morta é o homem que invadiu seu apartamento. Se encontrarmos um Pontiac bege, sem placas e com marcas de batidas, poderemos prender o dono do carro por ter fugido sem prestar socorro, mas é só. Não por tentativa de assassinato. Não sei o que lhe dizer, mas posso aconselhá-la a tirar uma licença e ir para um local seguro. Não conte a ninguém para onde vai.

Uma licença?, ela suspirou. No hospital, era impossível pedir afastamento, a menos que fosse por problemas de saúde. A administração lhe concederia o afastamento, mas não havia como saber se quando ela retornasse seu emprego continuaria à disposição. Também teria de ser um afastamento não-remunerado, o que acabaria com suas economias. Por causa da apólice de seguro de vida da mãe e o dinheiro que sobrara da venda da casa, sua conta bancária estava mais gorda do que nunca, mas não podia simplesmente parar de trabalhar.

— Pense nisso — o detetive Suter disse.

Dessa vez, Karen caminhou sozinha até o estacionamento para pegar o carro de Piper e poder buscar a amiga no pronto-socorro. Já era quase noite, o céu escurecia, mas as luzes da rua já estavam acesas. Poderia ter pedido que um dos funcionários da manutenção ou mesmo outra enfermeira a acompanhasse até o carro, mas, depois do quase atropelamento, não queria arriscar a vida de mais ninguém.

Toda aquela situação mais parecia um filme de terror, com o perigo sempre à espreita, e ela não sabia o que aconteceria ou por que era o alvo.

Fugir. Era o que o detetive Suter queria que ela fizesse. Esconder-se. Mas se não sabia do que estava se escondendo, como saberia quando poderia sair do esconderijo?

Tudo parecia relacionado. Tudo. Do assassinato do pai aos dois ataques no mesmo dia, tudo parecia ter ocorrido pelo mesmo motivo.

Estava cansada, exausta demais para pensar com clareza. Certamente, quando estivesse descansada, conseguiria analisar a situação com mais facilidade. Mas tinha dormido muito pouco em dois dias e o choque daquele dia fora demais para seu sistema nervoso.

No entanto, conseguia pensar com clareza suficiente para saber que não podia ir para a casa de Piper. Sua consciência lhe pesava, pois Piper estava usando muletas e precisava de cuidados. Mas a presença de Karen trazia perigo e estava cansada demais para conseguir manter-se acordada e alerta.

Por outro lado, Piper também não podia ir para casa, pois *ele* soubera que Karen planejava ir para a casa da amiga. Por ter falhado uma vez, o mais lógico era que ele tentasse pegá-la na casa de Piper. Talvez já estivesse lá dentro, esperando por elas.

Ela estremeceu ao imaginar-se entrando em uma casa escura e encontrar um desconhecido armado.

Um motel era um bom lugar. Apenas por uma noite, para as duas. Piper não era tola, compreenderia que o mais inteligente a se fazer seria evitar voltar para casa. No dia seguinte... bem, no dia seguinte pensaria em algo a fazer. Piper tinha uma irmã com quem podia ficar durante alguns dias.

E Karen sabia para onde deveria ir. Se precisava se esconder, então se esconderia em um lugar onde adoraria estar. Iria para Nova Orleans. Iria para Marc. Só esperava estar viva até lá.

Marc desligou o telefone, carrancudo. Karen ainda não estava em casa. Ele já havia ligado duas vezes, apesar de ainda estar irritado, porque, depois da piscina de sangue que viu em Garden District, conversar com ela de repente pareceu mais importante do que se acalmar. Mesmo bravo, ela precisava saber que ele se importava o bastante para entrar em contato. Tentando não assustá-la, pensou, cometera o erro de não lhe dizer que ela era muito mais importante do que uma noite sob os lençóis. Geralmente não era tão idiota nos casos amorosos, mas...

Passou a mão pelo rosto. A palavra de ordem antigamente era *caso*. Agora, a ênfase era dada a outra palavra.

*Amor.* Nunca havia se apaixonado antes. Importara-se com algumas de suas ex-namoradas, mas nunca havia sentido tanta fascinação e obsessão por uma mulher. Estava apaixonado e assustado por isso. E se fizesse a coisa errada? Parecia caminhar em uma delicada corda-bamba, tentando não agir com muita intensidade a ponto de assustá-la e controlar-se demais a ponto de ela pensar que ele não se importava.

Pensou que estava na hora de esquecer essa preocupação. A partir daquele momento, passaria a agir conforme sua intuição mandasse, fazendo com que ela e todas as pessoas conhecessem suas intenções. O desejo primitivo de marcar território ia além do lado físico; fazer amor com ela era incrível, mas ele queria todos os elos legais, queria colocar uma aliança no dedo dela para que todos vissem.

Mas onde ela estava?

Se conhecia Karen, ela havia trabalhado na véspera à noite sem se importar com o fato de ter dormido muito pouco na noite anterior, de ter corrido para o aeroporto arrastando sua mala consigo. Ele não havia ligado antes por ter imaginado que ela estaria dormindo, mas agora já deveria estar acordada. Já era noite e o Quarter estava repleto de turistas à procura de boa comida, música animada, boates e tudo o mais que estava à disposição.

Lembrou que ela não tinha o telefone de sua casa, e não conseguiria encontrá-lo na central telefônica, pois não constava da lista. Telefonou novamente para a casa dela e deixou um recado, passando-lhe o número e encerrando a mensagem dizendo: "Me liga, querida. Ligue assim que chegar em casa."

Ela tinha o número da caixa postal dele. Só para ter a certeza de que ela não havia telefonado, teclou alguns números e escutou as mensagens. Havia duas, a primeira de um maluco tentando ganhar uns pontos passando-lhe informações que ele já havia recebido dois dias antes, e a segunda era de Karen. Seu coração bateu descompassado ao escutar a voz dela:

— Aqui é Karen. Tem alguém tentando me matar. Vou pegar o vôo 1621 da American e chegarei às dez e meia.

Todos os pêlos de seu corpo se eriçaram. Xingando, suado, Marc esperou para ver se havia mais alguma parte na mensagem, com informações sobre onde poderia encontrá-la até o dia seguinte, mas não ouviu mais nada depois.

*Que merda!* Ele ficou em pé e lentamente caminhou pela sala de estar, pensando. Aquilo tinha de estar relacionado ao pai dela e também ao assassinato de Medina. Mas como? Por quê? As balas tiradas do corpo de Rick Medina revelaram que não eram as mesmas da arma que matara Dexter Whitlaw, mas só porque não tinham sido mortos com a mesma arma não significava que os assassinatos não guardassem relação. Sua intuição de policial, aguçada pelos anos de serviço, lhe dizia que Karen corria perigo pelo mesmo motivo que resultara no assassinato de seu pai. O problema era que ele não sabia que motivo era esse, quem estava por trás dele, e Karen certamente estava se escondendo em algum lugar e não sabia como entrar em contato com ela.

— Que merda — ele sussurrou, pegando o telefone mais uma vez. Precisava passar algumas instruções a Shannon.

O único lugar disponível no vôo era na janela, na última fileira. Karen olhou para a parte azul do Lago Pontchartrain e a parte marrom do Rio Mississippi, com Nova Orleans entre eles. Tudo começara ali, com Dexter. Mesmo que Marc não estivesse interessado nela, ainda assim ajudaria, porque ele era um bom policial e Dexter havia sido assassinado em sua região.

Ela ainda não havia conversado com ele. Ao telefonar de um orelhão na noite anterior, mais uma vez sua ligação caíra na caixa postal. Deixara uma mensagem que ia diretamente ao ponto: "Aqui é Karen. Tem alguém tentando me matar." Então passou o número do vôo e estava cansada demais para pensar em algo mais para dizer, por isso desligou.

Talvez ir até Marc não fosse uma idéia muito inteligente, mas ele era a única pessoa em quem ela conseguia pensar que ajudaria, e certamente estaria mais segura em Nova Orleans do que em Columbus. Teve de usar seu nome verdadeiro para fazer a reserva no vôo, uma vez que os passageiros agora tinham de apresentar um documento com foto para comprar passagens. Se seu perseguidor tivesse experiência, contatos e dinheiro, conseguiria acompanhar seus movimentos em Nova Orleans, mas, quando chegasse, planejava hospedar-se em um hotel com nome falso e pagar em dinheiro, para que não houvesse papel ou qualquer rastro eletrônico que ele pudesse seguir. Nova Orleans era uma cidade grande, uma cidade turística, com milhares de turistas todas as semanas, e muitos hotéis e motéis para receber tantos visitantes. Conseguiria se esconder com facilidade.

Ela pensou, depois de ter dormido um pouco e conseguir voltar a pensar racionalmente, que poderia simplesmente ter continuado em Columbus sob as mesmas condições. Mas Columbus era um lugar mais perigoso, porque as pessoas a conheciam e poderiam, se alguém perguntasse, dizer: "Ah, sim, eu a vi há alguns dias. Estava no supermercado tal na rua tal." Muitas pessoas já haviam passado pelo hospital e se lembravam dela. Pessoas desconhecidas sempre conversavam com ela, contando sobre suas idas ao hospital, e, embora ela se mostrasse sempre simpática, raramente se lembrava delas.

Não queria ficar em Columbus. Queria ficar em Nova Orleans, com o ar quente e o calor da estranheza casual e alegre. E por isso estava ali, mesmo sem ter a menor idéia se Marc estaria no aeroporto nem que tipo de recepção ele lhe daria mesmo que *estivesse* ali. Se não estivesse, ela pegaria um táxi até o centro da cidade. Ele trabalhava, e muito. Simplesmente porque reservara algum tempo para ficar com ela antes não significava que poderia, ou tentaria, fazer o mesmo outra vez.

O avião aterrissou com um leve toque no solo e taxiou até o terminal. Assim que o avião parou, os passageiros ignoraram as instruções para que ficassem sentados até o sinal de prender os cintos ser apagado e lotaram o estreito corredor, tirando suas bolsas dos compartimentos de bagagem ou de sob as poltronas. Karen permaneceu sentada; a parte traseira do avião era sempre a última a ser esvaziada. E ela estava na última fileira. Só poderia esticar as pernas se ficasse em pé, pois teria de esperar muito tempo até poder sair.

Mas logo a fila começou a andar e a aeronave foi esvaziada rapidamente. Karen saiu do assento apertado, fazendo careta de dor por causa das costelas e do joelho doloridos e das mãos feridas. Sentia dor no corpo todo. Naquela manhã, ela e Piper haviam trocado os curativos uma da outra e se despedido, rindo e chorando ao mesmo tempo. Piper recusara-se a acreditar na idéia de que alguém estava tentando matar Karen, mas, quanto mais pensava, mais preocupada ficava, e por fim concordou que a atitude mais segura que a amiga poderia tomar era sair dali.

Piper tinha razão quando disse que, com as mãos enfaixadas, as pessoas logo se prontificariam a ajudá-la a pegar sua bolsa.

Apesar de sua bagagem se limitar ao que o policial havia reunido, quando Karen finalmente saiu do avião e sentiu o calor e a umidade, percebeu que estava mais adequadamente vestida para o clima de Nova Orleans do que da primeira vez. Naquele momento levava em sua mala duas calças jeans, uma saia florida leve que ia até à metade do tornozelo, três blusinhas brancas de algodão, alguns pares de meia e roupas íntimas, tênis e um par de sandálias. Ela estava usando a saia e as sandálias e sentia-se muito mais confortável.

Marc a agarrou assim que ela pôs os pés no terminal. Não havia outra palavra que descrevesse sua ação. Colocou a mão em sua nuca, fazendo-a parar, e perguntou com controlada violência:

— Que *diabos* está acontecendo?

# 16

Ele ainda estava bravo, Karen pensou. Não, *bravo* não era a palavra certa, ele estava furioso, com os olhos fixos, os lábios tensos, pálido ao redor dos olhos e do nariz. Ela estava tão feliz por vê-lo que fechou os olhos quando um suspiro de alívio brotou de seus pulmões.

— Olá — ela disse, outra palavra inadequada.

Depois disso, caiu nos braços dele. Marc tomou cuidado ao tocá-la, como se tivesse medo de feri-la. Ela sentiu o coração dele bater contra seu rosto, respirando sobre seus cabelos, o volume de seu revólver preso à cintura, e era tão maravilhoso ficar naquele abraço que a interrupção da solidão era quase dolorosa. Nunca havia sentido tal ligação com mais ninguém, a certeza quando seus corpos se uniam, aquela sensação pura e deliciosa de familiaridade.

— Você está péssima — ele disse, a frase sincera tão distante de sua costumeira gentileza que ela pensou que ele estava furioso. Mas realmente não estava nada bem: mancava, tinha as duas mãos enfaixadas, um hematoma no rosto e aquela aparência abatida de quem havia dormido pouco e se estressado muito.

— Ontem foi um dia cheio.

— Tem algum machucado que não está visível? — O modo de falar era tenso.

— Estou com as costelas doloridas, mas não as fraturei.

Ele sussurrou um palavrão.

— Vamos sair daqui? Tem alguma mala?

— Uma.

— Precisa de uma cadeira de rodas?

Levantou a cabeça e lançou-lhe um olhar assustado.

— Não! Isso me deixaria em evidência. Meu joelho está doendo, mas posso andar perfeitamente. Vamos pegar minha mala e sair daqui.

Seu rosto não parecia ter relaxado, continuava rígido, mas ele andou devagar para acompanhar o modo mais lento de ela caminhar, abraçando-a pela cintura, como se acreditasse que precisava de apoio. Quanto mais ela caminhava, melhor o joelho ficava, e não mancava se andasse devagar.

Karen disse: — Se alguém tiver como saber, quanto tempo levaria para descobrir que eu vim para cá?

— Se alguém tivesse como saber, poderia ter mandado alguém aqui para te esperar. — Ele olhou à sua volta, em tom ameaçador.

Ela parou, com o coração aos pulos, em pânico. — Saia de perto de mim — disse com resolução. — Se ficar comigo, também estará em perigo.

Ele virou-se para ela.

— Você vai comigo — disse, nervoso — nem que eu precise pegá-la no colo e carregá-la. *Aí, sim,* você vai ficar em evidência. — Marc segurou o braço dela e a direcionou à escada rolante. — Depois de receber sua mensagem, tomei precauções. Não estou sozinho aqui.

Ela decidiu não insistir. Pelo que conseguia perceber, a raiva dos últimos dias não havia passado. Ele parecia perigoso, olhando as pessoas ao redor com seriedade, e ela suspeitou que ele gostaria de ter a chance de extravasar sua raiva em alguém.

Sair do avião levara tanto tempo que as bagagens já estavam sendo descarregadas. Após alguns minutos, a esteira trouxe a mala dela; ela apontou e Marc a pegou.

Ele estacionou no meio-fio. Outro carro estava atrás do dele e um jovem negro esbelto e bonito estava em pé na calçada a seu lado, usando óculos escuros.

— Viu alguma coisa? — Marc perguntou ao colocar a mala dela no bagageiro. Também colocou seus óculos escuros, e seu rosto parecia tenso e implacável.

— Nada de anormal. Tudo calmo como em um convento.

— Ótimo. Karen, este é Antonio Shannon. Antonio, Karen Whitlaw.

— Prazer em conhecê-lo — Karen disse. — Você também é detetive?

— Sim, senhora. — Shannon sorriu para ela. Assim como Marc, trajava um blazer, apesar do calor.

Marc abriu a porta do passageiro e a direcionou para dentro, com a mão pousada na parte baixa de suas costas. O toque era tão familiar, tão possessivo, que ela estremeceu.

— Vou observá-los e certificar-me de que não estão sendo seguidos — Shannon disse disfarçadamente para Marc.

— Obrigado. Chamei o McPherson, mas estou direcionando tudo para você, a fim de que não haja conexão direta para a minha casa ou para meu telefone residencial.

Shannon concordou.

— Entendi. Vá, cuide dela. Tomarei conta de tudo.

Marc deu um tapinha no ombro de Shannon como forma de agradecimento e sentou ao volante. Ao partir com o carro, olhou no espelho retrovisor e viu Shannon fazer o mesmo, mantendo-se afastado o bastante para perceber se alguém tentasse seguir Marc.

Shannon tinha boa intuição, talvez resultado de seu treinamento militar, ou talvez por ser naturalmente esperto.

Karen pigarreou.

— O detetive Shannon é seu parceiro?

— Os detetives em Nova Orleans não trabalham em duplas. Mas ele trabalhou comigo no caso de seu pai e nos damos bem. Confio nele.

— Quem é McPherson?

— Alguém que pode nos dar informações. Agora... — falava de modo contido, mas ela ainda conseguia perceber a violência reprimida — conte-me o que aconteceu ontem.

Ela obedeceu, da forma mais calma e concisa possível. Também contou a ele sobre sua antiga casa ter sido destruída em um incêndio. Marc escutou tudo em silêncio e depois perguntou: — Sabe o nome do desgraçado que entrou em seu apartamento?

— Carl Clancy. — O detetive Suter dissera o nome do sujeito, para ver se ela o conhecia.

Ele apontou para o hematoma no rosto dela.

— Ele fez isso?

— Sim, mas as mãos e o joelho foram cortesia do outro desgraçado, o que quis me atropelar e fugiu. Na verdade, minhas mãos estão apenas arranhadas. Piper colocou esse curativo enorme nelas para que as pessoas me ajudassem com minha mala. Com as costelas doloridas, ficou difícil carregá-la.

Ele murmurou outro palavrão, algo bem chulo e original. Karen olhou para a frente sem se mexer. Se Marc estava xingando daquele jeito, era um vulcão prestes a entrar em erupção.

— Sei que parece estranho — ela disse. — Talvez eu tenha entrado em pânico sem necessidade. Mas duas vezes em um só dia me soaram algo demasiado para ser coincidência, e quando pensei no assassinato de meu pai e no incêndio da casa, eu... qual é o termo correto? Preponderância de evidências? Foi o que me pareceu. Ou estou sendo paranóica?

— Não, você não está sendo paranóica. Surgiu algo no caso de seu pai que me deixou bastante intrigado. — Ele voltou a checar o retrovisor.

— O que foi? — Ela se virou e olhou para trás. — Tem alguém nos seguindo?

— Apenas Antonio.

— Diga-me o que houve.

— Outro corpo, no Mississippi. O outro homem e seu pai se conheciam e provavelmente foram mortos ao mesmo tempo. O homem estava em um carro abandonado sob o sol quente, por isso o legista não pôde calcular o horário de sua morte tão bem quanto fez com seu pai, mas foi mais ou menos na mesma hora.

— Qual era o nome desse outro homem?

— Rick Medina. Seu pai o conheceu no Vietnã. Você já ouviu falar dele?

Ela negou.

— Ele trabalhava para a CIA.

Assustada, ela disse: — Meu pai não era da CIA.

— Eu sei, mas eles se conheciam mesmo assim. A princípio, quando soube sobre Medina, pensei que talvez ele tivesse sido o primeiro alvo e que seu pai tivesse entrado no meio. Mas agora...

Agora, com os ataques a ela, parecia que a situação havia mudado.

Ela esfregou a testa.

— Por que vir atrás de mim? Não sei de nada do que ele fez.

— Evidentemente alguém pensa diferente.

— Você acha que isso tem alguma coisa a ver com a CIA?

Ele balançou a cabeça, negando.

— Eles parecem estar tão perdidos quanto nós. Medina realizava alguns trabalhos para eles, mas não estava em nenhuma missão quando morreu. Ninguém sabe o que ele fazia ali.

— Outra informação incompleta.

— Ou uma pista. Quem se livrou do corpo de Medina o fez além da fronteira do estado, provavelmente pensando que não ligaríamos os dois crimes. O assassinato de Medina pareceu um assalto, exceto por terem deixado o carro, que valia muito dinheiro, se era o que o ladrão queria. Foi como se quisessem que ele fosse identificado sem problemas.

— Por que eles iam querer que ele fosse identificado?

— Porque queriam que alguém soubesse que ele estava morto. Quem e por quê?

— Não paramos de falar *eles*.

— Não acho que uma só pessoa poderia ter cuidado dos dois assassinatos com tanto cuidado, sem que ninguém a visse.

Então com o que estavam lidando?, Karen ficou pensando. Uma quadrilha de assassinos? Pessoas a quem ela não reconheceria, que poderiam ir até sua casa a qualquer momento, talvez usando uniforme da polícia, e matá-la quando abrisse a porta? Será que algum dia conseguiria atravessar a rua novamente sem temer que um dos carros parados no sinal arrancasse e a atropelasse?

Agora *estava* sendo paranóica, mas onde tudo aquilo terminaria?

Ela ficou tensa, percebendo que ficaram em silêncio por algum tempo e já estavam quase em Nova Orleans.

— Se não se importa, leve-me a um bom hotel que fique perto de um supermercado. Vou pagar tudo em dinheiro, por isso, se me hospedar com um nome falso, estarei segura.

Seu rosto ficou tenso e ele disse: — Vou levá-la para a minha casa.

A casa dele. Sentiu um frio na barriga, um misto de medo e desejo.

— Não posso ficar em sua casa. Se me encontrarem, você também estará em perigo.

— E se eles a encontrarem, você vai estar muito mais segura comigo do que sozinha em um quarto de hotel.

Seu sexto sentido a enviara de volta a Nova Orleans, uma necessidade aterrorizante de ficar perto de Marc, mas agora que estava ali sabia que não conseguiria viver se alguma coisa acontecesse com ele por sua causa. — Não posso correr esse risco. Se eles me encontrarem em Nova Orleans, sua casa seria o primeiro local onde procurariam, não é?

— Por que fariam isso? Ao contrário do que você pode pensar, ninguém além de nós dois sabe que passamos sua última noite aqui fodendo a valer como dois animais.

Ele disse isso tranqüilamente, com sua voz grossa tornando as palavras quase um carinho. Se pretendia deixá-la chocada, tinha conseguido. Se pretendia forçá-la a se lembrar da intimidade entre eles, também tinha conseguido. Ela sentiu seu rosto corar, um rubor que começou nos seios e foi subindo.

Tentou ignorar tanto o rubor como o comentário usando as armas que tinha.

— É você quem está investigando o caso de meu pai. É claro que eles o observariam...

— E eu gostaria que eles tentassem — ele disse, muito delicado. — Estou armado e muito puto.

Sim, ele estava mesmo — totalmente puto. Mais uma vez. Ou ainda. Ela ficou olhando pela janela sem se mexer.

Ele pegou a saída I-10 e subiu a Canal Street, desceu a Chartres e entrou à esquerda na St. Louis. Entrou na garagem e Karen conseguiu não se abaixar quando passou pela porta que se abriu a poucos centímetros do teto do carro.

— Por quanto tempo vai fingir que nada aconteceu? — ele perguntou, saindo e abrindo a porta, e depois pegou a mala no porta-malas.

Ela mordeu o lábio ao subir as escadas na frente dele. Sentiu como se estivesse sendo guiada, sem outra opção a não ser seguir na direção que ele escolhera.

— Não estou fingindo. Sei muito bem o que fiz. Você tem o direito de estar bravo e eu peço desculpas. Agi como uma idiota fugindo daquele jeito. Não estou acostumada a... bem, sinto muito.

— Não está acostumada a passar a noite com um homem — ele terminou a frase, destrancando a porta e colocando-se de lado para que ela entrasse. Ele também entrou, fechando a porta e colocando sua mala no chão. — Agora me diga *por que* fugiu.

Envergonhada, ela se afastou.

— O principal motivo foi a falta de coragem. Eu não sabia... não consegui entender por que você havia feito aquilo.

Por um instante, ele ficou completamente aturdido.

— O quê?

Para ter algo para fazer, começou a tirar os enormes curativos que cobriam suas mãos, concentrando-se em fazer um belo rolo com as gazes que ia tirando.

— A razão menos ruim na qual consegui pensar foi que você simplesmente estava com tesão e eu estava à disposição.

— Tem razão na parte do tesão. — Ele esticou os braços e assumiu a tarefa com os curativos. — Mas eu não a usei como substituta de minha mão. Eu a *desejava*. Se essa foi sua conclusão menos pior, não sei se quero conhecer a outra.

— São outras duas.

— Deus! Tudo bem. Qual é a próxima?

— Que você sentiu pena de mim.

Suas mãos trabalhavam com as gazes. Vagarosamente, ele levantou a cabeça, sem acreditar no que ouvira.

— Você acha que fiquei de pau duro a noite inteira porque senti *pena* de você?

— Você estava sendo tão gentil — ela tentou explicar, sentindo-se estranha. — Eu não teria conseguido passar por tudo aquilo sem sua ajuda. Mas chorei no enterro e pensei que você devia ter concluído que não podia me deixar sozinha no hotel...

— Karen. — Ele balançou a cabeça como se tentasse entender melhor. — Não acha que isso é sentir pena demais de si mesma? Minha cama não é casa de caridade.

Ela mordeu o lábio mais uma vez e ficou em silêncio. Ele descobriu uma das mãos completamente, virando a palma para cima a fim de inspecioná-la. Ficou sério novamente, mas pegou a outra mão sem fazer comentários e começou a tirar as bandagens.

— Certo, o que mais você pensou?

Aquela era a mais difícil, mas ela devia a ele uma explicação completa. Fez um grande esforço para manter a voz calma.

— Naquele primeiro dia, percebi que você não gostou de mim. Não foi coisa de minha cabeça, não é? —Apesar de ter tentado, não conseguiu impedir que sua dor se tornasse evidente.

Ele manteve a cabeça abaixada. — Não — disse por fim. — Não foi coisa de sua cabeça.

Karen engoliu em seco, decepcionada.

— Imaginei que não fosse mesmo — disse e retomou com a voz mais forte: — Assim, imaginei que o mais provável fosse que você tivesse feito aquilo por... oh, não vingança, mas um tipo de humilhação.

— Usá-la e depois chutá-la? — Ele ainda não estava olhando para ela, mas ela viu seu rosto ficar tenso.

— Alguma coisa assim. Porque não gostava de mim — disse mais uma vez, tentando encarar a verdade de frente para não sucumbir à dor.

— Não, a princípio não gostei. — Ele fez uma pausa, com as mãos grandes cuidadosamente envolvendo as delas. — Ou melhor, eu estava nervoso, mas não demorou muito para que eu visse que você não era o que eu tinha pensado. Pouco menos de uma hora, na verdade. Comecei a compreender quando você quase desmaiou na minha sala, mas, quando assistiu à fita e tentou agir com calma, como se não estivesse afetada pela situação... você estava arrasada, e eu percebi.

— Como? — ela quis saber, um tanto truculenta. Tentara manter-se no controle, uma técnica aperfeiçoada ao longo dos anos. Não gostava de saber que tinha sido tão transparente.

— Estava apertando as mãos com tanta força que elas estavam até sem cor. Você é muito sensível, querida. Em vez de não sentir muita coisa, sente demais. Tenta cuidar de tudo e de todos e se culpa quando não consegue. — Ele a olhou de relance. — Por falar nisso, recebeu minhas mensagens?

— Claro que sim. "*Que merda* você..." — ela o imitou e viu sua pele morena ficar rosada. Estava quase feliz por ele estar envergonhado, pois diminuía sua sensação de vulnerabilidade. Ele viu demais; ela sentiu-se completamente nua, ainda mais do que quando ele havia tirado suas roupas. Estava acostumada a se proteger emocionalmente e ficou abalada ao perceber como havia se aberto a ele.

— Sinto muito — ele disse. — Fiquei tão nervoso que ... bem, eu deixei três mensagens para você ontem.

— Oh, com tudo que estava acontecendo, nem sequer pensei em ligar para meu número e checar as mensagens. O que disse?

— Pedi para você me ligar. Por favor. E então escutei *sua* mensagem e fiquei morrendo de medo até vê-la fora daquele avião. — Ele suspirou profundamente. — Precisamos conversar.

— Estamos conversando.

— Não assim. — Abruptamente, ele se abaixou e a pegou nos braços.

Assustada, ela segurou-se no pescoço dele.

— O que está fazendo? — Quase gritou quando ele a levou ao quarto e a colocou sobre a cama.

— Vendo se está tudo bem — ele respondeu, apoiando-se em um joelho ao lado dela e pegando sua mão para terminar de desenfaixá-la. Olhou para aquela mão também e depois levantou sua saia para ver os joelhos. Os dois estavam ralados, mas conseguiu perceber que não eram ferimentos graves. Levantando os pés dela, tirou as sandálias. — Então, levando em conta uma primeira impressão, ignorou três dias de intenso flerte? — Ele lançou-lhe um de seus olhares maliciosos. — Bem, intensos até onde eu consegui, dadas as circunstâncias.

— Quando analisei a situação, tudo me pareceu tão... certo. Planejado. — Ela o olhou com reprovação. — Você já estava com preservativo enquanto dançávamos!

— E consegui ficar com ele o tempo todo que passamos dançando também, pelo amor de Deus, o que deveria ser visto como um sinal de como eu estava excitado. — Ele ficou em pé e tirou o blazer, jogando-o para o lado. Em seguida, começou a desabotoar a camisa, com movimentos bruscos, com as narinas dilatadas pela raiva que sentia. — Eu estava *tentando ser gentil*. Achei que você não precisava se preocupar com gravidez ou doença no início de nosso relacionamento.

Karen o observou, com os olhos arregalados, a boca seca. Não disse "O que você está fazendo?", porque seria tolo de sua parte, já que estava claro o que ele estava fazendo. Não perguntou "Que relacionamento?", porque não queria perguntar algo tão específico se, por acaso, tivesse se enganado. Quis dizer que *realmente* agradecia por ele ter pensado em usar o preservativo, mas também não disse.

Apenas o observou, com o coração acelerado, os mamilos enrijecendo. Excitada, olhou para seus ombros bem delineados e fortes e para o peito largo e peludo. Vestido, ele parecia ter ombros largos e um corpo em forma; nu, mostrava-se mais musculoso, com o abdome rígido e um caminho de pêlos mais finos que iam do centro de sua barriga até sua genitália. Ela pensou em seguir aquele caminho com a língua e tomá-lo em sua boca; seu corpo todo ficaria rígido e ele lhe daria aquele maravilhoso e profundo gemido. Ela o desejava. Oh, Deus, ela o desejava agora e para sempre.

Ele jogou a camisa no chão, tirou os sapatos e, em seguida, as meias.

— Não consigo acreditar que você ficou brava por causa do preservativo — ele disse, olhando para ela e por um momento seu olhar foi tão ardente que ela sentiu calor.

Ela esticou o braço e tocou-lhe o abdome, sentindo a pele quente e macia e o rígido músculo sob ele.

— Não foi por causa do preservativo, mas porque tudo pareceu muito *proposital*, como se estivesse seguindo um plano.

— Eu estava — ele disse com sinceridade. — Eu estava tentando levá-la para a cama havia três dias e pensei que, se parasse para colocar o preservativo, você teria tempo para pensar melhor e desistir. Por isso eu o coloquei antes.

— E continuou com ele, uau! — disse, provocando-o e sorrindo. Seus dedos desceram pela barriga dele, seguindo o caminho de pêlos finos.

Os olhos dele brilhavam enquanto a observava.

— Tire suas roupas. — As palavras saíram em um tom suave, quase um sussurro.

O coração de Karen bateu mais forte. Ela ficou em pé e começou a tirar as roupas, ofegante, excitada. Sentia o desejo bem no fundo, a necessidade absoluta. Tirou a blusa e a jogou no chão, abriu a saia e tirou-a. Seu olhar não desviou dos seios dela enquanto ela soltava o fecho do sutiã e o deixou escorregar, e percebeu que ele também começava a respirar com mais intensidade.

Ele olhou para as costelas dela ao livrar-se de sua calça e de sua cueca com um único movimento. Estavam marcadas com manchas azuladas e ele cerrou os punhos, relaxando-os em seguida, esticando o braço para tocar os hematomas.

— Está dolorida demais para isso?

— Não — ela disse delicadamente, olhando para seu pênis grosso e ereto, admirada pela preocupação que ele demonstrava, pois obviamente estava muito excitado. Mas ela também estava. Tirou a calcinha e sentou-se na cama.

Logo ele a acompanhou, um forte braço dando-lhe suporte enquanto ela se deitava e, ao mesmo tempo, encaixando-se. Deitado entre suas pernas, cuidadosamente apoiou-se em um cotovelo e acariciou seus seios com a mão livre, esfregando o dedo com delicadeza em seus mamilos até vê-los completamente rígidos. Ela passava as mãos no peito dele, acariciando-o, dando-lhe prazer. Seu pênis encaixou-se na entrada de sua vagina, mas ele não a penetrou.

— Não estou usando preservativo agora — ele disse, beijando-a.

— Eu sei. — Karen enlaçou Marc, passando os braços pelo pescoço dele, enquanto seus instintos sexuais afloravam. Os olhares se uniram; o dele, forte e claro, o dela suave e levemente misterioso, exigente. Ela não tomou aquela decisão precipitadamente; sabia muito bem o que estava fazendo. — Não quero preservativo — murmurou, arqueando os quadris levemente. Queria senti-lo completamente naquele momento. Queria o sêmen, a possibilidade de um filho dele. Sentia-se insuportavelmente excitada, apesar de ele mal tê-la tocado.

— Estamos nos arriscando. — Sua voz era grave. E desceu a boca pelo pescoço dela.

— Sim, por favor. — Ela arqueou-se de novo, desesperada, faminta, ardente.

Ele a penetrou, forte e urgentemente, como se não pudesse esperar nem mais um momento. A ponta de seu pênis já estava lubrificada, o que facilitou a penetração. Ela gritou ao sentir a satisfação substituir o desespero, o prazer substituir a dor.

Ele gemeu e gotas de suor surgiram em sua testa, umedecendo seus cabelos pretos. — Tenha pena de mim — ele sussurrou. — Não faço isso desde a adolescência.

Karen apertou os ombros dele, levantando os quadris para sentir a penetração, envolvendo cada centímetro do pênis e tentando segurá-lo.

— Fazer amor? Mentira. — Falar era um grande esforço quando tudo dentro dela se concentrava no aumento do desejo. Estava prestes a gozar, estremecida, à beira de um ponto de prazer tão agudo que chegava a doer.

— Não usar preservativo. — Ele estremeceu ao senti-la apertando-o. De repente, segurou os ombros dela e começou a penetrá-la com força, mais fundo a cada vez. — Não vou conseguir esperar — ele disse com dificuldade.

E não precisou. Karen cravou as unhas nos ombros dele e arqueou-se, gritando devido à força do orgasmo. Ele gemeu e começou a gozar, jorrando dentro dela, sendo engolido pelo ritmo forte das contrações.

Ficou sobre ela alguns instantes, com a cabeça baixa, os braços tremendo ao manter-se seguro, sem apoiar seu peso nela. Karen conseguiu acariciar o ombro dele com uma das mãos, mas até mesmo esse pequeno esforço a deixou exausta e desistiu. Por fim, ele saiu de dentro dela e deitou-se na cama a seu lado, ofegante, olhos fechados.

Sonolenta, virou-se para o lado e aconchegou-se nele, suspirando de prazer, um tipo de prazer muito diferente da necessidade pungente de sexo. Lágrimas encheram seus olhos fechados enquanto tentava conter uma felicidade tão forte que chegava a doer.

Ele gemeu. O som era de um homem inconsciente tentando despertar e ela riu.

Um sorriso invadiu o rosto de Marc e ele deitou-se de lado para observá-la, escorregando um braço sob o pescoço de Karen e segurando com o outro braço o quadril, para mantê-la próxima a ele.

— Você deveria rir com mais freqüência. — Ele beijou-lhe a ponta do nariz. — Sempre que deparo com seu olhar sério, é como se levasse um soco na boca do estômago.

— Eu dou risada — ela protestou sonolenta.

— Não muito. E antes que sua imaginação fértil crie cenários para explicar o que ocorreu aqui, estamos profundamente comprometidos em um relacionamento sério. Está claro?

— Claro — ela sussurrou, quase sem conseguir responder, devido à pressão em seu peito. Sentia-se trêmula por dentro, como se fosse desmoronar. Ela o amava tanto que quase doía, mas era bom ao mesmo tempo.

— Se você engravidar, vamos nos casar. Eu me recuso a permitir que um filho meu cresça sem pai. Não me importa quantas atrizes fazem isso ou se uma mulher realmente consegue criar um filho sozinha, sem a ajuda de um homem.

— Você está absolutamente certo, vamos nos casar — ela disse, fazendo um grande esforço. — É bem provável que eu não tenha engravidado dessa vez, mas, se você não pretende se comprometer, é melhor que escolhamos um método de controle de natalidade e o sigamos à risca. Não quero saber de casamento desfeito. — Ciente de como ela e a mãe haviam sofrido com o abandono do pai, Karen estava determinada a impedir, se possível, que seus filhos sentissem a mesma dor.

Marc segurou a mão dela e a levou a seus lábios, tomando cuidado para não machucar as palmas arranhadas. Ela descansou encostada nele, sem conseguir decidir o que mais queria fazer: continuar namorando ou dormir. Não fez nenhum dos dois, porque não era o tipo de pessoa que conseguia esquecer os problemas, e a realidade atual era um tanto complicada.

— E tudo volta para esse assunto — ela disse, incapaz de manter os pensamentos em segredo. — Para meu pai. O assassinato dele está no centro disso, pois, caso contrário, por que eu estaria na mira? Mas não sei nada sobre o que ele estava fazendo. Eu não o via nem conversava com ele há anos.

— E quanto à sua mãe? Ela tinha contato com ele? — Marc afastou os cabelos de seu rosto, beijou sua testa e a abraçou ainda mais, como se não estivesse próximo o bastante.

— Com mais freqüência que eu. Depois que cresci, eu me recusava a vê-lo quando ele chegava sem avisar e ficava alguns dias, geralmente quando estava sem dinheiro, mas sei que ligava para ela de vez em quando, mas não com muita freqüência. Ela não me contava sobre esses telefonemas, pois sabia como eu tinha raiva dele.

— Ele havia ligado depois da morte dela?

— Se ele telefonou, não deixou recado, mas não costumava deixar recados mesmo. — Uma lembrança surgiu, trazida pelas perguntas. Marc pensava como um policial, analisando ângulos aos quais ela não havia prestado atenção. — Espere. Ela morreu no final de janeiro. Algumas semanas depois, eu recebi um pacote que ele enviou para ela. Eu ainda estava em choque e muito triste, e receber aquele pacote me deixou enfurecida, porque ela o amara a vida toda e ele havia se distanciado tanto a ponto de não saber que ela estava morta. Quase joguei o pacote no lixo.

Ele endureceu o braço levemente, uma tensão que ela notou.

— Você o abriu?

— Eu o abri, mas não o analisei. Lembro que dentro da caixa havia alguns papéis. Eu a fechei e coloquei com outras coisas que havia encaixotado para guardar.

— Onde elas estão? Em seu apartamento?

— Não, não tenho espaço ali. Eu aluguei uma unidade de depósito. É isso, não é? Ele foi morto por causa do que há naquela caixa.

— Talvez. É uma pista e só Deus sabe como temos poucas pistas. Quero falar com McPherson primeiro...

— Quem é McPherson? — ela perguntou pela segunda vez. A primeira resposta não tinha sido muito clara.

— Da CIA.

— Você vai contar a ele sobre o pacote?

Ele não hesitou: — Claro que não.

— Então não confia nele?

— Eu não o conheço. Pode ser que seja quem e o que diz ser. Vou dar a ele um pouco de informações, ver o que me dá em troca, mas certamente não vou contar a ele que você está aqui comigo ou qualquer coisa a respeito do pacote até eu poder checá-lo.

— Então o que faremos enquanto isso?

— O que você acha?

# 17

— Seus homens são um bando de incompetentes! — o Senador Lake disse friamente, escondendo o medo que lhe embrulhava o estômago. — A mulher desapareceu e vocês ainda não encontraram o caderno. Ela pode usar a informação contida nele a qualquer momento, graças ao trabalho malfeito que vocês fizeram!

Hayes olhou para baixo. Não protestou nem inventou desculpas. A verdade era que ele não havia realizado seu trabalho; apesar de ter usado pessoas em quem confiava, as coisas tinham dado errado. Clancy entrara em um apartamento ocupado, a tal da filha de Whitlaw conseguira chamar a polícia e escapar, e agora Clancy estava morto. Yamatani falhara na tentativa de atropelamento. Depois de tudo isso, a moça teria de ser muito estúpida para não perceber que alguma coisa estava acontecendo, independentemente de saber da existência do caderno. Havia se escondido e ele não tinha pistas sobre seu paradeiro. Seria possível descobrir, mas não sem chamar atenção das fontes que teria de usar, e Hayes não estava disposto a arriscar tanto seu pescoço pelo senador. A última coisa de que precisava nessa operação era chamar a atenção de certas pessoas.

— O que o senhor pretende fazer agora? Gostaria de lembrar-lhe que, quanto mais pessoas se envolverem nisso, maiores serão as chances de vazarem informações.

— Elas são profissionais. Não vão abrir a boca.

— Mas não têm sido muito confiáveis, não é? Gostaria de saber o nome delas, por favor. Pareço estar em desvantagem, pois sabem sobre mim e eu não sei nada sobre elas.

— Elas não sabem sobre você — Hayes garantiu a ele, irritado. — Senador, eu o mantive completamente fora disso. Até onde todo mundo sabe, o rastro leva a mim.

— Assim o senhor diz, mas também não tem sido muito confiável, Sr. Hayes. Até mesmo sua informação sobre Rick Medina estava errada.

Hayes manteve o olhar fixo no senador, mas ficou curioso:

— Como assim?

— A respeito do filho dele. Medina não tinha filhos.

— Quem disse isso?

— Franklin Vinay, o diretor de operações. Tenho certeza de que ele saberia.

Hayes sentiu um arrepio da cabeça aos pés. Seu sangue gelou.

— O senhor perguntou a Vinay sobre Medina?

— Foi uma maneira de descobrir o que eles sabiam. Na minha posição, é perfeitamente normal que eu saiba dessas coisas e pergunte sobre elas.

Mas não era perfeitamente normal que ele perguntasse a respeito do *filho* de Medina, cuja existência e atividades eram tão bem guardadas que seu nome não aparecia em nenhum arquivo com dados de empregados. O fato de o senador perguntar a respeito dele causaria uma série de preocupações em Vinay. Em primeiro lugar, ele negaria que Medina tinha filhos. Depois, certamente, tentaria desmascarar o informante do senador. Procuraria primeiramente em seu escritório, mas, quando não descobrisse nada, começaria a analisar o outro lado da equação e passaria a se perguntar como o senador poderia ter obtido informações a respeito de Rick Medina, antes de mais nada. Um policial entenderia que tal conhecimento indicava envolvimento; o senador deixara um rastro que levaria a ele mesmo.

Era uma questão de tempo até Vinay descobrir. O senador não só havia envolvido Franklin Vinay, como também chamara a atenção do filho para eles, e Hayes já ouvira falar o bastante sobre aquela figura desconhecida para saber como as coisas aconteceriam. O melhor que tinha a fazer era cobrir o próprio rabo, limpar os rastros e desaparecer.

— Cuidarei do caderno pessoalmente — ele disse, sentindo certo desconforto ao mentir. Um homem que faria a estupidez de levantar as suspeitas do diretor de operações da CIA não era um sujeito para quem seria seguro trabalhar.

— Faça isso — o Senador Lake disse.

Depois que Hayes saiu, o senador ficou sentado ali, pensando. Tamborilou os dedos na mesa. Não gostava de realizar reuniões pessoais com Hayes, mas, ao mesmo tempo, não confiava em telefones. Poderia vasculhar sua sala para pegar qualquer escuta que pudesse haver ali, mas como saberia se Hayes não tinha um daqueles gravadores minúsculos em seu bolso, gravando toda a conversa?

Algo a respeito de Hayes estava... diferente ali, no final. Sabia que Hayes o subestimava; muitas pessoas cometiam esse erro. Na verdade, ele às vezes chegava a incentivar esse tipo de erro de avaliação, para poder ter vantagem sobre os outros.

Não se considerava um homem mau, apesar de ser verdade que, ao longo de sua vida, havia sido forçado a tomar decisões difíceis. Não gostava da idéia de ter de ferir a filha de Whitlaw, mas o caderno continha informações que não podia permitir que fossem a público. O bem de uma pessoa não poderia significar o mal de várias outras. Se ela atrapalhasse, teria simplesmente de ser retirada.

Quanto a Hayes... o senador semicerrou os olhos enquanto pensava. Dexter Whitlaw lhe ensinara uma importante lição sobre pontos sem nós e Raymond a reiterara. Precisaria cuidar de Hayes. Talvez, se pudesse fazer parecer que Hayes estava armando algo hostil para os Estados Unidos e organizar as coisas de modo a deixar que pensassem que Rick Medina estava envolvido... ou talvez seria melhor se Medina estivesse tentando *deter* Hayes. Afinal de contas, Frank Vinay disse que Medina era patriota. Sim, aquilo parecia melhor, fazia mais sentido.

É claro que não daria tempo de Hayes ser preso e interrogado. Não, infelizmente. O Sr. Hayes teria de morrer. Todos os pontos precisavam de um nó. É claro que ele esperaria que o Sr. Hayes cuidasse da Srta. Whitlaw antes e encontrasse o caderno; depois, poderia agir.

Dependera de Hayes para organizar tudo, mas teria de usar outros meios. Graças a Deus ele tinha Raymond. Dessa vez, tomaria cuidado para que não houvesse pontos sem nós.

Nada na casa de Frank Vinay chamaria atenção. Não era nem mais refinada nem mais simples do que a maioria das casas do bairro de classe média-alta. Ele não tinha um carro moderno, preferindo usar um modelo popular. Seus vizinhos acreditavam que ele era um dos milhares de burocratas comuns que enfrentavam o trânsito de Washington todas as manhãs para ganhar um salário de quarenta e cinco mil dólares por ano e uma bela pensão.

No entanto, a casa tinha algumas modificações que a tornavam diferente das outras. Havia um bom sistema de segurança, reforçado por um pastor alemão negro chamado Kaiser e uma .9mm chamada H&K. Todas as manhãs e todas as noites os telefones e a casa toda eram analisados em busca de eventuais grampos e escutas. Um microfone parabólico virado para a casa registrava apenas um som irritante, em vez de conversas, devido ao sofisticado sistema eletrônico que evitava escutas.

Jess McPherson sentia-se seguro na casa de Frank Vinay, mais por causa do pastor alemão e da pistola .9mm do que pelo sistema eletrônico. Satélites e computadores eram coisas ótimas, mas ele era do tipo antigo. Quando se aposentasse, pretendia comprar um cachorro. Quando entrou no escritório de Frank, olhou para Kaiser, deitado satisfeito no tapete aos pés de Frank. Kaiser retribuiu o olhar balançando o rabo, como se dissesse "Relaxe, está tudo bem".

— Ainda não consegui descobrir quem do escritório deixou a informação vazar — Vinay dizia a John. — É uma droga, pois me deixa preocupado. Sente-se, Jess, e venha pensar conosco.

McPherson escolheu uma poltrona confortável, sentou-se e esticou as longas pernas.

— Posso ajudar com algo melhor. Recebi um telefonema do detetive de Nova Orleans. Retornei a ligação e não o encontrei, mas conversei com aquele detetive mais novo, Shannon, que pediu a informação sobre Rick. Parece que o detetive recebeu um telefonema da filha de Dex Whitlaw, de Ohio. Ela o conhece, pois teve de ir até lá para reconhecer o corpo do pai. Bem, a questão é que já tentaram matá-la duas vezes desde que voltou a Ohio, e, por não ser idiota, sabe que isso está ligado ao assassinato do pai e quer saber se o detetive soube de alguma coisa.

— Humm. Então quer dizer que Whitlaw era o alvo principal, e não Rick — Vinay concluiu. — Que informações temos sobre Whitlaw desde que ele saiu da Marinha?

— Pouca coisa — Jess respondeu. — Ele percorreu o país, ficou em Maryland por um tempo, fazendo um trabalho aqui e ali, e há dez anos não sabemos de mais nada.

— Há alguma indicação de que ele tenha entrado em contato com Rick nesse tempo ou vice-versa? Eles sempre estavam na mesma região do país desde que saíram do Vietnã?

— Vamos precisar fazer umas investigações para saber.

— Enquanto estiver investigando — John disse do canto —, veja se eles tinham conhecidos em comum.

Vinay ficou pensativo. Investigar sobre conhecidos em comum de tanto tempo atrás exigiria grandes esforços, que iam bem além de rastrear os movimentos dos dois homens. No entanto, a intuição de John era excepcional.

— Vou colocar alguém atrás disso imediatamente.

— Não acredito — John continuou dizendo — que a filha de Whitlaw saiba o que está acontecendo, ou não teria ligado para o detetive para perguntar. Por outro lado, alguém definitivamente acredita que ela sabe de alguma coisa. Acho que seria interessante investigá-la, ver o que conseguimos descobrir.

— E entrar na briga se alguém tentar matá-la? — McPherson perguntou.

— Sim, claro — John disse casualmente, mas sem pestanejar. Ele era como o pai, McPherson pensou. John passava a vida escondido, constantemente colocando sua vida em risco em um mundo onde as pessoas eram meros objetos e nada nunca era o que parecia. Tudo era fugaz, obscuro. Mas, mesmo assim, John, como Rick, mantivera algumas certezas. Ele era, em primeiro lugar, um patriota. Amava seu país. Mais do que isso, protegia seu povo até a morte. E por baixo de tudo isso estava sua crença de que, como servidor de seu país, o indivíduo comum era seu verdadeiro benfeitor. Seu trabalho, essencialmente, era proteger os cidadãos.

— Vamos mudar nosso foco — Vinay disse — para a filha de Whitlaw. Com a morte do pai, ela agora é o centro do que está acontecendo. John, até quando você estará no país?

— Consegui uma semana, no máximo. Provavelmente terei de partir a qualquer momento.

— Mas você está oficialmente de licença. Jess, a partir de agora, você também está oficialmente de licença. Esta não é uma operação da companhia e não quero atrapalhar as leis.

— Devo passar alguma informação ao detetive Chastain?

— É preciso? — Vinay perguntou. Era a pergunta mais freqüente: havia a necessidade? — Se concordamos que a Srta. Whitlaw está no centro disso e está em Ohio, para que nos serviria um detetive de Nova Orleans?

— Mas ela telefonou para ele — John disse. — Evidentemente confia nele. Se estiver se escondendo, ele pode ser nosso único elo com ela.

— Eu tenho sido sincero com ele até agora — McPherson interrompeu.

— Você checou a ficha dele?

— Cidadão de primeira — Vinay respondeu. — Histórico militar impecável, passou algum tempo na Marinha. É de uma antiga família de Nova Orleans, do tipo que tem um belo sobrenome, mas não tem dinheiro. Formou-se na GI Bill, em criminalística, começou a trabalhar no Oitavo Distrito de Nova Orleans como patrulheiro e rapidamente se tornou detetive. Vai chegar a tenente com facilidade, se a política não entrar antes em seu caminho. Ou poderá acabar indo para a polícia do Estado.

— Eu diria que ele é durão, porém honesto, o tipo que todo policial deveria ser. — McPherson abriu as mãos. — Isso basta ou não?

— Eu voto a favor — John disse.

Vinay pensou na situação.

— Tudo bem, mantenha-o informado sobre o que sabemos e sobre o que estamos fazendo, desde que o que você contar não envolva os negócios da companhia. Se esse assunto for desviado para alguma antiga missão que Rick estava cumprindo no Vietnã, essa informação ficará guardada.

— A princípio, pensei que pudesse ser assim. — Com as mãos nos bolsos, John caminhou até as estantes e observou o material de leitura de Vinay. — Mas agora sabemos que o foco era Whitlaw desde o princípio, então essa teoria não se mantém. Nossa melhor opção é encontrar a Srta. Whitlaw, e para isso podemos precisar do detetive Chastain.

Marc observou Karen dormir, encolhida em sua cama, seus cabelos escuros e sedosos despenteados e uma leve expressão de satisfação. Ao sair do avião aquela manhã, seu rosto estava pálido devido à tensão. Ele sabia que fazia parte daquela tensão, mas não havia conseguido controlar sua reação ao vê-la assustada e ferida. Uma raiva enorme o invadiu; naquele momento, se pudesse pegar quem havia feito aquilo com ela, ele o teria matado sem dúvida nem arrependimento.

Sua mulher corria perigo. Todos os seus instintos de proteção estavam em alerta, nutridos pelo medo e pela raiva. Se não tivesse sido forçado a lidar com a tragédia do assassinato de James Gable, provavelmente teria ido a Columbus para que os dois pudessem se acertar e estaria com ela para protegê-la. Desejou ter podido estar com ela quando o filho-da-puta entrou em seu apartamento e tentou matá-la. Se ela não tivesse mantido a calma, teria morrido.

Derrotara o invasor usando apenas uma lata de spray para cabelo. Só de pensar, Marc estremecia, imaginando-a diante de um revólver com uma arma tão fraca. Quando contou aquele ocorrido, parecia querer desculpar-se por não ter uma arma mais forte para se defender. A coragem dela o impressionou, e a maneira detalhista de imaginar as situações, característica típica de um policial, fez com que ele percebesse que chegou muito perto de perdê-la.

Marc também estava impressionado consigo mesmo. Acreditava que já tinha sentido um pouco de amor antes; brigava com as namoradas, ficava irritado com elas. O que nunca tinha sentido antes era a perda do controle, como acontecera com Karen. O que sentia era muito forte. Era assustadoramente forte. Ele, que nunca tratara nenhuma mulher de outro modo que não fosse com total gentileza, ficou dividido entre o desejo de dar-lhe umas palmadas por tê-lo abandonado e, assim, colocando-se em perigo, e a vontade de jogá-la em sua cama e amá-la até torná-la completamente sua, para que nunca mais fosse embora.

Não pôde fazer o primeiro porque seria incapaz de levantar a mão para ela, e sabia disso. Tinha necessidade de proteger, não de agredir. Só seria capaz de ferir uma mulher se precisasse defender Karen, ou uma criança, de algum ataque. Além disso, sentiu-se arrasado pela condição física de Karen; não estava bem para ser jogada na cama. Mas o fato de ter diminuído o ritmo ao fazer amor com ela tornara o ato muito mais suave.

Até poder abraçá-la, sentiu muito medo. Medo de que estivesse enganado a seu respeito e que ela não tivesse os mesmos sentimentos em relação a ele. Não sabia como ela responderia à sugestão, à pergunta, à exigência, mas, de um jeito ou de outro, estava decidido a se casar com aquela mulher.

Não usara preservativo. O suor lhe molhou a testa ao sentir uma onda de puro tesão. Já havia se relacionado com mulheres que tomavam pílula anticoncepcional, dispensando o uso do preservativo, e o sexo era bom, mas aquele dia tinha sido a primeira vez que fizera amor sabendo que não havia barreiras, remédios, preservativos ou hormônios prevenindo uma gravidez. Tinha sido incrivelmente excitante. Queria engravidá-la, queria gozar dentro dela, até que um filho começasse a crescer em seu ventre.

O quarto estava quente e escuro, com as cortinas fechadas. Ele havia puxado o lençol para cobri-la antes de dormir, mas ela estava começando a transpirar. Delicadamente, Marc afastou o lençol. Bem melhor assim, ele pensou, pois poderia vê-la por inteiro. Ele achava que sabia que ela não era a mulher mais linda do mundo, mas se seus olhos viam alguma imperfeição, seu coração não se importava. As coisas que a tornavam diferente era o que a tornavam quem ela era. Ele adorava tudo nela. Ela o excitava... muito. Tinha um corpo magro, bem-feito, firme. Seus seios eram empinados, redondos, e havia satisfeito sua curiosidade a respeito de como eram. Firmes, quase não balançavam, nem mesmo quando ela estava sem sutiã. Sua barriga lisa levava aos belos quadris e, mais adiante, a pernas muito bem torneadas. Nenhuma parte de seu corpo era voluptuosa, mas, Deus o ajudasse, pois ela era muito sexy. Nunca encontrara uma mulher tão sensível e o prazer dela aumentava o dele.

Ela estava deitada de lado, um seio apoiado no braço. Delicadamente, Marc passou seu dedo sobre seu mamilo de textura aveludada e levemente inchado, e observou, fascinado, que ele imediatamente enrijeceu, com seu tom rosado transformando-se em quase vermelho.

Seus olhos se abriram e um leve sorriso iluminou seu rosto.

— Desculpe — ele disse. — Não quis acordá-la.

Ela esticou o braço e pegou o pênis dele, que já enrijecia.

— Mas acho que acordou. — Sua voz estava lenta, sensual. Bem devagar, ela o acariciava, movimentando a mão para cima e para baixo, deixando-o completamente ereto.

Ele riu e afastou a mão dela antes de se tornar excitado o bastante a ponto de só pensar em ter outro orgasmo. Ela se ergueu até seus corpos se unirem e perguntou: — Até quando você espera ter notícias do tal de McPherson?

— Vou esperar até amanhã à tarde.

Ela ficou surpresa.

— Vai passar o tempo todo até lá na cama?

— Provavelmente.

— Não precisa trabalhar? — Ela acariciou os lábios dele com um dedo, descendo pelo peito e circulando seus mamilos.

— Tirei um tempo de folga. Um caso no qual eu estava trabalhando foi resolvido ontem e não havia mais nada urgente. — Ele não quis pensar em *como* o caso havia terminado.

— Então podemos ficar bem aqui? — Ela continuava insinuante. Marc suspirou ao sentir o dedo delicado descer por sua barriga, passar por seu pênis ereto e parar para acariciar seus testículos.

— Bem aqui. — Ele também a acariciou, passando a mão pela extensão de suas costas, até suas nádegas, e cada vez que subia, a descida era um pouco mais longa. Ela suspirou e arqueou-se contra ele, com as nádegas se contraindo. Seus mamilos estavam rígidos como pedras.

— O que faremos se ele não telefonar?

— Vamos nos virar sozinhos. — Ele apertou as nádegas de Karen e penetrou um dedo nela. Ela sentiu-se quente por dentro, apertando o dedo dele, estremecendo levemente de prazer. Acreditava que Henry Miller havia dito que começar a vida pela vagina era a melhor maneira de começar, e concordava com aquela frase. Poderia muito bem passar o resto da vida com uma parte de seu corpo penetrada em Karen, sentindo sua excitação, observando-a contrair-se.

Ela não agüentou por muito tempo. Sua expressão estava mais séria quando repentinamente apoiou as duas mãos no peito dele e o fez deitar. Ele riu quando ela o dominou, usando as mãos para posicionar o pênis dele e poder escorregar por ele até estar completamente penetrada, e o riso transformou-se em gemido. Oh, sim, com certeza ia se casar com aquela mulher.

O bipe dele tocou.

— Você disse que estava de folga — ela disse, franzindo o cenho.

— E estou. Deve ser Antonio. — Ele se endireitou para pegar seu bipe e checou o número. — Bingo.

— Ele pode esperar cinco minutos — Karen disse, decidida.

— E você não? — Ele a estava provocando. Também não achava que pudesse esperar.

— Não — ela respondeu e provou que não podia.

— Pela sua voz, parece que você estava correndo — Shannon disse quando Marc telefonou para ele, dez minutos depois.

— Eu estava lá embaixo — Marc respondeu. Não era mentira. Ele *estava* lá embaixo, cerca de duas horas antes.

— McPherson acabou de ligar. Eles estão investigando conhecidos que Whitlaw e Medina tinham em comum, mas por enquanto ainda não descobriram nada. Ah, ele disse que vão seguir Karen, para ver se conseguem localizar outra pessoa seguindo-a e também para ajudar a protegê-la. Eu não disse que ela está aqui.

— Ótimo. Espere um pouco antes de contar isso a ele. Pode ser que eu mude de idéia mais adiante, mas por enquanto não quero que ninguém saiba, além de nós dois.

Marc queria pensar mais sobre a situação antes de informar onde Karen estava. O envolvimento da CIA, mesmo que indireto, o deixava nervoso. Não acreditava, como a maioria das pessoas, que os funcionários da CIA eram malvados ou idiotas, mas a organização lidava com muitos sujeitos malvados.

Por outro lado, seria bom ter McPherson seguindo-os quando ele e Karen fossem a Columbus para pegar o caderno. O dia seguinte seria interessante.

# 18

Ele não podia simplesmente fugir. Hayes chegou a essa conclusão no meio da noite, enquanto arquitetava um plano de fuga. Mantivera registros cuidadosos de cada reunião, do que era exigido e dos resultados. Os registros o incriminavam, mas também incriminavam o senador, que tinha muito mais a perder. Se *ele* tinha feito registros, o senador também havia tomado a mesma precaução, o filho-da-puta desconfiado.

Hayes não tinha a menor dúvida de que Vinay investigaria. Havia duas maneiras de lidar com a situação. O modo mais inteligente, pensou, seria fazer parecer que ele fazia parte do quadro de funcionários do senador, por exemplo em uma posição de segurança. Tudo às claras. Talvez Vinay investigasse por meio de seus homens; no entanto, se seguisse a regra, envolveria o FBI na investigação. CIA ou FBI, não importava, contanto que seu nome aparecesse facilmente antes de eles de fato começarem a ir mais fundo. Qualquer investigação meia-boca mostraria que ele já tinha trabalhado para a companhia duas décadas antes. Seu nome apareceria no topo da lista de Vinay. Se fosse questionado, admitiria, diria ter contado ao Senador Lake sobre a morte de Rick Medina e que também mencionara que diziam que ele tinha um filho que também trabalhava para a CIA. Seria lógico, pois já deveria ter escutado falar sobre isso. Bingo! Mistério resolvido e nada mais de investigações.

Era a maneira inteligente. O problema era que o senador reclamaria por ter seu nome ligado a Hayes. Talvez conseguisse convencer o senador do contrário. Decidiu tentar, mesmo sem muita esperança de que daria certo.

A segunda maneira, a burra e arriscada, seria encontrar os registros do senador e destruí-los.

Aquele seria o maior trabalho. Hayes torcia para que o senador não mantivesse os registros em seu escritório no Congresso; seria o local mais perigoso para guardá-los, onde mais corriam o risco de aparecer sem querer.

Em sua casa em Georgetown? Possivelmente. Era mais provável que estivesse em sua propriedade em Minnesota; era maior, tinha mais lugares onde podia esconder coisas e, além disso, o senador tinha crescido ali. Conhecia a casa e todos os cantos muito bem. Havia também a casa de verão em Cape Cod, mas o senador não estivera lá no verão, por isso Hayes acreditou que poderia descartar essa possibilidade.

Se tivesse armazenado os registros em um cofre em algum lugar, que era o que Hayes havia feito, então estariam fora de alcance. Teria de descobrir em qual banco e em que nome o cofre havia sido alugado, pegar a chave e aprender a copiar a assinatura do senador. Hayes tinha muitos talentos, mas falsificação não era um deles. E então pensou que era possível que, em vez de depositar os papéis e correr o risco de ser reconhecido, o senador os tivesse dado à sua esposa para que ela o fizesse em seu nome. A Sra. Lake era uma pessoa meiga, alegre e nada questionadora, e adorava o marido. Ela faria o que ele mandasse.

As possibilidades eram muitas. Os registros não estariam em um computador, pois o senador nada entendia de computadores, sequer aprendera a digitar. Vivia cercado de dinheiro desde que nascera e, quando queria enviar uma carta a alguém, ele a ditava a uma secretária ou simplesmente a escrevia sozinho, se o assunto fosse pessoal. Desde o início, Hayes ficara aliviado por saber disso; acreditava que a melhor maneira de divulgar informações sigilosas era colocando-as no computador. Computadores não eram máquinas confidenciais. Sempre se perguntava quantas pessoas usariam programas de contabilidade em seus computadores se soubessem que a informação poderia ser acessada por qualquer um. Usando o número da conta bancária, um ladrão poderia esvaziar o saldo todo.

Contas bancárias. Alguma coisa a respeito de contas bancárias o irritava. Algo em que deveria ter pensado há dias. De repente, lembrou-se e sentiu raiva de si mesmo. Esquecera-se de algo tão óbvio que balançou a cabeça, decepcionado.

Só tinha pensado em se safar quando Vinay fizesse sua investigação, para que o diretor de operações não o ligasse à morte de Rick Medina, mas agora tinha certeza de que havia descoberto como encontrar o caderno.

Preocupara-se com o maldito caderno, tentando descobrir o que havia nele que o senador tanto queria destruir. Não seria terrível se o homem que o senador havia contratado para procurar o caderno o encontrasse e o usasse contra ele, assim como tinha feito Whitlaw?

Hayes quase riu. Não gostava do Senador Lake e certamente não confiava no idiota mentiroso, hipócrita e sanguinário. Por outro lado, gostava da idéia de enganá-lo. Desse modo, ficou feliz.

Se Whitlaw tivesse escondido o caderno em um lugar onde só ele soubesse, então estaria terminado. Que inferno, talvez o tivesse enterrado em algum lugar. De qualquer maneira, dadas as circunstâncias, o senador estava relativamente seguro, pois quais eram a chances de o caderno aparecer enquanto ele estivesse vivo?

Por outro lado, se Whitlaw tivesse enviado o caderno para sua esposa ou filha...

A esposa morrera em janeiro. Ela e a filha moravam juntas; a filha provavelmente tinha guardado os pertences da mãe. E então, poucos meses depois, a filha se mudou, de uma casa para um apartamento. Ficou com menos espaço. Para onde iriam as coisas que estavam sobrando?

Para um depósito.

Columbus tinha uma população de cerca de seiscentas mil pessoas. Uma cidade desse tamanho devia contar com centenas de empresas de armazenamento. Mas havia uma maneira simples de filtrar a procura: cheques compensados.

Ela devia pagar o aluguel mensal do local com um cheque. Talvez escrevesse o número da unidade no cheque, mas, mesmo que não fizesse isso, não seria difícil descobrir. Ele teria de entrar no escritório da empresa e encontrar um arquivo com o nome dela, para que pudesse chegar à unidade. E iria arrombá-la. A maioria das pessoas fechava seus armários apenas com pequenos cadeados, fáceis de serem arrebentados.

Ela estava escondida: ninguém iria ao apartamento dela. A polícia o havia isolado até que fossem concluídas as investigações internas sobre a morte de Clancy. Qualquer investigação da polícia demoraria dias, por mais simples que fosse.

Tudo que ele precisava encontrar era um extrato bancário e analisar a relação de cheques compensados. Assim, chegaria à informação necessária.

Hayes sorriu, sentindo-se orgulhoso de si mesmo. De manhã, ele telefonaria para o senador para falar sobre a pista do caderno, a fim de acalmá-lo, e então faria sua viagem a Ohio.

* * *

Jess McPherson estava cansado. Eram quatro e meia da madrugada. Seus olhos ardiam e, sempre que piscava, parecia que ia cair no sono. As linhas com dados na tela do computador já não estavam muito legíveis para sua vista cansada e ele tentava manter-se acordado. Já tinha tomado dois bules de café e seu estômago queimava mais que seus olhos. Precisava mijar e precisava dormir, nessa ordem.

Estava impressionado com a maneira como John mantinha-se alerta. A atenção, a concentração, tudo isso surpreendia McPherson, que não era um homem facilmente impressionável. Mas o jovem estava sentado diante do computador há mais tempo que McPherson, completamente concentrado, e raramente piscava. Havia viajado milhares de quilômetros, enfrentado mudança de fuso horário e lidado com o velório de seu pai. Tinha de estar cansado e estressado, mas nada disso ficava aparente em seu rosto. Olhando para ele, ninguém suspeitaria do que ele era.

Seus cabelos castanhos estavam bem cortados e penteados, a camisa social branca bem passada, a calça sem qualquer prega. Usava óculos para descansar a vista por trabalhar tanto diante do computador. Ele cuidava das unhas, pelo amor de Deus. Podia se fazer passar por um ótimo advogado, banqueiro ou investidor.

Mas não era nada daquilo. Seus longos dedos passeavam sobre o teclado, prova de sua agilidade e familiaridade com computadores. McPherson era competente, mas John era mestre em encontrar informações.

Também era o homem mais perigoso que McPherson conhecia.

Amava a John como se ele fosse um filho, mas sabia que ninguém o *conhecia* verdadeiramente. Ninguém sabia o que se passava por trás daqueles olhos calmos, daquele modo contido de ser. Não, não apenas um modo de agir. John era observador. A maioria das pessoas via apenas a superfície; John via diversas camadas e intuitivamente sabia como lidar com todas elas para que as pessoas reagissem como ele quisesse, fazendo com que certos acontecimentos surgissem.

Ele também sabia matar de mais maneiras que a maioria das pessoas acreditava existir. Recebera treinamento com os SEALs da Marinha e passou tanto pelo rigoroso condicionamento físico como pelas lições. Aprendera sobre computadores com um sábio lendário da tecnologia. Sabia pilotar aviões, navios, engessar um membro e provavelmente costurar um vestido.

A CIA reunia informações de quase cento e cinqüenta países. John Medina já conhecia todos eles.

Casara-se uma vez, com vinte e poucos anos. A jovem morreu. Existia o boato de que ela era uma agente dupla e John a matara para evitar que comprometesse um informante muito bem estabelecido no Kremlin. McPherson nunca conheceu a jovem e não acreditava naquela história, pois havia outras maneiras de impedir que ela passasse informações, e John não matava ninguém desnecessariamente; no entanto, sabia que John era capaz de tal ação.

As palavras na tela do computador mais uma vez ficaram borradas e McPherson recostou-se na cadeira, esticando as pernas e bocejando.

— Caramba! Quem imaginaria que eles tivessem tantos conhecidos em comum?

— Eles estiveram no Vietnã — John murmurou e continuou digitando. — Centenas de milhares de tropas estavam ali ao mesmo tempo. O papai entrava e saía do país diversas vezes, multiplicando as possibilidades. Whitlaw fez diversas viagens em missões. Conheceram muitas pessoas, não necessariamente no mesmo período.

— Jesus! Algumas dessas pessoas estão mortas há mais de vinte anos. Não dá para tirar os que já morreram para diminuirmos a lista?

— Claro. — John digitou um pouco e pausou com o dedo sobre o mouse. Digitou outro comando. Uma impressora ao lado de McPherson começou a funcionar.

— O que é isso? — McPherson pegou a primeira folha na bandeja da impressora.

— Uma lista dos caras mortos.

Analisando os nomes, ele perguntou: — Para quê?

— Porque a resposta pode estar em uma pessoa que já esteja morta. Talvez o papai e Whitlaw simplesmente fossem os próximos na lista de alguém. — John deu de ombros para indicar que as possibilidades eram infinitas. — Quanto mais ampla a área de busca, mais provável será que encontremos algum vestígio.

— Então você está procurando por pessoas que morreram há pouco tempo.

— Estou procurando por qualquer coisa. Se eu perceber algo interessante, vou ver se uma das pessoas da lista de mortos também conhecia alguém da lista de vivos. Precisa haver uma conexão.

A impressora parou. McPherson pegou as folhas e as entregou a John, que se recostou na cadeira e começou a analisar a lista de nomes e as datas das mortes. Dez minutos depois, ele fez uma pausa, voltando a analisar um nome, e olhou para ele, pensativo, por um momento. Então se inclinou para a frente, abriu outro arquivo na tela e digitou um nome.

— Hum.

— Encontrou alguma coisa?

— Talvez. É... interessante. Vou checar mais tarde.

McPherson aproximou a cadeira de John e leu a informação na tela do computador.

— Hum.

— Você o conheceu?

— Não, mas certamente conhecemos o irmão dele, não é?

— Acorde, querida. — Marc passou a mão pelo ombro de Karen, parando sobre a curva macia de seu braço. — Tome uma xícara de café.

Ela piscou, sonolenta.

— Que horas são? — ela quis saber.

— Não é tarde. Sete e meia.

— Então por que está de pé? Você disse que não precisa trabalhar. — Ela apoiou-se para levantar, bocejando ao pegar a xícara de café cheiroso e quente. O lençol desceu para sua cintura e a mão de Marc quase automaticamente pousou sobre seus seios nus, acariciando seus mamilos. Karen recostou-se contra ele e descansou a cabeça em seu ombro enquanto bebericava o café, aproveitando a carícia.

— Não preciso trabalhar, mas precisamos ir a Columbus. Telefonei para a companhia aérea e consegui dois lugares para o vôo das dez e meia.

Karen ficou em silêncio, um pouco assustada com a idéia de voltar à cidade de onde saíra um dia antes. Mas era necessário. Marc iria sozinho, se preciso, mas ela não queria se separar dele e ele parecia sentir-se da mesma maneira.

Ele ergueu o queixo dela e a beijou, um beijo lento e demorado. Ela estava surpresa por se sentir tão relaxada com ele, segura e confortável. Não se importava com o fato de estar nua diante dele, que estava vestido. Estavam juntos há quase dezoito horas na cama, fazendo amor, cochilando, fazendo amor. Ele permitia que ela saísse dali apenas para ir ao banheiro. Quando ela sentia fome, ele buscava comida.

Os mimos tinham funcionado. Sentia-se muito melhor em relação ao dia anterior, quase sem dor. Estava bem descansada e feliz. Sentia-se culpada por estar tão feliz, levando em consideração que seu pai havia sido assassinado uma semana antes e que a própria situação em que se encontrava era séria, mas a sensação de leveza que tomava conta de seu peito com certeza era felicidade.

Estava calma e confiante, depois de tanto tempo de ansiedade, incerteza e preocupações. Um compromisso estava selado e ela confiava nele. Não tinha a menor dúvida de que eles se casariam em breve; caso contrário, ele nunca teria feito amor com ela sem preservativo, por melhor que fosse o contato de pele com pele ou por mais excitado que estivesse. Marc era infinitamente responsável e confiável. Mostrara isso de centenas de maneiras diferentes desde que haviam se conhecido. Pelo resto da vida, ele estaria ali, com ela.

O café forte foi uma ótima injeção de ânimo, despertando-a.

Ela precisava tomar banho e lavar os cabelos; queria deixar a xícara de café de lado e puxar Marc para deitar-se com ela novamente, mas não sabia se teriam tempo para aquilo. Subiu a mão pela coxa dele para checar a situação.

— Está perdendo seu tempo — ele disse rapidamente. — Depois da noite passada, não conseguiria ter uma ereção nem que minha vida dependesse dela.

— Tem certeza? — Ela encontrou o que procurava e começou a acariciá-lo.

— Não cem por cento, mas quase. — Ele sorriu. — Pode acreditar, as duas noites que passamos juntos foram fora do comum.

Descansando a cabeça em seu ombro, Karen sorriu e perguntou: — Então qual costuma ser seu... nível de performance?

Marc riu.

— Duas vezes ao dia é muito. Uma vez é normal.

— *Todos os dias?*

— Se eu disser sim, você vai me fazer cumprir a promessa?

— Faça chuva ou faça sol.

— Nesse caso, sim. Mas se eu estiver cansado, você vai ter de comandar.

— Tudo bem, se for preciso. — Parou de provocá-lo, afastando a mão. — Vou me preparar. Quer tomar um banho comigo?

— O café está pronto. Comemos primeiro e depois tomamos um banho.

Depois do café-da-manhã, Marc telefonou para Shannon, a fim de informá-lo sobre seus planos.

— Vou contar isso a McPherson — disse.

— Está à procura de alguma coisa?

— Karen lembrou que recebeu uma caixa pelo correio do pai dela. Vamos ver o que há em seu interior.

— Quando voltarão?

— Esta noite, se eu conseguir um vôo. Não marquei a volta porque não sei quanto tempo vai demorar. Amanhã, com certeza.

— Tudo bem. Vou ficar de olho em sua casa enquanto você estiver fora, para o caso de algum suspeito começar a xeretar. — Shannon fez uma pausa. — Se cuida.

— Pode deixar. Telefono quando voltar.

Então teclou o número que McPherson lhe passara, decidindo escutar sua intenção e confiar no cara. O telefone foi atendido ao segundo toque.

— Sim.

— Aqui é Chastain. A Srta. Whitlaw está comigo e vamos para Columbus esta manhã para analisar alguns papéis do pai dela que estão guardados. Já avisei Shannon, que sabe que estou entrando em contato com você.

McPherson disse: — Vocês são cautelosos, não é?

— O suficiente.

— Está certo. Vou pedir que alguém de lá acompanhe vocês a distância.

— Descreva a aparência dele, para que eu não me assuste.

McPherson fez uma pausa. Marc teve a impressão de que ele estava cobrindo o bocal do telefone. Depois disse: — Certo. É alto, tem entre trinta e trinta e cinco anos, cabelos castanho-escuros, usa óculos de grau.

— Entendi.

— Ele... hum, vai estar vestindo um boné do time de beisebol de Cincinnati. Vermelho. E, hum, esqueça os óculos de grau. Ele vai estar usando óculos escuros.

Ou o homem que ia acompanhá-los estava diante de McPherson dizendo como estaria vestido ou o próprio McPherson estava fazendo uma lista de instruções. Marc suspeitou tratar-se da primeira opção; caso contrário, para que taparia o bocal?

— Ele consegue chegar lá antes de nós?

— Sem problemas.

— Como vai nos encontrar?

— Temos fotos de vocês dois.

— Que rápido!

— Como uma raposa — McPherson respondeu.

— Já encontraram alguma coisa?

— Uma possibilidade interessante, mas não temos como checar. Espero que encontre algo naquela caixa que ajude.

# 19

Columbus, Ohio

Hayes analisou a disposição do prédio. Era uma construção antiga, em um bom bairro, com apenas quatro andares, com cerca de dois a quatro apartamentos em cada andar. Era o tipo de prédio onde os moradores se conheciam e se mantinham informados a respeito do que acontecia, o que não era bom. Por outro lado, não havia muita segurança: luzes em todos os cantos e as portas duplas de vidro certamente ficavam trancadas à noite, mas, se precisavam ficar trancadas também durante o dia, alguém não estava seguindo as regras, porque as pessoas entravam e saíam sem impedimento. Não muitas pessoas, é verdade, mas um número suficiente para se tomar cuidado.

O apartamento dela ficava no segundo andar, 2A. Isso significava que era o mais próximo das escadas.

Ele fez uma pausa antes de entrar no prédio, olhando ao redor para ter certeza de que ninguém o observava. Um carro entrou no pequeno estacionamento e Hayes calmamente abriu a porta e entrou, pois ficar do lado de fora observando o carro faria com que fosse notado.

Um pequeno elevador no fundo do corredor levava aos andares de cima; as caixas de correio ficavam na parede da direta e as escadas à esquerda. Hayes foi pelas escadas.

Ao subir, viu que o apartamento 2A ficava logo ao lado direito das escadas. Uma fita amarela da polícia estava presa no corrimão e atravessava o corredor até a outra parede, criando uma espécie de alcova. Uma fita também tinha sido passada diante da porta.

Olhando para baixo, viu as grandes manchas escuras no tapete bege. A porta tinha alguns buracos estranhos. O odor de morte, de sangue, urina e fezes ainda pairava no ar e continuaria assim até que o tapete fosse limpo.

Hayes tirou um par de luvas de borracha do bolso e as vestiu. Agachando para passar debaixo da fita, tentou abrir a porta. Como esperava, ela estava trancada. Se não estivesse, a cena do crime teria sido um prato cheio para adolescentes e pessoas mórbidas; poderiam até ignorar a fita e entrar. Algumas pessoas eram extremamente intrometidas.

A porta trancada foi um pequeno obstáculo. Conseguiu abri-la em quinze segundos. Se alguém saísse de um dos outros apartamentos e o visse, pensaria se tratar de um detetive. Afinal de contas, estava vestindo um blazer e luvas de borracha. Usar um blazer era um sacrifício naquela temperatura de mais de 30ºC; obviamente ninguém seria maluco de passar tanto calor se a peça de roupa não fosse exigência do trabalho. Assim, ele parecia um oficial; duvidava que alguém pedisse para ver seu distintivo, mas tinha um dentro do bolso, para o caso de precisar. Não era uma identificação falsa muito ruim, se levasse em conta a rapidez com que a obteve.

Do lado de dentro, havia as mesmas manchas escuras no chão, na porta e em parte da parede. Tirando isso, o restante do apartamento estava limpo. Clancy sempre era muito cuidadoso em seu modo de trabalhar. Era organizado. Ninguém sequer saberia que sua casa havia sido vasculhada; tudo era colocado de volta no lugar, arrumado, como antes. Clancy dissera ser capaz de saber se havia algum objeto escondido dentro de uma almofada sem precisar rasgá-la, apenas analisando as costuras.

Sim, Clancy era um artista. Hayes, certa vez, o acompanhou enquanto vasculhava uma casa. Batia em paredes, abaixava para observar o chão, inspecionava livros, abajures e tudo o mais. *Nada* escapava de seus olhos. E encontrara o documento que estava procurando, escondido no fundo de uma cadeira estofada. Uma parte da almofada havia sido desaparafusada, o documento colocado entre a madeira e o tecido, e aparafusada novamente. Clancy notara os pequenos riscos na parte da madeira onde os parafusos haviam sido retirados e recolocados.

Poucas pessoas tinham tanta paciência ou olhar detalhista. Hayes sentiria falta dos serviços de Clancy.

Hayes fechou a porta e passou alguns instantes em pé, olhando ao redor, orientando-se. Também não queria tirar nada do lugar sem necessidade, pois os policiais, sem dúvida, haviam fotografado a cena e algum espertinho poderia notar diferenças.

Ele estava na sala de estar. Havia um belo televisor de vinte e sete polegadas no cômodo, além de um rádio. Contra a parede, logo na entrada, havia uma mesinha que acomodava uma secretária eletrônica, que piscava a luz, indicando a existência de recados, e um telefone sem fio. Hayes conteve-se e não escutou as mensagens, pois se um detetive fosse ali mais tarde e percebesse que as mensagens tinham sido ouvidas saberia que alguém estivera ali.

Ele abriu a gaveta do meio da mesa. Havia duas canetas ali, além de blocos de anotações, elásticos, canhotos de ingressos de cinema, mas nenhum extrato bancário. Algumas revistas haviam sido jogadas sobre a mesa. Ele as levantou e nada encontrou. Com cuidado, devolveu todas elas ao local onde estavam.

Certo, nada ali. Algumas pessoas cuidavam da papelada na mesa da cozinha. Hayes caminhou até ali, checou as gavetas, mas nada viu. O mesmo no pequeno armário que ficava logo na entrada da cozinha.

Bem, agora faltava o quarto. Mais uma vez, ficou surpreso com a organização da casa. A cama estava feita, não havia pratos dentro da pia, nenhuma peça de roupa fora do lugar. Não era à toa que Clancy pensara que não havia ninguém ali.

Havia três caixas de papelão empilhadas em um canto, perto da janela. Então ela ainda não havia desencaixotado todas as coisas depois de se mudar; aquilo fez com que Hayes gostasse um pouco mais dela e a visse como um ser humano normal. Também estava feliz porque era um ótimo lugar onde poderia procurar, pois, com sorte, o caderno estaria em uma daquelas caixas e ele não teria de ir a uma unidade de armazenamento naquele calor.

"Roupas de inverno" era o que estava escrito na fita que fechava a caixa. Hayes a pegou e abriu. Estava mesmo cheia de roupas. Tirou peça por peça, tomando o cuidado de não desdobrá-las, e passava as mãos para ter a certeza de que nada havia sido colocado dentro delas. Nada. Nenhum objeto estranho, nada que não fossem roupas de frio.

Na segunda caixa, a fita indicava "Papéis do seguro, livros, fotografias". Pareceu-lhe interessante. A caixa havia sido cuidadosamente embalada com os objetos mais pesados, os livros embaixo, as fotografias no meio e os papéis de seguro por cima. Os papéis relacionados ao seguro estavam em uma pasta de papelão, mas, ao abri-la, não encontrou nada além de... papéis de seguro. Havia poucas fotografias. Livros de ficção, de não-ficção, de assuntos médicos, de enfermagem. Não havia nada escondido dentro deles.

A fita na terceira caixa indicava "Decorações de Natal, papéis de embrulho, tigelas". Hayes gemeu. Que droga, não queria abrir uma caixa com artigos de decoração natalina, mas não ousou desistir de checar simplesmente porque as outras duas continham exatamente o que estava escrito.

Havia decoração natalina. E papéis de embrulho. E tigelas.

Uma mulher organizada como aquela merecia morrer.

Abriu as gavetas da cômoda. Encontrou roupas íntimas, cuidadosamente dobradas e separadas. Pijamas. Camisolas. Meias. Nada.

No armário, havia alguns vestidos pendurados de um lado, calças, jeans, e blusas do outro, com uniformes engomados no meio. Um crachá já tinha sido preso ao uniforme, o que ela escolhera para vestir no próximo dia de trabalho, e um estetoscópio estava pendurado no cabide. No chão, na mesma direção do uniforme, havia sapatos brancos de solado grosso.

Havia algumas caixas na parte de cima do armário. Hayes pegou a mais próxima. No topo, viu as palavras "Extratos bancários".

Que ótimo!

Rindo, Hayes pegou o envelope de cima. Um pedaço de papel com uma conta de adição estava grampeada ao extrato, mostrando que seus cálculos batiam com os do banco. Desdobrou as cópias das folhas de cheques até encontrar uma em que leu: "Buckeye Stockit and Lockit". Havia uma anotação no canhoto: "Unidade 152, julho". Exatamente o que ele queria saber.

Devolveu o extrato ao envelope, o envelope à caixa e a caixa ao armário. Só precisava descobrir o endereço. Encontrou a lista telefônica e procurou a Buckeye Stockit and Lockit, anotando tanto o endereço quanto o número de telefone. A empresa de armazenamento devia ser perto dali, ele pensou, pois a Sra. Whitlaw era organizada demais.

* * *

Raymond Hilley aguardava em um carro estacionado do outro lado da rua, em frente ao prédio em que Hayes entrara. Desligara o motor e ficou abaixado no assento; apesar de ter conseguido estacionar o carro parcialmente à sombra, o calor era muito forte. Desceu o vidro, mas não ligou o motor; as pessoas poderiam perceber um carro aparentemente vazio com o motor ligado. Já tinha esperado muito mais tempo e em condições muito piores durante os muitos anos que trabalhara para o Sr. Walter.

O Sr. Stephen não chegava aos pés do homem que seu pai tinha sido, ou mesmo do homem que William demonstrava que se tornaria, mas Raymond o amava e faria qualquer coisa por ele. O Sr. Stephen *tentava*. Independentemente do que acontecesse, ele nunca fugia de sua obrigação, e Raymond o respeitava por isso. Era só ver como ele cuidava do pai, ficando com ele todos os dias, certificando-se de que o Sr. Walter estivesse o mais confortável possível. Raymond condoía-se ao ver o Sr. Walter naquele estado, vegetando, sem lembrar em nada o homem poderoso e dinâmico que já tinha sido; pelo menos o Sr. Stephen respeitava o pai, em vez de jogá-lo a um canto e esquecer-se dele, esperando que morresse.

O Sr. Stephen sempre adorara o pai e tentara agradá-lo de todas as maneiras. O Sr. Walter reconhecia o esforço e sempre fora paciente com as limitações do filho; no fundo, também sentia orgulho dele. O Sr. Stephen não era um furacão, mas alcançara muitas realizações com seu jeito cuidadoso e metódico.

Seguir Hayes a Columbus tinha sido pateticamente fácil; sempre tomava o cuidado, nas poucas vezes em que Hayes tinha estado no Estado de Minnesota, de manter-se longe das vistas. Raymond conhecia muito bem seu papel na família Lake: era uma arma, um fiscal. Uma arma costumava ser mais eficaz quando usada inesperadamente.

Simplesmente conseguira pegar o mesmo vôo que Hayes — sentara-se duas fileiras atrás dele. O Senador Lake pegara o vôo seguinte, usando uma carteira de motorista falsa que Raymond lhe dera. Raymond tinha procurado aquela identificação para o Sr. Stephen. Até fez um disfarce no senador, e a foto na carteira de motorista mostrava um homem com bigode e cabelos grisalhos. Raymond tinha conseguido encontrar um bigode falso e uma lata de spray usada pelos maquiadores de Hollywood quando precisavam dar aos cabelos dos atores um toque grisalho. O produto saía com água, o que o tornava muito conveniente. O nome na carteira de motorista havia sido tirado da lista telefônica de Washington. Conseguira até mesmo um cartão de crédito com o mesmo nome, para que o senador pudesse alugar um carro e hospedar-se em um hotel sem problemas. Fizera tudo que estava a seu alcance para facilitar as coisas para o senador, mesmo sem saber por que o Sr. Stephen insistira tanto em acompanhá-lo. Raymond não era inexperiente.

Raymond trazia uma arma presa em seu cinto. O Sr. Stephen também havia pedido uma arma e "um daqueles grandes silenciadores", por isso, mesmo contra sua vontade, Raymond havia lhe entregue uma pistola calibre 22. O Sr. Stephen protestou, querendo algo mais potente, e Raymond teve de dizer que apenas um projétil subsônico poderia ser eficazmente silenciado, e as armas de maior calibre tinham muito poder.

Fora muito cuidadoso ao escolher a arma do Sr. Stephen. Uma pistola calibre 22 era barata, encontrada em qualquer lugar, independentemente do que a lei mandava, pois as pessoas que vendiam armas de fogo ilegalmente não se preocupavam com a lei. Seria impossível alguém rastrear a pistola que entregara ao Sr. Stephen. O Sr. Stephen havia se surpreendido com a facilidade de se conseguir uma arma, pois honestamente pensava que todos os seus esforços para tornar as ruas mais seguras para os cidadãos norte-americanos tinham valido a pena. Disse que pretendia criar uma lei que perseguisse os fabricantes de "Especiais do Sábado à Noite". Se deixassem de ser fabricadas, certamente seria mais difícil encontrá-las.

Tamanha inocência deixava Raymond triste e com vontade de protegê-lo.

Uma das portas de vidro foi aberta, e Hayes saiu do prédio. Raymond abaixou-se ainda mais no assento, pois se Hayes visse o carro, pensaria estar vazio.

Ouviu um carro sendo ligado e rapidamente olhou para o painel. Logo deu partida no próprio carro, suspirando aliviado ao sentir o ar-condicionado, e observou Hayes sair do estacionamento. Raymond aguardou alguns segundos, permitiu que outro carro ficasse entre eles e passou a seguir o carro alugado de Hayes.

Na frente de Raymond, Hayes olhou o movimento pelos retrovisores. Havia dois carros atrás dele. Um deles era o carro que vinha se aproximando quando ele saiu do estacionamento; o outro, ele não tinha visto antes. O carro poderia ter vindo de uma rua lateral sem que ele visse, mas um homem precavido valia por dois.

Acelerou e manteve-se atento ao que acontecia atrás dele. O segundo carro não tentou ultrapassar o primeiro para alcançá-lo. Não, não havia nada de errado. Mesmo assim, seria melhor rodar um pouco sem rumo antes de seguir para a Buckeye Stockit and Lockit, apenas para certificar-se de que não estava sendo seguido.

Raymond abriu seu telefone celular e ligou para o senador.

— Ele entrou no apartamento e agora eu o estou seguindo.

— Onde você está?

Pacientemente, Raymond disse o nome da rua e a direção.

—Apenas uma rua acima de onde o senhor está, mas não venha atrás de mim. Não deixe que ele veja seu carro. Pode ser que procure mostrar-se evasivo, apenas para ter certeza de não estar sendo seguido. Vou me manter afastado para que ele não me veja e deixá-lo passear um pouco. Ele ainda não me viu e eu o segui o dia inteiro ontem.

— E não deu em nada — o Senador Lake disse.

Raymond não respondeu. O Sr. Stephen ficara muito desapontado quando Raymond vasculhou a casa de Hayes e não encontrou nada interessante. Na opinião de Raymond, Hayes era cuidadoso. Não manteria papéis que pudessem incriminá-lo em sua casa.

Mais adiante, Hayes entrou abruptamente à direita. Raymond esforçou-se para ultrapassar o carro à sua frente, colocando o veículo entre si e a linha de visão de Hayes enquanto passavam por uma rua de mão dupla. Se Hayes seguisse seu primeiro trajeto, uma entrada à direita era seguida de duas à esquerda para voltar àquela mesma rua.

Brincadeira de criança, ele pensou.

— Você viu alguém? — Karen perguntou quando ela e Marc entraram no carro alugado.

— Vi um boné vermelho. Acredito que ele tenha permitido que eu o visse, porque não o vi mais. — Ele tirou sua jaqueta, que só estava vestindo para cobrir a pistola presa em seu cinto, e a jogou no banco de trás. Vestia uma calça jeans e uma camiseta, assim como Karen. Ela não sabia exatamente em qual caixa havia guardado os papéis; eles teriam de procurar na unidade de armazenamento sob o sol forte e foram espertos vestindo roupas confortáveis.

— Enquanto estivermos aqui, quero telefonar para o Detetive Suter. Talvez eu possa pegar algumas de minhas roupas. Também preciso conversar com Piper e dizer à minha supervisora... quanto tempo vou ficar fora?

Marc segurou a mão dela e disse: — Conversaremos sobre isso quando encontrarmos a caixa, está bem?

Ele achava que nem mesmo aquele toque era seguro até que tudo terminasse. Ela apertou a mão dele. Tentava esconder o nervosismo, mas não sabia se estava conseguindo. Logicamente acreditava que ainda não estava sendo seguida em Nova Orleans, muito menos em Columbus, agora que estava de volta. Mantinha a chave da unidade de armazenamento em seu chaveiro, por isso não precisou buscá-la em seu apartamento — ou melhor, Marc não precisou buscá-la. Se a polícia não tivesse concluído a investigação, o apartamento ainda estaria lacrado. Ele provavelmente não pediria permissão à polícia de Columbus, tampouco permitiria que ela entrasse ali.

Eles estavam em segurança. Ela tentava se convencer disso. Podiam entrar e sair da cidade sem que ninguém soubesse que estavam ali, exceto pelo Sr. McPherson e o homem que os acompanhava a distância.

— Você está preocupada — Marc disse. — Pare com isso.

— Eu não deveria tê-lo envolvido nisso. Está em perigo por minha causa...

Ele riu.

— Querida, se você não tivesse ido para Nova Orleans ontem, eu já estaria em seu apartamento hoje de manhã. Eu estaria nervoso, mas se alguém estivesse de olho em seu apartamento, teria me visto com toda a certeza. Pegaria o número de minha placa, telefonaria para a locadora de automóveis e não só conseguiria meu nome, como também meu endereço.

Apesar de preocupada, Karen perdeu o fôlego ao prestar atenção ao lindo sotaque de Marc. Se Piper o ouvisse falando, tentaria acabar com Karen só para se livrar da concorrência e conquistar aquele homem.

O trânsito estava pesado, lento. O sol de verão se mostrava em um céu límpido. Observou Marc dirigir, pensando em como se sentia fisicamente fascinada por ele. Estava muito apreensiva, e isso talvez aumentasse seu encanto. Observou as mãos dele, fortes e bem desenhadas, o modo como segurava o volante. Seus pulsos eram duas vezes mais grossos que os dela, e pêlos curtos e quase louros brilhavam sob o sol. E se alguma coisa acontecesse a ele? E se aquela fosse a última oportunidade que ela teria de vê-lo dirigir, de admirar seu perfil, esticar o braço e tocá-lo?

Não podia pensar em coisas assim. Ele era um policial, mas, felizmente, não era da divisão de narcóticos nem da SWAT, onde arriscaria a vida todos os dias. Mas, como policial, detetive de homicídios, obviamente lidava com pessoas capazes de matar outros seres humanos. Ele via assassinatos todos os dias, e a qualquer momento um suspeito poderia atacá-lo. Ela não podia abalá-lo emocionalmente, ficando paralisada de medo todos os dias, quando ele saísse para trabalhar.

— Por outro lado — ele disse —, talvez devamos conversar sobre isso agora.

— O quê? — Ela olhou para ele sem compreender.

— Sobre a situação toda. Seu emprego. Vamos abrir o jogo. Não quero que você fique vivendo em Columbus enquanto eu fico em Nova Orleans, nem mesmo por um curto período. — Ele a olhou de relance, com os olhos brilhando. — E talvez eu devesse esperar pela oportunidade de fazer isso direito, mas acho que a hora é agora. Karen, quer casar comigo?

O coração dela deu pulos e mais pulos.

— Sim — respondeu. — Pegue esta saída.

Ele obedeceu, olhando para trás para ver o trânsito antes de entrar na pista da direita e pegar a saída.

— Sei que estou te apressando, não dando tempo para você se acostumar com a idéia de um relacionamento estável. Mas também não quero mal-entendidos. Podemos ficar noivos por bastante tempo, se preferir... mas não quero que fique vivendo aqui. Quero que vá para Nova Orleans. Para a minha casa, especificamente.

— Tudo bem. — Ela mal conseguia falar. Era engraçado. Pensou que eles se casariam um dia, talvez até logo, mas era um choque ouvi-lo dizer aquilo de repente e em voz alta.

— Tudo bem? — Marc repetiu, olhando-a de relance mais uma vez. — É tudo o que tem para me dizer?

— Bem... eu também poderia dizer eu te amo.

Ele sussurrou um palavrão e disse: — Sim. Por que não diz?

— Eu te amo.

Mais um palavrão, que se transformou em risada. Ele olhou para ela, que estava sorrindo.

— Também te amo.

Karen tocou o braço dele, querendo atirar-se em seus braços. Ele era o homem mais carinhoso que ela já tinha conhecido, e o mais interessante é que ele era muito *dominador*. Não sabia que as duas qualidades podiam se misturar tão bem. Ele era um homem completamente másculo, um policial implacável, mas que dançara com ela em sua varanda e lhe preparara o café-da-manhã.

— Você não se importa em mudar para Nova Orleans? — ele perguntou.

— Não — Karen respondeu. — Vou sentir falta de minhas amigas, mas não tenho nem família nem uma casa aqui. Posso ser enfermeira na Louisiana assim como em Ohio. Você tem suas raízes e aquela maravilhosa casa em Nova Orleans. É claro que me mudarei para lá. Além disso, não gostaria que você perdesse seu sotaque. Entre na próxima à esquerda depois do sinal.

— Não tenho sotaque, querida. Você é quem tem.

— Se você está dizendo, tudo bem. Mas se tiver a oportunidade de conhecer Piper não abra a boca ou suas chances de sair de Ohio diminuirão drasticamente.

Ele sorriu e lançou-lhe uma piscadela.

— Você vai me proteger.

Aquelas palavras a fizeram se lembrar do que estavam fazendo ali e o sorriso sumiu de seu rosto. Karen suspirou.

— E se não encontrarmos nada aqui? E se os papéis forem apenas... papéis, sem nenhuma importância?

— Se isso acontecer, eu continuarei trabalhando no caso, assim como McPherson. Nós dois conseguiremos concluí-lo. Entretanto, enquanto isso, *você* estará em segurança. Não em minha casa, não por muito tempo. Meu número não consta da lista telefônica, mas existem centenas de maneiras diferentes de se obter o endereço de alguém se realmente quiser, e a maioria é bem fácil.

— Que reconfortante! Vire à direita depois do segundo quarteirão, no McDonald's. A empresa de armazenamento fica a cerca de oito quilômetros descendo a rua, à direita. Buckeye Stockit and Lockit. Há uma placa. Entre logo depois que a vir na via principal. — Ela fez uma pausa. — Aquele cara está nos seguindo?

— Não o vi mais. — O homem que os acompanhava devia ter tirado o boné vermelho, que era muito chamativo, e Marc não tinha sido capaz de ver um carro em particular atrás deles, embora estivesse prestando atenção. Não estava dirigindo rápido e não tinha feito nenhuma virada brusca, portanto deveria ser capaz de vê-lo. Ou o cara era muito bom ou Marc o despistara sem querer.

Eles não falaram mais nada até Marc entrar depois da placa da Buckeye Stockit and Lockit. O caminho de paralelepípedos separava as doze seções de unidade de armazenamento, seis de cada lado. Barreiras feitas com correntes separavam cada seção, acessíveis por um portão enumerado protegido por uma combinação numérica.

— Portão número três — Karen disse, apontando. Ela abriu sua carteira e analisou a combinação, que mudava todos os meses e que mantinha anotada em um papel dentro da carteira. — Seis, quatro, três, oito.

— Vou abri-lo — Marc disse, parando em frente ao portão três e saindo do carro.

Ele abriu o cadeado, puxou o portão e, em seguida, dirigiu lentamente pelo corredor das unidades de armazenamento. — Número 152. — Karen apontou para ele e pegou a chave do cadeado.

Os dois saíram do carro, e Marc pegou a chave dela. Depois de abrir o cadeado, abaixou a alavanca que impedia que a porta fosse levantada, segurou a maçaneta e levantou a porta para cima, causando o ranger das dobradiças.

Havia cheiro de mofo, mas, felizmente, ela pensou, não havia nada embolorado. Sentiu um nó na garganta ao ver as caixas, os móveis. A mobília do quarto da mãe, suas roupas, as outras coisas para as quais Karen não tivera espaço quando se mudou.

Marc segurou uma das caixas. Pegando um canivete, cortou a fita que mantinha a caixa fechada.

Hayes olhou pelo espelho retrovisor e então, no próximo cruzamento, virou à esquerda bruscamente, fugindo do tráfego. Atrás dele, nada aconteceu.

Ficou satisfeito. Se alguém o estivesse seguindo, teria sido despistado. Não poderia ter sido seguido depois daquela virada, não sem antes escutar pneus cantando, buzinas ou até mesmo uma batida.

Só faltava encontrar o local de armazenamento.

# 20

Todas as caixas estavam cuidadosamente etiquetadas, mas Karen não conseguia lembrar em qual delas estava a caixa menor. A primeira que Marc abriu tinha as roupas de Jeanette. Ela tirou as peças com cuidado, tentando não pensar na mãe, piscando rapidamente quando seus olhos começaram a se encher de lágrimas, voltando a dobrar e a guardar as roupas ao não encontrar nada.

— Acho... acho que as caixas já estavam cheias quando coloquei a caixa de meu pai sobre as outras coisas.

— Então não teremos de revirar todas as caixas. Só precisamos abrir uma a uma e ver se há uma caixa pequena por cima do que está guardado.

— Teoricamente. Eu ainda estava em choque na época. Não tenho certeza se foi o que fiz.

Ele era paciente, e o calor não estava tão forte quanto pensara. Na verdade, a sombra que fazia na unidade de armazenamento tornava o trabalho suportável. De vez em quando, uma leve brisa conseguia passar entre as fileiras de unidades, ajudando a refrescá-los ainda mais. Mesmo assim, Marc começou a transpirar, e manchas de suor ficaram aparentes em sua camisa, grudando-a em seu corpo. Ela o apreciou intensamente.

Ele abriu a quinta caixa e disse: —Aqui está, eu acho. — Tirou de dentro dela uma pequena caixa de papelão, pouco maior que uma caixa de sapatos. Karen viu o nome da mãe escrito na parte de cima.

— Essa mesma.

Ela pegou a caixa e a abriu. Dentro havia alguns papéis e um pequeno caderno de capa preta, do tipo que era vendido em todas as papelarias do país, preso com um elástico. Ela o removeu e folheou as páginas. Ao ver algumas cartas escritas pela mãe, respirou profundamente e entregou os papéis a Marc, ficando com o caderno.

— Procure aqui — ela disse, sentando-se sobre um criado-mudo.

Ele olhou para ela e balançou a cabeça, aceitando a ordem. Ele leu o bilhete que Dexter enviara com a caixa. — Ele diz que esses papéis podem valer algum dinheiro no futuro. Recostou-se na penteadeira e cruzou uma perna sobre a outra.

— Pensei que ele estivesse sendo sarcástico. — Karen abriu o caderno e analisou a caligrafia do pai, bastante caprichada, algo incomum para um homem. Ele escrevia com letras quadradas e pequenas, que pareciam quase datilografadas, muito legíveis.

"3 de janeiro de 1968" estava escrito logo na primeira página. Surpresa, ela leu uma descrição do terreno, das condições climáticas, incluindo velocidade e direção do vento, distância do alvo, nome do observador — Rodney Grotting — e outras informações, como o modelo do rifle usado, detalhes técnicos sobre a munição e uma anotação por último: "Tiro na cabeça. Assassinato realizado às 6h43. Coronel vietcongue." Logo abaixo, o Coronel Rodney Grotting, indicando que conferira, assinara.

Assustada, Karen virou a página. Outra data, outra descrição das condições, terminando com um resultado casual e tenebroso.

Mais páginas. Na maior parte das vezes, ele atirava no coração, outras vezes na cabeça. Uma vez foi na garganta. Karen já tinha visto uma ferida desse tipo: a bala de grosso calibre havia dilacerado metade da garganta e a vítima sangrara até morrer. Em um ferimento tão feio como aquele, com a jugular destruída, não haveria nada a fazer, mesmo que a equipe médica estivesse presente no momento do tiro.

Não conseguiria continuar lendo. Pálida, fechou e entregou o caderno a Marc.

— Veja isto.

Ele olhou para ela, analisando-a, e voltou sua atenção ao caderno. Observando-o, Karen não notou nenhuma expressão de choque ou desaprovação naquele registro terrível.

— É o livro de mortes dele — disse.

— Deus meu, quer dizer que *todo* mundo tinha um?

— Os atiradores, sim. Você sabe que eu também fui da Marinha. Os atiradores da Guerra do Vietnã eram lendários. Os melhores conseguiam derrubar um alvo a quilômetros. Os assassinatos tinham de ser confirmados, por isso eles os mantinham anotados em seus livros de mortes.

Tal idéia ainda a deixava assustada.

— Mas a Marinha não ficava com esses cadernos?

— Não sei. Eu não era atirador, por isso nunca perguntei. Talvez sim. Talvez ele mantivesse dois livros, um para seus próprios registros. Foi uma guerra feia, querida. Deixou muitos deles malucos.

Ele continuou a folhear as páginas, analisando cada uma, e quando chegou ao fim disse: — Sessenta e uma mortes. Ele era bom em seu trabalho. — Ia fechar o caderno quando percebeu que havia algo escrito na última página, apesar das cerca de quarenta páginas em branco antes da anotação final.

— Meu Deus — ele disse lentamente.

Karen o observava. Viu suas pupilas dilatarem-se, viu a mudança de sua expressão.

— O que é isso?

— Outro assassinato — ele disse e olhou para ela. — Um soldado norte-americano. Recebeu vinte mil dólares por essa morte.

O estômago de Karen revirou. Deus amado. Seu pai era um assassino, um assassino de aluguel. Matar o inimigo em uma guerra era uma coisa, mas matar um soldado do próprio país era algo horrendo.

— Vou ficar com esse caderno, obrigado — a voz de um desconhecido foi ouvida, e um homem apareceu na frente do box aberto. Era corpulento, de meia-idade, com a expressão séria: a arma em sua mão estava apontada diretamente para a cabeça de Marc. Estava sem sapatos, apenas de meias, o que explicava por que sua aproximação não fora percebida. — Há bastante tempo estou curioso para saber o que esse caderno continha de tão interessante. Acredito que devo agradecer-lhes por terem me poupado o trabalho de procurá-lo. Coloque essa caixa no chão, ali. — Seu tom de voz era calmo. — Você, caubói, tire a arma de seu coldre e coloque-a no chão. Devagar agora. Dois dedos.

Karen ficou paralisada. O rosto de Marc estava impassível, mas um breve movimento de cabeça mostrou que ele não queria que ela se movesse. Cuidadosamente, fez o que o homem mandava, usando o polegar e o dedo indicador para tirar a arma do coldre. Jogou a pistola ao chão, perto dos pés dele.

— Bom garoto. — O homem sequer olhou para a pistola, não tirava os olhos de Marc. — Quem diabos é você? Namorado? Policial?

— Policial — Marc respondeu, sem dizer mais nada. Se admitisse que mantinha um relacionamento pessoal com Karen, o homem perceberia que poderia forçá-lo a fazer qualquer coisa, ameaçando-a.

— Como imaginei. — O homem suspirou. — Muito bem, jogue sua arma reserva.

Silenciosamente, Marc retirou uma pequena pistola do coldre de seu tornozelo e a jogou ao chão, ao lado da outra.

— Merda — o homem disse. — Não gosto de matar policiais. Traz diversos problemas.

— Então repense sua decisão — Marc disse. Ele começou a se endireitar, mas o homem balançou a cabeça, alertando-o.

— Fique onde está. Sinto muito, caubói, sinto muito, senhorita. — Apesar de estranho, parecia realmente estar chateado. Karen observou seu dedo apertando o gatilho, o horror fez com que o tempo não passasse, e o menor movimento demorava muito para acontecer. Sem pensar, ela gritou: — Não! — e se jogou como se pudesse pegar a bala com a mão e evitar que o tiro acertasse Marc.

O homem hesitou por um momento, um pouco desconcertado pelo grito de Karen. Marc moveu-se rápido como uma serpente, fazendo com que Karen se abaixasse, e partiu para cima do homem com a mão direita levantada. Viu de relance algo brilhante, e então o homem fez um dos piores barulhos que ela já tinha ouvido, como se gritasse e se engasgasse ao mesmo tempo, e com a mão livre tentou pegar o estilete enfiado em sua garganta, o estilete que Marc estava usando para abrir as caixas.

Ele era um profissional e atirou mesmo assim.

Ouviu-se apenas uma espécie de tosse. Marc cambaleou, tentou manter o equilíbrio e inclinou-se. Acertou o homem no peito e o jogou ao chão. Ouviu-se outro som de tosse, e o espelho da penteadeira espatifou-se.

Apressada, Karen pegou a pistola de Marc. Os dois homens lutavam no chão. A mão esquerda de Marc segurava o pulso direito do homem, forçando a arma para cima. Com a mão direita, virou o estilete para os dois lados.

O homem engasgou, perdendo o ar. O sangue jorrava do ferimento em seu pescoço. Seu rosto mostrava um tom azulado. Rolando para que pudesse dominá-lo, Marc bateu com a arma do homem com força no chão, duas, três vezes. Por fim, os dedos grossos deixaram de fazer pressão, e ele soltou a arma. Ele tossiu, um som estranho, e as pernas tremeram. Levou a mão à garganta.

Marc caiu, ofegante, com a cabeça baixa.

— Meu Deus! — Karen sussurrou ao ajoelhar-se no chão, ao lado dele, ignorando a dor em seus joelhos já feridos. Esqueceu-se da pistola na mão direita e passou os dois braços ao redor do corpo de Marc, endireitando-o para poder avaliar o ferimento e sua condição.

A parte da frente de sua camisa já estava ensopada de sangue. Não havia ferimento nas costas.

Olhou rapidamente para o homem no chão. Ainda não estava morto, mas morreria logo. Tentava respirar, mas sem sucesso; seu rosto estava ficando cada vez mais escuro, já estava quase roxo.

Marc pressionou o ferimento com a mão. A bala o acertara no peito, mas alto o bastante para não atingir o coração, indo direto para o seu pulmão. Karen ouviu o terrível assovio que saía de seu peito enquanto o ar lhe escapava do pulmão. O sangue que lhe cobria os dedos tinha bolhas de ar, e seus lábios estavam cobertos por uma fina camada de sangue, que parecia uma espuma.

— Tudo bem, querido, você vai ficar bem — ela disse enquanto muitas coisas lhe passavam pela cabeça. Plástico. Precisava de um pedaço fino de plástico para tapar o ferimento e impedir que o pulmão parasse de funcionar.

Ferimentos à bala no peito costumavam ser sérios, e só Deus sabia que tipo de dano havia causado dentro do corpo dele. Ele morreria se o ferimento não fosse fechado e se não fosse levado ao hospital com urgência.

O homem sobre o qual ele estava sentado começou a ter espasmos. Marc cerrou os dentes pela dor que sentia conforme o homem se mexia e não conseguiu conter um gemido.

— Não se mexam — outro desconhecido disse atrás dela. — Sinto muito por isso, mas não posso permitir que nenhum de vocês permaneça vivo.

# 21

Marc deitou nos braços de Karen e ela se esforçava para conseguir segurá-lo. Ele virou a cabeça para ver quem chegava, um homem magro e bonito, talvez com cerca de cinqüenta anos, bigode e cabelos grisalhos, e outro mais velho e mais gordo, que parecia tão cansado quanto um guerreiro velho. Os dois estavam posicionados um pouco atrás deles, cada um segurando uma pistola com silenciadores na mão direita. As armas estavam apontadas para eles.

Não conseguiam ver a arma que ela segurava, Karen pensou, olhando para o revólver em sua mão direita. E onde *diabos* estava o homem que McPherson tinha mandado para ajudá-los? A menos — Deus os livrasse — que fosse o homem que acabara de tentar matá-los.

— Olá, Senador Lake — Marc disse com a voz fraca e tossiu.

O homem mais jovem pareceu assustado: — Como você me reconheceu? — ele perguntou.

— Eu já estava... esperando por você... Eu... li o caderno.

— Não fale — Karen pediu. Com muita dor, ele arrastou o braço esquerdo para conseguir tocar a pistola. Ela sabia que ele queria a arma. Mas estava fraco demais, ela pensou, com muita dor; nunca conseguiria segurar aquela arma pesada. Ela apertou a arma, contraindo a mandíbula ao olhar para a nova ameaça.

Marc tateou a pistola e segurou-a. Seu dedo, trêmulo, encontrou a trava de segurança e conseguiu abri-la. Fez um pequeno clique. Karen mal escutou, mas percebeu o que ele havia feito.

O Senador Lake olhou para o pequeno e manchado caderno em cima da caixa. — Cuide dos dois — ele disse para o homem a seu lado e rapidamente entrou na unidade para pegá-lo. Folheou as páginas e colocou o caderno dentro do bolso de sua camisa. — Sim, é este mesmo — ele disse e sorriu para Karen. — Que ótimo saber que alguém *finalmente* o encontrou! — Olhou para o homem morto no chão. — Hayes certamente não conseguiu realizar o trabalho, apesar de ter descoberto onde procurar e de nos ter trazido até aqui. Ele se achava tão esperto, com todas as suas atitudes evasivas, porém mais uma vez subestimou minhas capacidades.

O Senador Lake estava muito orgulhoso de si e satisfeito com o modo como o dia havia terminado. Hayes era carta fora do baralho e o caderno estava em seu poder. Aquele pesadelo todo já estava quase terminado. Mostrava-se especialmente satisfeito com a arma que segurava; não tanto pela pistola em si, mas porque o melhor silenciador do mundo estava acoplado a ela. Nada mais que um leve tossir seria ouvido quando ele atirasse. Hayes já havia lhe dito, certa vez, que já tinha se aproximado de um alvo em uma rua movimentada e atirado com uma arma calibre 22 com silenciador; ninguém havia percebido nada até que a vítima caiu no chão. Até lá, Hayes já estava muitos passos distante, misturando-se com todos os outros pedestres. Deveria ter percebido, na época, que Hayes não era um homem de confiança, pois que tipo de homem se gabaria de tal atitude?

Às vezes ele ficava surpreso com a maneira como tudo terminava bem. Tinha sido muito conveniente o fato de Hayes sair da cidade no momento certo. Livrar-se do corpo dele em Washington teria sido um problema, até mesmo para Raymond. Por um lado, porque os jornalistas estavam sempre se intrometendo. Por outro, alguém sentiria a falta de Hayes. Ele vivia em um lugar cheio de parceiros, vizinhos, pessoas que conseguiriam identificá-lo. Ali em Columbus... Bem. Tudo estava dando certo. Haveria três corpos ali e nada que ligasse nenhum deles a ele.

Por tudo isso, sentia-se muito satisfeito. Parecia gostar desse tipo de coisa. Só precisava planejar com cuidado, mas ele acreditava que a maioria das pessoas era muito tola para conseguir pensar de modo meticuloso.

— Atire neles — ele disse a Raymond.

Karen ficou tensa, olhando fixamente para a arma do homem maior. Começou a levantar a mão direita, sabendo que não seria rápida o bastante, não com aquele homem com a arma já apontada para ela. Percebeu que Marc se esforçava.

— Quanto... está pagando... pela nossa morte? — Marc conseguiu perguntar, tentando respirar. O sangue em seus lábios escorreu pelo queixo. — O mesmo... que pagou a Whitlaw... para que ele matasse... seu irmão?

O homem maior ficou surpreso: — O quê?

Karen compreendeu tudo. Horrorizada, olhou para o homem que já tinha visto diversas vezes na televisão, um sujeito conhecido por sua integridade. Então era aquilo que Marc lera e não tivera tempo de lhe dizer. O motivo pelo qual seu pai havia sido morto.

— Você matou seu irmão — ela disse lentamente. — Contratou meu pai para matá-lo. Ele o estava ameaçando, não é?

— Não seja ridícula — o senador disse, com a voz um tanto trêmula ao olhar para o homem a seu lado.

— Sr. Stephen. — O homem maior estava pálido, assustado. — Sr. Stephen, deixe-me ver esse caderno.

— Não seja ridículo — o senador disse mais uma vez. — Não me diga que acreditou nisso, nesse... monte de mentiras!

— Foi no Vietnã — Karen disse.

— Cale-se! — o senador gritou, apontando a arma para ela.

— Meu pai foi um atirador da Marinha — ela continuou, com o corpo todo tremendo. — Você pagou vinte mil dólares para que ele matasse seu irmão.

— Mate-a, Raymond — o senador disse, enfurecido.

O homem mais velho, Raymond, ainda parecia horrorizado, mas começava a se recuperar. Ele disse com tristeza: — Sr. Stephen — e apontou a arma para o senador.

O Senador Lake virou-se calmamente e atirou. Raymond vacilou, com uma expressão de surpresa e de pesar. O Senador Lake atirou mais uma vez e não se ouviu quase nada, exceto aquela breve tosse que Karen sabia que assombraria seus sonhos, e Raymond caiu.

— Que merda! — o senador disse furiosamente para Karen. — Por que não manteve sua boca fechada?

Marc levantou a mão ensangüentada, chamando a atenção do senador. — E quanto a... Medina?

O corpo inteiro de Marc tremia devido ao esforço. Karen o apertou ainda mais com seu braço esquerdo, pensando rapidamente. Se o deixasse no chão, iria tirá-lo da linha de fogo, mas o movimento repentino poderia fazer com que a bala mudasse de lugar, causando ainda mais danos. Não acreditava ter outra opção.

— Whitlaw pensou que poderia me chantagear com este caderno. Ninguém mais conseguia encontrá-lo, por isso chamei Medina para realizar o trabalho. Disse a ele que Whitlaw havia matado outro agente secreto no Vietnã, um dos amigos de Medina. Era mentira, claro, mas Medina era muito moralista. Eu precisava dele e só assim consegui ter seus serviços. Ele conhecia Whitlaw, o que lhe dava vantagem sobre os outros.

Karen sentiu sua respiração tornar-se mais lenta e profunda. Olhou com fúria para o homem bem-vestido e todo o resto desapareceu. Aquele era o homem que havia causado tudo. Pagara para que matassem o próprio irmão, e depois pagou para que caçassem e matassem o pai dela.

— Medina? — Marc perguntou. Ele escorregou para a esquerda. Desesperadamente, ela o agarrou pela camisa, levantando-o. Os músculos de seu braço esquerdo tremeram devido ao esforço.

— Bem... obviamente, precisei cuidar dele também. Ele não teria gostado de saber que eu havia mentido para ele. Ele e seu moralismo.

— Diga-me... uma coisa.

Ele ergueu as sobrancelhas.

— Como uma espécie de último pedido? Mas é claro.

— Que tipo... de imbecil... se gaba... de um assassinato?

O senador titubeou um pouco, completamente indignado, sem acreditar que Marc o havia chamado de imbecil. Levantou a mão. Algo saiu do peito de Karen, um som estranho que mais parecia um rosnado. Sentiu como se estivesse movimentando-se em câmera lenta, e ele também. Com a mão que segurava a camisa de Marc, ela o abaixou e levantou a pistola ao mesmo tempo.

Já tinha atirado antes, com uma pistola e um rifle. Seu pai também lhe ensinara essas coisas, durante aqueles passeios na mata, agachando-se atrás dela e ajudando-a a manter firmes as armas pesadas. Ela era bem pequena, com seis ou sete anos, mas a lembrança de repente se tornou clara e viva, tudo muito nítido. Quando Jeanette descobriu, ficou assustada e nervosa, e eles discutiram.

Era estranho ver como tudo estava quieto e lento. Ela mirou no peito dele e puxou o gatilho. O som foi abafado, e o impacto em seu braço, grande.

O tiro acertou no peito, bem onde ela havia mirado. Viu a mancha de sangue na camisa dele, entre as lapelas abertas do blazer de linho que ele vestia. Por que, então, parte de sua cabeça pareceu explodir? Sangue e massa encefálica saíam de um grande buraco no lado esquerdo da cabeça. Seus olhos arregalaram, e ele caiu sem vida.

Repentinamente, tudo voltou ao normal. Ela conseguia escutar, apesar do zunido em seus ouvidos. Via tudo em cores, com um campo de visão completo. O odor de cordite entrou-lhe pelas narinas. E Marc estava caído, de lado, no chão.

Ela largou a arma e o segurou com as duas mãos, deitando-o de costas. Pressionou os dedos na base de seu pescoço; sua pulsação estava acelerada. Seus olhos estavam semicerrados e a observavam, mas Karen sabia que ele estava prestes a perder a consciência.

— Vou... sair dessa — ele prometeu, quase sussurrando.

— Pode estar certo de que vai mesmo — ela disse com convicção, rasgando sua camisa. Em volta do furo negro em seu peito, o sangue continuava a sair em pequenas bolhas.

Ela precisava tapar aquele ferimento, e rápido. Ao virar-se para o homenzarrão morto, para procurar algo que pudesse ser usado, viu, de relance, algo vermelho. Rapidamente pegou a pistola e se aproximou de Marc.

— Está tudo bem. — Um homem alto e magro apareceu diante dela. Usava um boné de beisebol vermelho, óculos escuros e segurava uma pistola com as duas mãos. Olhou para o corpo do senador, passou por cima dele e se aproximou de Karen, colocando a pistola no coldre de sua cintura, na parte de trás das costas.

Era o homem enviado por McPherson.

— Onde diabos você estava? — ela perguntou furiosa, largando a pistola mais uma vez e revistando o outro corpo. Procurou em todos os bolsos, tentando encontrar um maço de cigarros. O celofane que envolvia o maço seria de muita utilidade. Seus dedos encontraram apenas uma carteira. — Merda, merda, *merda!* Ninguém mais fuma?

— Você precisa de um cigarro? — o homem de boné vermelho perguntou educadamente, porém um tanto confuso.

Ela respondeu com agressividade: — Preciso de um plástico fino para cobrir o ferimento.

Suas sobrancelhas se arquearam sobre os aros dos óculos. Em silêncio, levou a mão ao bolso da frente de sua calça jeans e encontrou um par de luvas finas. — Isso serve?

Ela pegou as luvas dele. Algumas luvas eram muito grossas, de um látex que não era maleável o bastante para o que ela pretendia fazer, mas aquelas eram quase tão finas como papel, como as que acompanham as embalagens de tintura para cabelo.

— Perfeito. — Rápido, colocou a luva dentro do ferimento, cobrindo o furo e segurando-o com firmeza no lugar. Ele fez um esforço para puxar o ar, mas imediatamente começou a respirar melhor quando o ar parou de vazar de seu pulmão ferido. — Preciso de alguma coisa para cobrir isto e mantê-lo no lugar. Há algumas roupas nas caixas ali. — Ela indicou com a cabeça a localização das caixas, na unidade de armazenamento. — Corte alguma peça.

— Sim, senhorita. — O homem de boné vermelho olhou ao redor por um momento e viu o canivete na garganta do homem no chão. — Caramba, cara, você é durão — ele disse a Marc, demonstrando certa admiração, e passou sobre ele para abaixar-se e pegar o canivete.

Karen olhou para a lâmina ensangüentada e pensou em AIDS. Pensou em modos de esterilização, dos quais não dispunha. Olhando para Marc, decidiu que ele corria um risco muito maior de morrer em decorrência de seu ferimento do que de pegar AIDS por causa de um pedaço de pano cortado com um canivete ensangüentado.

O homem de boné vermelho foi muito eficiente, pegou uma camisa da caixa e cortou-a nas costuras, rasgando pedaços de tecido. Os dois primeiros, ele dobrou antes de entregá-los a Karen, e ela colocou-os sobre o ferimento. Ele pegou um vestido e repetiu os procedimentos, primeiro cortando, depois rasgando. As faixas de pano eram suficientemente longas para Karen enrolar no peito de

Marc. O homem de boné vermelho a ajudou na tarefa, segurando Marc enquanto ela fazia o resto. Puxou o tecido o máximo que pôde e fez um nó com ele em cima do ferimento, para aplicar ainda mais pressão.

— Telefone — ela disse, passando para a próxima prioridade.

— Vou cuidar disso. — Ele correu pela fileira de unidades de armazenamento e desapareceu pelo portão. Não fez barulho, seus movimentos eram muito silenciosos.

Karen checou o pulso de Marc mais uma vez, olhando para o relógio. Cento e trinta e dois, bastante rápido. Ele estava entrando em choque, seu corpo lutava contra a perda de sangue e a falta de oxigênio, além do trauma que havia sofrido. Ela colocou as pernas dele para cima, ajeitando-as no peito do homenzarrão, e posicionou-se de modo a fazer com que seu corpo bloqueasse o sol.

— Ainda está comigo? — ela perguntou, tentando manter-se calma.

Ele piscou vagarosamente e esboçou um sorriso.

— Sim, *senhorita* — ele murmurou, imitando o tom mordaz do homem de boné vermelho. — Quais são as condições?

— A bala acertou seu pulmão esquerdo. Perdeu muito sangue e está entrando em choque, com a pulsação rápida demais...

Marc suspirou.

— É sério, mas é possível sobreviver.

— Sim. — Pelo tom de voz, deixou clara a gravidade da situação, mas também a esperança de que tudo ficaria bem. — Pare de falar. O homem de boné vermelho já foi chamar a ambulância.

— Preciso... conversar com ele.

— Ele vai voltar. — Pelo menos, era o que esperava. Talvez desaparecesse enquanto ainda era possível.

Mas ele voltou depois de alguns minutos, aproximando-se tão silenciosamente quanto saíra, ajoelhando-se ao lado de Marc. O boné estava puxado para baixo e seus óculos eram muito escuros, escondendo seus olhos. Seus cabelos eram castanhos, foi o que Karen pôde notar. Entretanto, sabia que não o reconheceria se passasse por ele cinco minutos mais tarde e por acaso ele estivesse sem o boné e os óculos.

— Aqui está. — Ele puxou a pistola de sua cintura e a virou, entregando-a a Karen. — Você vai precisar disso para a balística. Não queremos que os policiais encontrem balas estranhas, não é? Vamos ver: qual seria a seqüência lógica de acontecimentos para explicar a morte de três caras, um ferido e *seis* armas, sem contar o canivete? — Ele fez uma pausa. — Isso vai ficar complicado.

— Eu me viro — Marc disse.

O homem de boné vermelho sorriu, um pouco mais que um puxar de lábios. Em pé, caminhou até o corpo do senador e ficou olhando para ele por um momento.

— Seu filho-da-puta — ele disse ao homem morto.

— Você... ouviu? — Marc perguntou, com esforço.

— Sim.

Algo na insensibilidade de seu modo de falar chamou a atenção de Karen. Ela olhou para o corpo do senador e depois para o homem de boné vermelho. — Nós dois atiramos nele — ela disse. — Ao mesmo tempo.

Ele concordou.

— Qualquer um dos tiros seria fatal.

— Ele fez alguém procurar meu pai e matá-lo. — Ficou surpresa com seu modo de falar.

— Eu sei. — Ele ia começar a dizer algo, mas mudou de idéia, pressionando os lábios.

Marc perguntou: — Esse... homem... pode levar a você? — Indicou o corpo do homenzarrão com seu calcanhar. Karen compreendeu o que ele estava perguntando. McPherson havia se arriscado oferecendo ajuda; Marc não queria que nada fosse revelado que pudesse envolver a CIA.

— Não. Estamos fora disso.

— O... caderno de mortes.

— Torne-o público. — O homem de boné vermelho esboçou um sorriso. — Deixe que todos saibam o safado que Stephen Lake era. É uma prova contra ele. — Ele virou a cabeça um pouco e Karen percebeu que olhava para ela. — Ele vai ficar bem?

— Acho que sim. — Ela tocou o rosto de Marc e ele virou a cabeça contra sua mão. — Mas vai ter de descansar bastante por um tempo.

— Você vai mantê-lo na linha. — A distância, as sirenes puderam ser ouvidas. — Jess tinha razão — ele disse. — Você tem talento, Chastain. Se algum dia se cansar do trabalho na delegacia, ligue para... ligue para McPherson.

— Vou... fazer isso — Marc respondeu e balançou a mão. — Vá, antes que... eles cheguem... Vou cuidar... de tudo.

O homem de boné vermelho tirou um cartão de seu bolso. Era um cartão branco com um número anotado a lápis. Ele o entregou a Karen. — Telefone para este número e nos diga como ele está.

— Tudo bem. — Karen colocou o cartão no bolso de sua calça.

Ele levou dois dedos à ponta do boné num movimento de despedida e foi embora, sem correr, em silêncio.

Karen ajoelhou no chão, o sol estava forte, e abraçou Marc. Ele passou os dedos pelo punho dela, e esperaram juntos, escutando o som das sirenes cada vez mais próximo.

Dez horas depois, Karen deixou Marc no quarto da UTI e foi ao telefone público. A cirurgia tinha corrido muito bem, melhor do que ela esperara e temera. O tiro não havia feito muito estrago, pois, depois de atingir o pulmão de Marc, havia se alojado em uma costela, o que impediu seu progresso. Foram necessárias duas bolsas de sangue, mas agora ele já se encontrava estável, desperto e tão mal-humorado quanto ela previra.

Ela pegou o cartão de seu bolso e teclou a seqüência de números, seguida pelos números de seu cartão telefônico. A ligação foi atendida no primeiro toque.

— Sim? — foi tudo o que ele disse ao atender, e Karen sabia que era o homem certo.

— A cirurgia foi bem — ela disse. — Ele se encontra estável, provavelmente ficará na UTI por mais um dia, cerca de sete a dez dias no hospital, e, depois, terá alta.

— Ótimo. Obrigado por ter ligado.

Percebendo que ele estava prestes a desligar, ela disse:

— Espere!

Ele parou.

Karen sentiu uma onda de fúria e perguntou: — Por que diabos você demorou tanto para chegar lá?

Ele suspirou, e no longo momento de silêncio que se seguiu, ela pensou que não fosse responder. Então disse: — Eu queria saber o motivo. Não sabia sobre o caderno de mortes, por isso... fiquei escutando.

— Que diferença isso faria? — ela quis saber, tão nervosa que chegava a tremer. Marc poderia ter morrido enquanto aquele cara só *escutava*.

Houve mais uma longa pausa e ele disse, com a voz baixa:

— Você não foi a única a perder o pai, Srta. Whitlaw.

Ele desligou com tanta delicadeza que ela quase não escutou o clique na linha. Lentamente, recolocou o telefone no gancho e voltou para a UTI.

Marc ainda estava acordado, com o rosto tão pálido quanto o travesseiro sob sua cabeça. Ficou deitado bem quieto, evitando mexer nos tubos que se conectavam a várias partes de seu corpo, principalmente naqueles para os quais furos especiais haviam sido feitos. Mas sorriu e cuidadosamente moveu sua mão para alcançar a dela.

Com as duas mãos ela segurou a dele.

— Medina era o pai dele — ela disse. — Do homem que nos ajudou.

Marc pensou no que ela lhe dissera, e as pálpebras de seus olhos teimavam em se fechar, pois a morfina o deixava sonolento.

— Então fico feliz em saber que qualquer um dos dois tiros o mataria — ele disse simplesmente.

Sim. Karen respirou profundamente. Se fosse possível alguém ser morto duas vezes, ela e o filho de Rick Medina haviam vingado seus pais.

— Eu te amo — Marc disse. — Já te disse que você estava maravilhosa dizendo "Ninguém mais fuma?". Será uma bela enfermeira de trauma.

Apesar de tudo, ele estava sorrindo. Karen curvou-se e encostou seus lábios nos dele.

— Não tente bancar o espertinho — ela o alertou. — Não se esqueça de que este é meu hospital e posso pedir para as enfermeiras fazerem coisas bem desagradáveis com você.

Marc fez uma careta e continuou sorrindo.

— Já começaram a fazer. Acho que perdi minha virgindade.

— Com certeza. Durma um pouco agora, querido. Eu te amo e estarei aqui quando acordar.

— Eu sei — ele respondeu. — Nunca vai me deixar. — Então fechou os olhos e dormiu com Karen segurando sua mão, que cuidou dele e permaneceu a seu lado. Conforme prometera, e como ele esperava, ela estava ali quando Marc acordou.

John Medina estava sentado, com os dedos sobre os lábios, olhando fixamente para a frente. Era bom saber que o detetive Chastain ficaria bem. Jess estava certo em sua avaliação sobre o rapaz. Um homem que levava um tiro no peito e ainda assim conseguia cortar a garganta de seu agressor merecia respeito.

Teria de partir em breve, retomar sua tarefa, mas John permitiu-se pensar durante alguns minutos. Mantivera tudo guardado dentro de si, pois só assim conseguiria trabalhar e render, mas o assassinato do pai o ferira, muito mais do que a morte de Venetia. Agora que tudo estava terminado, agora que a justiça — e a vingança — havia sido feita, ele poderia extravasar o pesar e a raiva.

A imprensa estava em polvorosa, é claro. O caderno de mortes de Dexter Whitlaw estava sob a custódia da polícia e a parte dele que fazia menção à morte de William Lake havia sido publicada. Os noticiários especulavam sobre o que motivara Stephen Lake a mandar matar o irmão, mas John tinha certeza de que o falecido e malquisto senador não tinha em mente nada além do sucesso em sua carreira. Matou o herdeiro do poder e discretamente tomou seu lugar.

John checou o horário. Estava sem tempo. Ficou em pé, jogando o boné vermelho no lixo e passando a mão por seus cabelos escuros. Um avião o aguardava e ele precisava ir.

Pediria a Jess que mandasse à Srta. Whitlaw e ao detetive um belo presente de casamento.

Impresso no Brasil pelo
Sistema Cameron da Divisão Gráfica da
DISTRIBUIDORA RECORD DE SERVIÇOS DE IMPRENSA S.A.
Rua Argentina 171 - Rio de Janeiro, RJ - 20921-380 - Tel.: 2585-2000